KB248553

過香積寺
향적사를 찾아가다

향적사 어딘지 알지 못하여
구름 봉우리 속으로 몇 리나 들어간다
고목 우거져 사람 다니는 길 없건만
깊은 산 속 어딘가의 종소리
샘물 소리 가파른 바위에서 흐느끼고
햇살은 푸른 소나무를 차갑게 비치고 있네
해질녘 고요한 연못 굽이에 앉아
편안히 참선하며 잡념을 걸어 낸다네

不知香積寺　數里入雲峰
古木無人徑　深山何處鍾
泉聲咽危石　日色冷青松
薄暮空潭曲　安禪制毒龍

정한검 비검무

정한검 비검무 4
남궁훈 新무협 판타지 소설

초판 1쇄 찍은 날 § 2006년 3월 13일
초판 1쇄 펴낸 날 § 2006년 3월 18일

지은이 § 남궁훈
펴낸이 § 서경석

편집장 § 문혜영
편집책임 § 김민정
편집 § 이재권 · 서지현

펴낸곳 § 도서출판 청어람
등록번호 § 제1081-1-89호
등록일자 § 1999. 5. 31
어람번호 § 제2-0865호

주소 § 경기도 부천시 원미구 심곡1동 350-1 남성B/D 3F (우) 420-011
전화 § 032-656-4452 팩스 § 032-656-4453
http://www.chungeoram.com
E-mail § eoram99@chollian.net

ⓒ 남궁훈, 2005

ISBN 89-251-0035-5 04810
ISBN 89-5831-744-2 (SET)

정한검 비검무

남궁훈 新무협 판타지 소설

4

아검지한(啞劍之恨)

도서출판 청어람

목차

제36장 귀혼각(鬼魂閣)　　　　　　　7

제37장 기녀 예향　　　　　　　35

제38장 애심(愛心)　　　　　　　61

제39장 누군가 목숨을 걸어야 한다면　　　　　　　89

제40장 무음유살 능곡　　　　　　　111

제41장 백사평(白沙坪)　　　　　　　137

제42장 원한과 음모　　　　　　　169

제43장 주화입마(走火入魔)　　　　　　　199

제44장 그들이 원한 건 그가 아니었다　　　　　　　225

제45장 소림, 무당, 그리고 개방　　　　　　　251

제46장 다시 만나다　　　　　　　273

제47장 음모의 그림자, 동창(東廠)　　　　　　　289

第三十六章

귀혼각(鬼魂閣)

"**재**미있군."

탁하게 갈라진 목소리가 석실 안을 울렸지만, 석실 천장에 달린 작은 야명주만으로는 그 목소리의 임자를 확인하기 어려울 듯싶었다. 그때 목소리에 답하는 음성이 들려왔다.

"어찌할까요?"

야명주의 옅은 취색(翠色) 음영이 석실에 자리한 두 사람의 어깨에 내려앉아 있었다. 하나 은은한 야명주의 불빛도 상석의 새하얀 귀면탈 위에는 내려앉기를 주저하고 있었다. 귀면탈에서 물러난 불빛은 맞은편에 앉아 있던 중년문사의 눈에서 빛났다.

"누구인지는 모르지만 귀혼각을 너무 가볍게 보고 있군."

"가볍게 보는지 어떤지는 모르겠지만, 적어도 저희에 대해선 잘 알고 있는 자가 분명합니다."

학창의를 입은 중년문사가 진중하게 말했고, 상석의 사내는 귀면탈을 끄덕여 그 의견에 동의했다.

"자네가 보기엔 어디일 것 같은가?"

"확신할 수는 없지만, 황실 쪽은 아닙니다."

"황실이 아니라면 한 곳뿐이군."

"문제는 그들이 누구냐가 아니라 왜 이런 청부를 넣었느냐는 것입니다."

잠시 침묵이 이어졌다. 하나 침묵은 오래가지 않았다.

"결국 백가(白家)는 미끼였단 뜻이로군. 그렇다면 이번 청부도 미끼로 사용하겠다는 뜻인가?"

"의심 가는 것이 너무 많아 오히려 속내를 짐작하기가 어렵습니다. 백권사(白拳士)와 무음유살은 거의 같은 시기에 본 각에 투신했습니다. 아마도 이번 일과 그들의 과거가 무관하지 않을 것입니다."

상석의 사내가 앞에 놓여 있던 두 장의 서찰 중 하나를 들었다. 잠시 서찰을 바라보던 사내가 다시 입을 열었다.

"생각할수록 괘씸하군."

"어차피 실력만 있다면 과거는 묻지 않는 것이 이곳의 규율이니 그들을 탓할 일만도 아니지요."

"그래, 무음유살은 뭐라 하던가?"

"뭔가 짐작하는 눈치였지만 털어놓지는 않을 것 같습니다."

상석의 귀면사내가 서찰을 내려놓으며 말했다.

"만약 이번 청부를 거부한다면?"

"은자 십만 냥짜리입니다. 한 반년 고생해야지요."

"거참, 버리자니 아깝고, 들어주자니 놀아나는 것 같아 기분 나쁘고."

귀면탈 속에서 낮은 침음성이 들려왔다. 자존심으로 내버리기엔 은자 십만 냥은 결코 가볍지 않은 유혹이었다. 중년문사는 그의 결정을 기다리고 있었다.

"청부의 성공 가능성은 얼마나 되는가?"

"무음유살 홀로 움직인다면 삼 할, 오 할 이상을 장담하려면 일급인 귀면살수 셋은 더 필요합니다."

"귀면살수 셋에 반반이라… 가용 가능한 귀면살수는 몇이나 있지?"

"아가씨와 무음유살을 제외하면 여섯입니다."

"좋아. 청부를 수락한다. 대신 귀면살수 여섯 모두 투입해."

"전부 말입니까? 각주님, 일급살수는 몸값만 오만 냥입니다. 잘못하면 득보다 실이 많게 됩니다. 차라리 청부를 거부하시는 게……."

모사로서 당연한 반대였다. 하나 각주라 불린 상석의 귀면탈은 의자 뒤로 몸을 깊이 파묻으며 나머지 명을 내렸다.

"귀혼각이 돈 몇 푼으로 가지고 놀 수 있는 곳이 아니라는 걸 보여줘야겠네. 아무도 다치는 일 없이 깔끔하게 처리해야겠지. 이번엔 자네가 머리 좀 짜내줘야겠어."

"함정을 파란 말씀이십니까?"

"어렵지 않을 거야. 그자가 내가 생각하는 그런 자라면."

"하긴, 그것도 그렇군요. 귀혼각을 주머니 속의 칼처럼 생각하는 자들에게 본때를 보여줄 필요도 있지요. 게다가 청부 대상이 그자라면 전화위복이 될 수도 있을 겁니다."

"내 말이 그 말이야. 고민 좀 해봐."

"알겠습니다. 그럼 윤 대인의 청부는 어찌?"

"그런 건 자네가 알아서 해."

"예. 그럼……."

대화는 그것으로 끝났다. 명을 받은 중년문사가 자리에서 일어섰다. 석실로 나가는 그의 등 뒤로 예의 탁한 목소리가 들려왔다.

“이건 가져가게. 가지고 있는 것만으로도 기분 나쁘군.”

의자에 몸을 뉘인 귀면탈이 반으로 접은 서찰을 손가락으로 튕겼다. 화살처럼 날아들던 서찰은 문 앞에 서 있던 중년문사의 손아귀로 빨려들어갔다. 중년문사는 가만히 고개를 숙여 보이곤 석실을 빠져나왔다.

석실을 나온 중년문사는 손에 쥐고 있던 서찰을 펴 다시 한 번 내용을 확인했다.

‘일급살수 여섯이면 소림방장의 수급이라도 취할 수 있다. 하물며…….’

그리 어렵지 않은 일이었다. 물론 백권사의 죽음은 의외였다. 귀혼각 내에서도 일급으로 분류되던 이. 하나 그의 선택은 어리석었고, 죽음은 그에 합당한 결말이었다.

‘살수는 싸우는 자가 아니라 죽이는 자라고 누누이 일렀건만…….’

암습이 아닌 대결이었단다. 그는 아직도 자신이 무인이라 착각하고 있었던 것일까? 이제와 명문정파인의 흉내라도 내고 싶었던 것인가? 아니다. 그렇게 답답한 자였다면 지난 삼 년간의 살행에서 분명 문제를 일으켰을 것이다.

‘무엇이 문제였을까? 무엇이 그에게서 살수의 껍질을 벗겨낸 것일까?’

분명 무언가가 있다. 고민을 해결하기 위해선 그 무언가를 먼저 밝혀내야 한다.

‘무음유살을 만나 봐야겠군.’

*　　　*　　　*

성문을 나서는 발걸음이 가벼웠다. 성문이 닫히려면 아직 두어 시진은 더 있어야 하지만, 들고 온 약초를 모두 팔아치웠으니 해질 때까지 기다릴 이유가 없었다. 품이 두둑해진 홍자기(洪慈己)의 걸음은, 빈 등으로 따르는 그의 노새만큼이나 가볍기 이를 데 없었다.

"이걸로 일단 한시름 덜었구나. 내달에도 이만큼만 흥정이 되면 겨울나기도 걱정이 없겠는데……."

홍자기의 배부른 타령에 뒤따르던 노새가 팽하며 콧방귀를 뀌었다. 이런저런 생각이 이어지는 사이, 어느새 뒤처진 동평(東平)의 성벽은 깨알만큼 작아져 있었다.

"오늘은 어느 고개를 넘어야 하나?"

홍자기는 태산으로 이어지는 관도 끝에 다다랐을 무렵에야 걸음을 멈추고 생각에 잠겼다. 평소 같으면야 길이 넓고 가파르지 않은 여우고개로 길을 잡겠지만, 품 안의 묵직한 전낭을 한 번 어루만진 홍자기는 쉽게 결정을 하지 못하고 있었다.

"설마 하니 호리채(狐狸寨) 산적들이 내 주머니까지 털지는 않겠지. 아냐, 호사다마(好事多魔)라 했으니, 돈 냄새를 맡고 안면을 바꿀지도… 애라 모르겠다. 설마 하니 별일이야 있을라고."

마음을 정한 홍자기는 노새의 고삐를 당기며 산을 오르기 시작했다. 혹시나 하는 마음이 남아 있었지만, 비루먹은 노새 한 마리 끌고 산을 오르는 약초꾼 따위는 거들떠도 보지 않을 것이라 생각하며 찝찝한 마음을 다스렸다.

얼마나 걸었을까. 산을 오르는 사이 날은 저물어가고, 사방은 괜스레 어깨가 좁아질 만큼 고요하기만 했다. 그런 적막한 산중에서 사람 소리가 들려온 것은 여우고개의 끄트머리에 다다랐을 무렵이었다.

"이게 무슨 소리지?"

언덕 너머에서 들려오는 웅성거림에 홍자기는 자신도 모르게 노새를
멈추고 귀를 세웠다.

"그러니까, 우리보고 돈을 내놔라?"
"돈 대신 줄 게 있다면, 그것도 괜찮고."
여인의 말에 무리지어 있던 사내들 중 하나가 능글맞게 답했다. 십여
명의 사내가 길의 앞뒤를 막고 있었고, 그 비좁은 틈 사이에 한 쌍의 남
녀가 서 있었다. 길을 막고선 사내들의 손엔 제각각 날이 선 칼들이 들려
있었다. 여우고개에서 이런 살풍경을 자아낼 수 있는 이들이 있다면 호
리채의 산적들뿐이었다.
한데 지금의 모습을 살풍경이라 느끼는 사람은 위협하듯 칼을 흔드는
산적들과 수풀 속에 몸을 납작 엎드린 홍자기뿐인 것만 같았다. 그들을
바라보던 여인은 고개를 절레절레 흔들고 있었고, 그 옆의 덩치가 산 만
한 사내는 팔짱을 낀 채 그들이 하는 양을 지켜볼 뿐이었다. 작은 한숨을
내쉰 여인이 산적들을 향해 입을 열었다.
"이봐요, 산적나리들. 우리 지금 무지 피곤하거든요? 그냥 좋은 말로
할 때 비켜주시면 안 될까요?"
"뭐?"
"우리가 지금 기분이 좋아요. 고생고생하다 나흘만에 산에서 내려가
는 거거든요. 그러니까 조용히 비켜주면, 우리도 그냥 모른 척하고 조용
히 내려갈 게요. 그렇지?"
여인은 확인이라도 해주겠다는 듯 옆에 선 사내에게 물었다. 하나 사
내의 대답이 나오기도 전 산적들의 호통이 이어졌다.
"이런 미친년을 봤나? 감히 우리가 누구인 줄 알고 개수작이냐?!"
"오라질 년. 서방있는 년 같아 돈만 받고 보내주려 했더니, 아무래도

곱게 뒈지기 싫은 모양일세."

"그냥 사내놈은 베고 계집은 산채로 끌고 가자고. 가랑이가 찢어져 봐야 정신을 차릴 것 같으니."

산적들은 저마다 산적다운 말투를 뽐내며 여인에게 욕을 해댔다.

여인. 예향은 가만히 눈을 감고 그들의 욕설을 듣고만 있었다. 마치 어디까지 이어지나 두고 보자는 표정 같았다. 하나 그녀의 인내는 채 열을 세지 못했다.

"이 개 후레자식 같은 새끼들아! 이런 개 잡것들이 어디다 대고 쌍욕이야, 쌍욕이! 얌전히 물러나면 보내준다잖아! 그리고 뭐? 가랑이를 찢어? 이런 불알을 튀겨먹을 놈의 새끼들을 봤나! 사내 새끼들이 할 짓이 없어 고작 산적질에 겁탈질이냐?! 염병할 놈에 자식들, 양물을 뽑아 돼지 먹이로 던져 줘버릴까 보다! 손에 칼 쪼가리도 없으면 사내 구실도 못할 병신새끼들, 계집 하나 두고 열댓이나 되는 놈들이 침 질질 흘리는 꼴이라니. 너희 같은 놈들한테 보시하느니, 차라리 고자새끼 똥구멍을 핥고 말겠다! 에이, 재수없는 것들. 퉤퉤!"

예향의 침 뱉는 소리마저 사라지자, 어두워진 산중에 적막이 찾아왔다. 말을 잃고 예향을 바라보는 산적들의 표정들은 하나같이 제각각이었지만, 그 표정들이 말하고자 하는 바는 한결같았다.

'뭐 저런 년이 다 있냐?'

하나 그래도 명색이 산대왕이라 불리는 자들이었기에, 이 어처구니없는 상황을 어찌 풀어야 할지는 잘 알고 있었다. 붉으락푸르락한 표정의 산적들이 손에 쥔 칼을 고쳐 잡으며 거리를 좁혀오기 시작했다.

"어디 내 배 밑에 깔리고 나서도 그 잘난 주둥아리를 놀릴 수 있을지 보자!"

산적들의 눈에는 불길이 일고 있었다. 계집 옆의 사내는 눈에 들어오지도 않았다. 물론 팔 척은 되어 보이는 큰 키가 눈에 거슬리긴 했지만 자신들은 수가 열둘이고 모두 칼을 쥐고 있었다. 덩치가 아무리 크다 한들 맨손의 사내 정도는 열 토막을 낼 수도 있었다. 수풀 속의 홍자기도 그렇게 생각하고 있었다.

'아이고, 애꿎은 사람 하나 죽어나가겠구나. 저 여자는 어찌 겁도 없이 산적들의 화를 돋았을꼬.'

홍자기가 보기에 사내가 죽는다면 그 책임은 산적이 아니라 여인에게 있었다. 산적들의 기세를 보아하니 사내는 십중팔구 목숨을 부지하기 어려워 보였다. 사내가 한 걸음 나선 것은 산적들이 움직인 직후였다.

"헤헤, 미안……."

신나게 욕설을 퍼붓던 아까의 기세는 어디 갔는지, 예향은 다 기어들어 가는 목소리로 한에게 사과했다. 하지만 한은 무표정한 얼굴로 그녀의 앞을 막아섰고, 예향은 자신의 머리를 쥐어박으며 경솔함을 탓했다.

새파랗게 날이 선 유엽도 하나가 한의 머리 위로 떨어져 내리고 있었다. 한의 좌수가 살기를 머금고 출수하려던 순간, 예향의 목소리가 한의 귓가로 들려왔다.

"그래도 죽이지는 마. 죽지 않을 만큼만……."

"좋은 방법이야."

"일단은 성공한 듯 보입니다. 소림과 무당의 제자들도 종적을 찾지 못해 애를 먹고 있습니다."

"안 그래도 눈에 띄는 이들이니 역으로 조금만 그 모양이 흐트러지면 사람들의 이목을 속이기가 더욱 쉽지. 이젠 무창살귀의 상징 같던 거검도 지니지 않고 있으니……."

넓고 푸른 태산의 자락이 한눈에 내려다보이는 바위 위. 넉넉한 풍채

의 노인과 갸름한 얼굴의 청년 하나가 산 아래를 바라보며 서 있었다. 단
사덕의 시선이 가 닿은 산 아래의 언덕에선 성난 대호 한 마리가 여우 무
리 속을 헤집고 있었다. 대호의 팔이 허공을 가로저을 때마다 여우들은
피를 토하며 바닥을 나뒹굴었다.

"쯧쯧, 상대를 봐가며 덤볐어야지."

"호리채라고 이 근방에선 제법 악명을 떨치던 자들입니다."

"악명은 무슨. 힘없는 양민들 간이나 빼먹는 쓰레기들이지."

산 아래 싸움을 구경하던 단사덕이 이내 흥미를 잃은 듯 시선을 거뒀
다.

"다른 사람들은?"

"가패는 이미 평음에 도착해 본방 문도들과 접촉했고, 손오 노인은 몽
음을 출발해 마차를 얻어 타고 이곳으로 향하고 있습니다."

"몽음에 송현우(宋炫雨)가 은거하고 있었다지?"

"예. 저희도 손오 노인의 뒤를 밟고 나서야 알았습니다. 절강 신검방
의 전대 방수가 그런 곳에 은거하고 있을 줄은……."

절강 신검방은 춘추전국시대의 인물인 간장(干將)을 추종하는 철방으
로, 실제 그의 진전이 이어지는 지는 확인할 수 없으나 이미 수백 년 전
부터 그 명성이 알려진 유서 깊은 철방이었다. '신검방은 신검을 만드는
것이 장기이고, 소일로 만들어도 명검이다'라고 할 정도로 그 솜씨가 정
평이 나 있었다. 신검방의 정확한 위치는 아무도 몰랐으며, 단지 막간산
어느 골짜기라는 소문만이 무성했다. 존재가 모호한 신검방임에도 수백
년간 명성을 잃지 않은 이유는 몇 년, 혹은 몇십 년에 한 번씩 신검방이
란 이름이 새겨진 명검이 세상에 흘러나왔고, 그 병기들의 주인 또한 하
나같이 일세를 풍미할 만한 그릇들이었기에 가능한 일이었다. 손오 노인
이 찾아간 이가 바로 그 신검방의 전대 방수였다.

“손오 노인의 청에 송 방주가 흔쾌히 병기를 만들어준 것을 보면, 아마도 두 사람이 오래전부터 알아왔던 모양입니다.”

“손오에 대해서도 조금 더 조사해 보거라, 쉽게 볼 위인이 아닌 듯하니.”

“알겠습니다.”

산 아래의 상황은 이미 정리가 되어가고 있었다. 바닥을 나뒹구는 호리채 산적들을 향해 예향이 무어라 소리치며 손가락질을 하는 모습이 보였다.

“거참, 그자의 곁에 어찌 저런 일행이 함께하게 되었을까? 하나는 동정수로채의 채주인 흑룡왕 가패. 아니, 멸문한 하북 만승문의 마지막 전인인 하후패(夏候敗). 아무짝에도 쓸모없어 보였던 노인은 신검문의 전대 방수와 지인. 짐이라고만 생각했던 여인은…….”

“저 여인의 정체는 정녕 의외였습니다. 설마 하니 그분의 작은 부인일 줄은…….”

청년의 말에 단사덕이 고개를 가로저었다.

“아직은 발설치 말아라, 그 일은 내가 알아서 할 터이니. 그나저나 가패는 잘 하고 있느냐?”

청년은 자신의 사부가 일부러 말을 돌린다는 것을 알고 있었지만, 제자 된 도리로 모른 척하며 사부의 물음에 답했다.

“계획대로 진행 중입니다. 지금 가장 고생하고 있는 사람이 아마 가패일 겁니다.”

“그렇겠지.”

단사덕은 고개를 끄덕이며 홀로 생각에 잠겼다. 이미 산 아래 있던 한과 예향의 모습은 사라지고 없었다. 그들이 사라진 자리엔 바닥을 기며 끙끙거리는 열두 명의 팔다리 병신만이 남아 있었다. 하나, 단사덕은 조급해하지 않았다. 그들이 어디로 갈 것인지는 불을 보듯 훤했으니.

"동평이라… 귀혼각이 있는 평음과는 불과 반나절 거리. 여섯 번째 복수가 멀지 않았구나."

"시끄러워지지 않을까 걱정입니다. 상대는 귀혼각입니다. 산동은 물론 북경에서까지 청부가 들어가는 실력자들입니다."

"그래서 내가 가는 것 아니겠느냐, 시끄러워지지 않게 하려고."

"조심하셔야 합니다. 지금 당장은 저들의 종적을 찾지 못해 소림과 무당의 제자들이 헤매고 있지만, 그들 역시 반나절 거리 안에 있습니다. 거리는 있지만 모용세가의 선발대 이십여 명이 이미 산동에서 움직이고 있고, 본대 역시 이틀 전에 남경을 출발했습니다. 조금이라도 산동에서 지체한다면……."

"허허, 벌써 네가 내 걱정을 할 때가 되었느냐?"

"그런 뜻이 아니라……."

단사덕의 너털웃음에 당황한 청년이 고개를 숙이며 말을 흐렸다. 하나 단사덕은 그런 제자를 탓하지 않았다. 오히려 그의 어깨를 두드리며 말했다.

"오구(五求)야."

"예, 사부님!"

"너는 아직도 내가 법개의 청을 수락한 것이 못마땅한 것이냐?"

오구는 대답하지 않았다. 하지만 그 침묵의 의미를 알기에 웃으며 제자를 다독였다.

"내가 개방에 적을 둔 지 벌써 육십 년이라는 세월이 흘렀다. 이 세월을 살며 크고 작은 일을 참으로 많이도 겪었다. 위험한 일도 있었고, 어려운 일도 많았다. 하나 내가 해야 할 일을 외면하거나 피해본 적은 없구나."

“사부님의 명에 웃으며 죽을 제자가 부지기숩니다.”

“이건 방의 일이기 이전에 내 일이다.”

“사부님은 개방의 큰 어른이십니다.”

“허허, 이건 법개의 청 때문이 아니다. 내 마음이 청한 일이다. 마음이 시키면 싫어도 하는 수밖에 도리가 없지 않느냐.”

단사덕의 뜻은 분명했다. 오구는 한숨을 내쉬며 입을 열었다.

“이 일이 어서 끝났으면 좋겠습니다.”

“그래. 그건 나도 마찬가지구나. 이 나이를 먹었어도 피 냄새를 따라가는 일은 고역이야……”

고개를 돌린 단사덕의 눈에 한이 스쳐간 언덕이 보였다. 그리고 그 언덕 너머로 깨알 같은 점 하나가 희미하게 어른거리고 있었다.

*　　　　*　　　　*

“노인장, 저기 보이는 산만 돌면 동평이오.”

“흘흘, 나도 알고 있네. 동평도 참 오랜만이구먼.”

“동평에 와보신 적이 있으시오? 말투를 들으니 화중 사람 같은데……”

“중원천하에 내 발길 안 닿은 곳이 어디 있을까.”

두 마리 말이 끄는 마차가 관도를 따라 천천히 움직이고 있었다. 흘러가는 구름만큼이나 느린 걸음이었지만 고삐를 잡은 중년인도, 그 옆에 앉아 있던 노인도 그런 느린 이동에 불만은 없어 보였다.

“한데 저 궤짝엔 뭐가 들은 거요? 노인장 혼자 건사하기엔 제법 무거워 보이던데.”

“응, 누구한테 전해줄 물건이라네.”

"귀한 거요?"

고삐를 잡은 중년인이 호기심이 동한 듯 옆에 앉아 있던 노인에게 물었다. 하나 노인은 미소를 지으며 고개를 저었다.

"귀한 물건이라면 나 같은 노인네 혼자 들고 다닐 리가 없잖은가."

"하긴, 그도 그렇군. 그래도 제법 무게가 나가던데……."

중년인은 뭐가 그리 궁금한지 노인의 눈치를 살피며 꼬치꼬치 캐물었다.

"흘흘, 그리 궁금한가?"

"뭐, 궁금하다기보다는……."

"생각해 보니 귀한 물건일 수도 있겠구먼, 세상에 하나밖에 없는 물건이니."

노인의 말에 잦아들던 흥미가 다시 동한 중년인이었다. 자신을 빤히 바라보며 뒷말을 기다리는 중년인의 모습에, 노인은 하늘에 뜬구름을 바라보며 말을 이었다.

"천하에 하나밖에 없는 물건이니 귀하다랄 수도 있지만 이걸 쓸 수 있는 사람이 천하에 한 사람뿐이니, 그에게는 귀할 수도 있지만 다른 이에겐 무용지물이랄 수도 있겠구먼."

"거참, 사람 궁금하게 만드는 재주가 용하오."

노인의 애매한 말에 중년인이 입맛을 다셨다. 그 모습에 만족한 듯, 잠시 뜸을 들인 노인이 입을 열었다.

"대당삼장취경시화(大唐三藏取經詩話)에 보면, 도술을 익힌 미후왕(美候王) 손오공이 손에 맞는 무기를 구하기 위해 용궁에 난입하지."

"아! 서유기(西遊記)?"

"흘흘, 요즘은 서유기라 해야 알아듣는구먼. 여하튼 거기에 보면 용궁에 신병이기가 가득하다는 소문을 듣고 손오공이 찾아갔는데, 막상 찾아보니 썩 마음에 드는 병기가 없었다고 하지."

"그런데 용케 용왕이 기둥 사이에 숨겨둔 여의봉을 찾아내 빼앗지 않소?"

고삐를 쥔 손으로 박수를 치자 마차를 끌던 말들의 걸음이 조금 빨라졌다. 하나 이야기에 빠져든 중년인의 눈과 귀는 노인의 다음 이야기에만 쏠려 있었다.

"그래. 본래 여의금고봉(如意金箍棒)은 바다 밑 용궁의 반석을 다질 때 쓰였던 철봉으로, 무게가 만 근이 넘어 누구도 사용치 못하는 병기 아닌 병기였다네. 생떼 부리는 미후왕을 골리기 위해 용왕의 처가 꾀를 낸 것으로, 미후왕이 스스로 모자람을 깨닫고 물러가게 만들 심산이었겠지. 하나 결국엔 미후왕에게 천고의 병기를 내어준 것이나 다름 아니게 되어 버린 것이지."

"본래 보물은 임자가 따로 있다지 않소. 여의봉의 진짜 주인이 손오공이었던 게지. 한데 난데없이 손오공 이야기는 왜 꺼낸 것이오?"

영문을 모르겠다는 듯한 중년인의 물음에 손 노인은 뜻 모를 미소를 지으며 눈을 감았다.

"저 궤짝에 든 물건이 그런 것이네. 자네나 나 같은 사람에겐 아무 소용없는 쇳덩이지만, 제 주인을 만난다면 참으로 귀하게 쓰일 그런 것 말일세. 흘흘."

*　　　*　　　*

쥐 죽은 듯 고요하다는 말이 무색할 정도였다. 풀벌레 소리, 바람결에 스치는 나뭇잎의 몸부림조차 없었다. 장원을 밝히는 불빛이라곤 낮게 뜬 하현달의 어스름함이 전부였다. 장원은 잠들어 있었다.

장원의 담장은 제법 높았다. 담장 위에 올려진 기와가 잠시 달그락거렸지만, 기와 위에 아무런 흔적도 남지 않은 것을 보면 그저 우연히 그리된 듯싶었다.

담장에서 내원으로 이어지는 길목 위로 한줄기 바람이 스쳐 지나갔다. 하나 주변의 정원수는 나뭇잎을 비비지 않았다. 낮게 들린 바람 소리는 아마 착각이었을 것이다.

처마 안으로 이어진 대들보 위로 낮은 사박거림이 들리는 듯했다. 귀를 기울여야 겨우 들릴 듯 말 듯한 소리. 잠시 천장을 올려다본 윤 대인의 둘째 첩은 다시금 잠을 청했다, 날이 밝으면 하인들에게 시켜 쥐덫을 놓아야겠다 생각하면서.

'윤 대인의 방은 세 번째.'

지붕을 지탱하는 목조 골격과 화려한 내실 사이에 만들어진 비좁은 공간. 불빛 한 점 찾기 힘든 천장 위, 그 어둠을 따라 이어지는 무음의 움직임이 있었다.

'내원 밖의 무사가 둘, 내실 앞에서 번을 서는 무사 둘.'

대들보를 따라 움직이던 사내는 어느 한곳에 다다르자 걸음을 멈췄다. 품에서 작은 송곳을 꺼내어 지붕에 구멍을 내기 반 각 여. 송곳으로 뚫은 콩알만 한 구멍을 통해 내실의 내부를 훤히 들여다볼 수 있었다.

'윤 대인의 처첩은 모두 셋. 셋째 첩은 별원에 있고, 둘째 첩은 좌측 끝의 방. 오늘은 본처와 동침하는 날이다.'

천장의 작은 구멍으로 눈동자가 구르고 있었지만, 깊은 잠에 빠진 윤 대인 내외는 작은 뒤척임조차 없었다.

'독살(毒殺), 교살(絞殺), 격살(擊殺)은 불가. 반드시 처참하게 참살(斬殺)할 것. 원한에 기인한 청부의 전형이지. 윤 대인, 알려진 것과는 다르게 구린 구석이 있는 자였군.'

윤 대인이라면 평음에서 나고 자라 자수성가하여 천금을 쌓은 이였다.

상계에 몸담은 이답지 않게 배움이 남다르고 인물이 후덕해 주변 사람들의 존경을 받으며 대인이라 불리는 이였건만, 이런 인물조차 청부하는 자가 있으니 과연 세상은 오래 살고 볼일이었다.

'당신이 쌓은 원한의 값은 은자 이천 냥이오.'

사내는 등에 메고 있던 환도를 꺼내어 대들보 위에 올려놓았다. 그리고 품에서 새하얀 무언가를 꺼내어 얼굴 위로 가져갔다.

'천장을 부수고 들어가 단숨에 수급을 베고 도주한다. 문 앞에 있는 무사들은 이걸로 지체시키고, 담장을 넘어 산으로 도주하면 임무 완수.'

하얀 귀면탈로 얼굴을 가린 사내가 오른손에 환도를 쥐고는 서서히 허리를 폈다. 그의 왼손엔 한 움큼의 무언가가 들려 있었다.

'간다!'

우지끈!

숨을 멈춘 귀면탈의 사내가 발을 세차게 구르자, 판자로 만들어져 있던 천장이 산산이 조각나 바수어지며 비산하는 먼지들과 함께 내실로 쏟아져 내렸다. 그 소리에 윤 대인이 놀라 눈을 부릅떴지만, 그가 볼 수 있던 것은 머리 위 난리통 사이로 내려 꽂히던 한 자루의 환도뿐이었다.

쐐애액!

소리 지를 겨를도 없었다. 아닌 밤중에 홍두깨가 새파란 혓바닥을 날름거리며 윤 대인의 목을 노리고 있었다. 하지만 그 찰나의 순간, 이불 속에 숨어 있던 윤 대인의 내자가 발을 굴러 윤 대인을 침상 밑으로 밀쳐냈다. 놀란 귀면살수의 환도가 급격히 방향을 틀었지만, 섬뜩한 파육음과 함께 귀면살수의 환도는 허공에서 멈춰져 버렸다.

푸욱!

환도를 잡고 있던 손이 가늘게 떨려왔다. 천천히 고개를 돌린 귀면탈 속의 눈빛은 자신의 배를 꿰뚫은 한 자루의 유엽도를 믿을 수 없다는 듯 바라보고 있었다. 무언가 말하려는 듯 입술을 달싹였지만, 귀면탈 밑으로 흐른 한줄기 핏물이 그가 남긴 유언의 전부였다.

"끄르륵……."

유엽도를 뽑아내자 살수의 시신이 그대로 엎어져 버렸고, 윤 대인의 온기가 남아 있던 금침 위로 귀면살수의 붉은 피가 흥건히 배어져 나오고 있었다.

"고생했소."

금침에 유엽도를 닦아낸 사내가 바닥에 주저앉아 있던 윤 대인에게 말했다. 하나 겁에 질린 윤 대인은 그저 고개만 끄덕일 뿐 아무런 대답도 하지 못했다. 어느새 들어온 내실 밖의 무사 둘이 윤 대인을 부축해 나갔다. 윤 대인이 앉아 있던 자리에선 지린내가 풍겨오고 있었지만, 홀로 남은 사내는 아무렇지도 않다는 듯 금침 위로 다가가 사내의 귀면을 벗겨냈다.

"첫 번째 무음유살이 죽었군."

시신을 확인한 사내는 들고 있던 귀면탈을 침상 위로 던져놓고는 미련 없이 내실을 빠져나갔다.

금침 위의 시선은 억울함에 감기지도 못한 채 방을 나서는 사내의 뒷등을 바라보고 있었다. 그의 왼손엔 한 움큼의 철질려(鐵蒺藜)가 손등을 뚫고 나와 있었다.

＊　　　＊　　　＊

담은 오래전에 무너져 내려 돌무더기 이상으로 봐주기가 어려웠고, 마당엔 잡초들이 무성히 자라나 있어 입구에 걸린 공자묘라는 현판을 무색하게 만들고 있었다.

이곳이 언제부터 거지들의 소굴이 되었는지는 알 수 없었다. 물론 처마 아래 모여 있던 거지들 중 그런 것을 중요히 생각하거나 궁금히 여기는 이는 없었다. 그저 동냥 나간 동료들이 쉰밥이나마 넉넉히 얻어오길 바라거나, 성질 더러운 분타주가 오늘도 조용히 넘어가 주길 바랄 뿐이었다.

조는 듯 고개를 꾸벅이던 늙은 거지의 두 눈이 주변의 기척을 탐색하듯 반짝이고, 입이 찢어져라 하품을 해대던 젊은 거지의 어깨에서 힘이 빠지지 않는 것도 다 그런 이유였다. 제멋대로라 생각되던 거지들의 움직임은 타구진의 방위를 밟고 있었고, 은밀히 공자묘를 빠져나간 대여섯 명의 개방도가 주변의 움직임을 철저히 확인하고 있었다. 개방의 총단과 가장 가까운 분타인 하북 보정분타(保定分舵)의 개방도라면 당연하다고 할 수 있는 반응. 개방 보정분타주는 개방 내에서도 성질이 더럽기로 유명한 인물이었고, 분타에 외부 인물이 방문하였을 때야말로 그런 성질 고약한 분타주에게 잡힐 꼬투리가 넘쳐 난다는 것을 경험상 잘 알고 있었다. 더욱이 오늘 찾아온 손님은 분타주가 그토록 만나기 꺼려 하는 구파의 인물이었다. 오늘 하루 무사히 넘기려면, 손님이 떠날 때까지 이 낡은 공자묘는 철옹성이 되어야만 했다. 그것이 보정분타의 규율이었고, 분타주의 철칙이었다.

"이 냄새나는 거지 소굴에 뭐 주워 먹을 게 있다고 소식도 없이 찾아온 거야?"

"하도 소식이 뜸해, 혹 굶어 죽었나 싶어 찾아왔다. 한데 늘어져 있는 꼴을 보니 아무래도 늙은이의 괜한 걱정이었나 보구나."

"썩을, 거지 팔사가 그렇지 뭐. 배곯으면 허기 잊으려고 자고, 배 좀 차면 금시 또 허기 올까 자고. 클클, 과부가 하늘 보며 한숨짓는 것만큼이나 거지가 하루종일 잠만 퍼 자는 것에도 그런 심오한 뜻이 있는 것이니라."

늙은 거지의 말에 마주 앉아 있던 노도인이 혀를 차며 고개를 저었다.

“근데 무당파 장로씩이나 되는 작자가 이렇게 돌아다녀도 되는 거냐? 그리고 너는 어째 올 때마다 빈손이고 홀몸이냐? 근래 무당파 가세가 많이 기울었나 보구나? 예물은 그렇다 쳐도, 명색이 장론데 어찌 수발제자 하나 없누?”

“이놈아, 내가 네놈에게 뭐 잘 보일 일 있다고 예물씩이나 들고 오겠느냐? 그리고 내가 수발제자 거느리지 않는 거야 이미 십수 년도 더 된 일. 네놈도 슬슬 망령기가 오는가 보구나? 용두방주도 참 대단하구먼. 이런 놈 뭐 믿고 분타주 자리를 맡기는지. 쯧쯧.”

무당파의 장로. 노도인은 무당파를 떠나온 운경자였다.

“흘흘, 나야 젊었을 적 워낙 많은 일을 했으니, 우리 방주도 ‘너 고생 많이 했으니 거기 눌러앉아 있다가 조용히 가라’ 하는 마음으로 이곳에 날 보낸 것 아니겠느냐. 네가 수발제자 없이 다니는 거야 순전히 네놈 똥고집이고.”

무당파 장로에게 감히 병대를 하는 늙은 거지. 운경지기 무영개(無影丐) 단사의(檀思義)와 친교를 맺은 지는 벌써 수십 년도 더 된 일이었다. 거지와 도사라는 다소 가까워지기 어려운 관계이긴 했지만, 의외로 이 두 사람은 죽이 잘 맞았고 의기투합이 잦았다. 함께 힘을 합하여 해결한 강호의 문제도 여러 번이었고, 심지어 개방과 무당의 합의가 필요한 일에도 종종 두 사람이 나서기도 하였다. 게다가 이 추레한 몰골의 늙은 거지가 실은 무당의 장로라는 신분에 결코 뒤지지 않는, 과거의 실수만 아니었다면 지금쯤 그의 친형과 함께 나란히 개방의 장로로 추대되었을 것이 분명한 고수이기도 했다.

“그건 그렇고, 요즘은 세상이 너무 조용해.”

“어디 먼 곳에 다녀온 모양이지? 서역이라도 다녀오셨나?”

운경자의 혼잣말에 단사의가 피식 웃으며 물었다. 그의 말에 도리어 운경자가 무슨 소리냐는 듯 되물었다.

"음? 그게 무슨 소리야?"

"이놈아, 늙으려면 곱게 늙어. 네가 무당산에서 예까지 괜한 걸음을 했을 리 없지. 안 어울리는 능청 떨지 말고, 궁금한 게 뭐냐?"

"능청이라니? 무슨 소린지 모르겠구나?"

운경자는 짐짓 고개까지 갸우뚱거리며 눈을 깜빡거렸다. 하나 운경자의 앞에 앉아 있던 이는 개방도. 그것도 개방 안에서도 거물이라 할 수 있는 단사의였다.

"이제 보니 밥숟가락 떠 먹여줘야 먹을 위인이구먼. 오냐, 오늘은 내가 선심 한번 쓰마. 그래, 네놈이 궁금해할 만한 것이 뭐가 있을까……?"

비스듬히 누워 있던 단사의가 몸을 일으키며 바로 앉았다.

"보자, 무당하고 연관될 만한 게 뭐가 있을까. 소림하고야 요 몇 년 오순도순 지냈으니 네가 더 잘 알 거고, 다른 구파들도 이렇다 할 소식은 없으니……."

"거봐라, 내 말이 맞지 않느냐. 요즘 같은 태평성대가 없다니까?"

"이놈아, 천하에 구파일방만 있다더냐? 그래, 얼마 전에 모용세가에서 초상을 치른 것도 사건이라면 사건이겠구나."

"초상? 누구?"

운경자가 능청스레 고개를 돌리며 물었다. 천장을 바라보던 단사의가 고개를 끄덕이며 말을 이었다.

"장안호라고 거기 호법으로 있던 이가 죽었지. 그러고 보니 며칠 전에는 황옥산도 죽었구먼. 알고 보니 황옥산하고 장안호가 의형제 지간이었던 모양이야."

"광도?"

"어, 흑백쌍괴의 그 광도. 아마도 장안호의 복수를 하겠다고 나섰다가

변을 당한 모양이야. 새까맣게 어린놈이라던데 황옥산 정도의 고수를 꺾었다 하니 그놈도 보통은 아니지. 그러고 보니 요즘은 온통 그놈 이야기뿐이군."

단사의는 제법 자세하게 그의 소식을 알고 있었다. 이야기를 거꾸로 짚어나가는 통에 오히려 명확히 알게 된 사실도 있었다. 개방은 직접 그의 뒤를 쫓던 무당만큼이나 많은 것을 알고 있었던 것이다.

"호오, 그런 자가 날뛰고 있었단 말이야?"

운경자가 시치미를 떼며 단사의의 말에 맞장구 쳐주었다. 하나 단사의가 한 수 위였다.

"그놈이 궁금해서 온 거냐?"

"뭐… 라고?"

단사의의 질문에 당황한 운경자가 조금 말을 더듬었지만, 이미 그전에 운경자의 내심을 짐작한 단사의였다.

"듣자 하니 조용히 살귀를 쫓는 놈들이 있다던데, 그게 무당파 아이들이었구나?"

운경자는 자신도 모르게 헛바람을 삼키며 입을 닫았다. 설마 그것까지 알고 있었을 줄이야……

"놀라긴. 넌 천상 도사 짓이나 해먹고 살아야 할 팔자인가 보다. 그렇게 마음을 숨기지 못해서야……"

"허, 험."

"이놈아, 거간을 하려면 제대로 해야지. 아는 걸 모르는 척하는 게 입 다문다고 되는 일인 줄 아느냐? 아는 것이 열 개면 필요없을 다섯 개 정도는 풀어놓고 시작을 해야 듣는 놈도 긴가민가하면서 속지, 이건 처음부터 '난 아무것도 모르오' 해버리니 어찌 속내를 의심하지 않을 수 있겠느냐?"

단사의가 혀까지 차며 운경자를 나무랐다. 그의 시선을 피한 운경자가 고개를 저으며 한숨을 쉬었다. 속내를 들켜 민망해하는 것도 같았지만, 그것이 전부는 아니었다.

"속일 맘으로 사람을 찾았다면야 내가 어찌 너에게 왔겠냐?"

"뭐?"

이번에는 단사의의 눈이 좁아지고 있었다.

"이렇게라도 들통이 나야 나도 물어보기가 편하지. 너도 답해주기 편하고."

"말코야, 수작 부리지 마라. 네가 아무리 그래도……."

"어디까지 알고 있냐?"

"뭐?"

운경자의 물음에 이번에는 단사의가 당황해했다. 돌아온 운경자의 시선에선 장난기를 찾을 수가 없었다.

"그래, 네 말 그대로다. 우리도 무창살귀를 쫓고 있다. 이미 다 알고 있었을 터이니 숨기지 않으마. 대신 너도 한 가지 답해다오. 개방은 어디까지 알고 있는 거냐? 그자에 대해서."

"알긴… 뭘 알아? 그냥 말해준 그대로지."

운경자 역시 강호의 늙은 생강. 상황은 어느새 역전되었다. 운경자의 시선이 집요하게 단사의를 쫓았고, 잠시 침묵을 지키던 단사의는 결국 한숨을 내쉬며 고개를 돌렸다.

"망할 놈, 몇 년 안 본 새 능구렁이가 다 되었네."

"대답이나 해다오. 중요한 일이다."

"나도 해줄 말이 별로 없다. 나 일개 분타주야."

"아는 것만이라도 말해다오. 정말 중요한 일이다. 나한테도 개방에도……."

"……!"

단사의의 눈꼬리가 조금 치켜 올라가고 있었다. 자신이 아는 운경자는 농도 좋아하고 성격도 호방한 사람이다. 하나 그렇다고 품행이 가볍다거나 경우를 모르는 이는 아니었다. 그의 마지막 말이 그래서 걸렸다, 개방에도 중요한 일이란 그 한마디가.

"음… 어디 가서 흘리고 다니지 마라. 나중에라도 알려지면 그나마 남은 분타주 자리도 날아간다."

"염치없지만 부탁하자."

"나도 자세한 건 모른다. 그저 그놈과 관련한 일에 제법 많은 인력이 투입되고 있다는 것과 이 일에 대해 외부는 물론이고 내부의 입단속도 이해하기 어려울 만큼 엄중하다는 것. 그리고……."

말을 잇던 단사의가 잠시 운경자를 바라보았다. 이야기를 해야 할 지 말아야 할지를 고민하는 것이 분명했지만, 운경자는 재촉하지 않고 말없이 그의 시선을 마주했다. 잠시 뜸을 들인 단사의가 어렵게 뒷말을 이었다.

"…소림과 무당의 움직임을 예의주시하고 있다는 것."

"위에서 말이지?"

"그래, 위에서……."

단사의를 바라보던 운경자의 시선이 거두어졌다. 단사의는 무언가 더 알고 있었다. 강호의 경험상 그가 모든 것을 꺼내놓았다고 생각되지 않았다. 하지만 그를 채근할 수는 없었다. 말 그대로 분타주 자리 날아가는 정도의 정보였다. 더 말하라고 한다면 그 이상의 것을 포기하라 종용하는 것과 다름이 없었다.

운경자 역시 말하지 않은 것이 있었다. 소림과 무당이 개방을 배후로 지목하고 있다는 것. 아마 단사의가 말하지 않은 것도 그 정도의 무게를 가진 것일 것이다. 두 사람의 자리 보전 정도로는 감당하지 못할 이야기들. 하지만 내친걸음이라 여겼는지, 운경자는 선을 조금만 넘어보기로

했다, 아주 조금만.

"관심이냐? 관찰이냐?"

"…관심."

운경자의 마지막 물음에 단사의가 어렵게 대답해 주었다.

관심과 관찰의 차이. 개방의 움직임이 관찰이었다면 그것은 그의 행보에 호기심을 느끼는 것일 테지만, 만약 관심이라면 그 행보의 과정이 아닌 결과를 기대하는 것이다. 어느 정도까지 이어져 있는지는 모르지만, 개방은 분명 그와 연관되어 있었다. 그리고 단사의의 대답이 소림과 무당의 짐작을 확인해 준 것이나 마찬가지였다.

"우리도 그에게 관심을 가지고 있다."

"알아."

"개방도 마찬가지다. 물론, 관심이라기보다는… 의심에 가깝지만."

크게 떠진 단사의의 두 눈이 운경자를 바라보고 있었다. 운경자도 선을 넘어버렸다. 단사의가 위험을 무릅쓰고 자신의 물음에 답을 내주었으니, 자신도 그에 합당한 예의를 차려주어야 했다.

무당이 개방을 의심하고 있다는 사실은 매우 미묘한 문제가 아닐 수 없었다. 만약 이 이야기가 개방의 수뇌부에까지 흘러들어 간다면, 이후 어떤 여파를 몰고 오게 될지 장담키 어려웠다. 의심의 골은 쉽게 메워지지 않는다. 이후 무창살귀와 관련한 일에 무당과 개방의 관계가 어떤 식으로 전개될지는 모르나, 의심은 어떤 식으로든 도움이 되질 못한다. 운경자와 단사의의 시선이 마주쳤다.

"염병할… 입도 뻥긋 못하게 되었군."

"그러게."

두 사람 모두 알고 있다. 아무리 두 사람이 수십 년을 사귀어온 막역한 사이이고 각 파에서 존장으로 대우받는다 해도, 지금 나눈 이야기의 여파는 장담할 수 없었다.

물론 지금 두 사람의 만남 자체를 숨길 수는 없었다. 풍파를 일으키지 않으려면 개방과 무당의 수뇌들이 수긍할 만한 대화의 결과물이 필요했다.

"좋아, 무당이 바라는 건 뭐야?"

"그자에 대한 정보. 그자가 누구인지, 왜 살겁을 저지르고 다니는지. 그리고 개방이 그에 대해 쉬쉬한 것에 대한 적당한 변명."

"외호 무창살귀. 본명 모름. 지금까지의 행보는 무당이 아는 것과 동일. 살겁의 이유 모름. 모든 것은 총단에 문의할 것."

"좋아. 그렇게 들은 걸로 할 테니, 너도 내가 그렇게 물어봤다고만 전서로 보내놔. 천상 북경으로 가야겠군."

단사의가 고개를 끄덕이며 생각에 잠겼다. 그때 운경자가 물었다.

"근데, 정말 어디까지 알고 있는 거냐? 그자에 대해서?"

"썩을, 정말 나 죽는 꼴 보고 싶어 그러냐? 총단에 가서 물어봐!"

의도적인 듯한 단사의의 역성에, 운경자는 그럴 줄 알았다는 듯 고개를 끄덕이며 내려둔 짐을 챙겼다. 어차피 넉넉하지 못한 걸음이었다. 개방 총단인 북경에 당도하려면 말로 달려도 하룻길이었으니, 밤을 새워 내달리면 내일 아침엔 당도할 수 있을 것이다.

운경자가 일어선 자리엔 작은 전낭 하나가 떨어져 있었다. 그것을 본 단사의가 심드렁하게 말했다.

"가져가. 호랑 말코 주머니 빌어먹을 만큼 형편없진 않아."

"어차피 손 뻗으면 냉큼 채갈 텐데, 내가 뭣 하러 헛손질을 하누?"

미소 띤 운경자의 말에 단사의도 누런 이를 드러내며 마주 웃었다. 전낭은 이미 사라지고 없었다.

운경자가 자리에서 일어나 걸음을 옮겼다. 그의 뒷모습을 바라보며 생각에 잠겨 있던 단사의가 불현 듯 고개를 들며 운경자의 걸음을 붙잡았다.

“말코야.”

운경자가 무슨 일인가 싶어 고개를 돌렸다. 단사의가 어슬렁거리며 걸어오는 모습에 고개를 갸웃거릴 수밖에 없었다.

“얼씨구? 네가 배웅을 다 나오고, 환갑 지나 철이라도 난 것이냐?”

운경자의 농에 단사의가 피식 웃으며 다가섰다.

“산동으로 가라.”

단사의의 갑작스런 전음에 운경자의 눈이 이채를 발했다.

“갑자기 산동은 왜?”

“네가 찾는 사람도 산동에 있고, 네가 만나 봐야 할 사람도 산동에 있다.”

단사의의 전음에 운경자가 고개를 돌려 주변을 살폈다. 무의식적인 행동이었지만, 단사의의 조심스러운 목소리는 운경자도 함께 조심해 줄 것을 원하고 있었다.

“일단 살귀를 찾아라. 평음에 가면 만날 수 있을 거다. 그를 찾으면… 네가 만나야 할 사람도 찾을 수 있을 거다.”

살귀를 찾으라는 단사의의 말에 운경자는 난감해하지 않을 수 없었다. 그와 접촉치 말라는 장문인의 명도 있었거니와 개방의 의도를 확인하지 못한 상황에서 섣부른 만남은 피해야만 했다. 하나 그것을 짐작 못한 단사의가 아닐 터였기에 재차 확인하며 물어야 했다.

“내가 만나야 할 사람이라니?”

운경자의 물음에 단사의는 잘 가라 배웅하듯 마지막 전음을 보냈다.

“우리 형.”

第三十七章

기녀 예향

미산호(微山湖)는 강소와 산동의 경계에 면한 호수이다. 한고조(漢高祖) 유방(劉邦)의 출생지이기도 한 미산호는 이백여 리에 걸쳐 황하와 장강의 물길을 담아내는 대운하의 요충지였다. 강소에서 시작하는 미산호는 산동의 유서 깊은 도시인 제녕(濟寧)에 이르게 된다. 제녕은 예부터 수운이 발달해 대운하의 중간 집산지로 이름 높았고, 황도를 북경으로 천도한 이후에는 이전보다 폭발적으로 물류 이동이 늘어나, 명실상부한 남북 물류 이동의 요충지로 입지를 곤고히 다지고 있었다. 이렇듯 하루에도 수백 척의 배가 오가는 미산호였기에, 모용세가의 사람들을 태운 세 척의 배는 사람들의 이목을 끌지 않으며 북진할 수 있었다.

"육마시(六摩矢)입니까?"

"그렇다네. 급조한 물건이라 볼품이 없긴 하지만, 위력만큼은 보증할 수 있지."

검은색 철통을 가리키며 설기룡이 묻자 모용고한이 철통을 들어 보이며 답했다. 듣기로는 철마시 여섯 발을 동시에 쏘아낼 수 있는 기관이라 했는데, 직접 보니 기존의 철마시를 발사하던 기관과 크기 면에서는 별 차이가 없어 보였다.

"생각보다 작군요."

"어차피 한 번 사용하면 버릴 물건이라 단조롭게 만들었지. 기관에 장착하는 철마시는 긴 수명을 생각해 내부에 여러 보조 장치가 필요하지만, 이 녀석은 그런 것을 신경 쓸 필요가 없으니까."

설기룡과 함께 내려온 유방현과 반사영은 선실 한쪽에 있던 노(弩)를 바라보며 놀라워했다.

"이건 노가 아닙니까?"

"그래. 남경의 흑점(黑店)에서 어렵게 구한 것이지."

흑점이라 함은 암시장을 뜻하는 것으로, 밀수한 물건이나 훔친 장물, 심지어 노예의 매매까지도 심심찮게 벌어지는 불법적인 시장이었다. 물론 조정에서는 흑점의 활동을 제재했고 그와 연루된 자들을 엄히 다스렸지만, 수요가 있으면 공급도 있는 법. 천하 도처에서 암암리에 열리는 흑점의 일망타진은 요원한 일이었다.

"제법 무겁군요?"

유방현이 노 하나를 들어 어깨에 걸쳐 보았다. 그 모습을 본 모용고한이 고개를 저으며 말했다.

"내려놓아라. 너희들이 쓸 물건이 아니니."

모용고한의 명에 유방현은 노를 제자리에 가져다 놓으며 물었다.

"그럼 저희에겐 육마시가 지급되는 것입니까?"

당연한 물음이었지만 모용고한은 답해주지 않았다. 육마시와 노 모두 무창살귀를 상대하기 위해 어렵사리 준비한 물건이었다. 귀한 만큼 다루는 데에 소홀함이 없어야 했고, 사용함에도 책임이 뒤따랐다. 선실에는 네 개의 육마시와 여덟 기의 노가 가지런히 놓여 있었다. 모용중경의 제자는 모두 넷. 네 개의 육마시는 당연히 자신들의 몫이라 생각했었다. 하지만,

"잠시 나가세."

설기룡은 짧은 부름만을 남기곤 먼저 등을 돌려 선실을 빠져나갔다. 유방현과 반사영은 그런 설기룡의 반응에 어리둥절하며 그의 뒤를 따라나섰고, 그들의 뒷모습을 바라보던 모용고한이 작게 한숨을 내쉬며 흐트러진 병기들을 정리하기 시작했다.

선실을 빠져나오자 시원한 강바람이 이마를 쓸어 넘겼다. 설기룡은 사람들의 시선이 닿지 않는 배의 후미에 서 있었다. 선실을 나온 유방현과 반사영이 그의 곁으로 다가서자 강물을 응시하던 설기룡이 입을 열었다.

"나중에 무창살귀와 맞부딪치게 되더라도 자네들은 절대 나서지 말게."

"예? 아니, 사형, 그게 무슨 뜻입니까?"

유방현이 이해할 수 없다는 듯 되물었고, 반사영 역시 그와 비슷한 표정으로 설기룡을 바라보았다. 어려운 싸움을 앞두고 나서지 말라니? 하나 이어진 설기룡의 목소리는 단호했다.

"육마시는 내율원에서 특별히 선발한 무사에게 지급될 것이고, 노는 외당 무사들 중 적임자를 차출하여 지급할 것이네."

무슨 영문인지 몰라 어리둥절해하는 유방현과는 달리 반사영의 안색은 눈에 띄게 굳어지고 있었다.

"…더러운 싸움이니 애초에 발을 담그지 말라는 말씀이십니까?"

"경거망동하지 말라는 뜻이네."

평소 말이 없던 반사영이 못마땅하다는 듯한 말투로 입을 열었고, 그런 사제의 도발적인 언행에 불쾌하다는 표정으로 설기룡이 답했다.

"책임은 결국 모용세가의 몫입니다! 손바닥으로 하늘을 가릴 수는 없는 일입니다!"

두 사람의 대화를 듣고 나서야 어찌 된 영문인지 알아차린 유방현이 설기룡에게 외쳤다. 유방현의 목소리가 너무 컸던 탓인지 멀리 떨어져 있던 외당 무사들의 시선이 그들에게 쏠렸지만, 이내 날카로운 설기룡의 시선에 놀라 제자리로 돌아가고 말았다. 사제들에게로 시선을 돌린 설기룡이 조용히 입을 열었다.

"사제들의 말이 맞네. 육마시나 노를 사용해 복수를 했다는 것만으로도 모용세가의 이름엔 먹칠을 하게 되는 것이지. 물론 하급 무사들이 사용하였다 하여 그 책임이 사라지지는 않을 것. 하지만 그 책임을 모용세가의 사람 모두가 져야 할 필요는 없네."

설기룡의 냉정한 말에 유방현과 반사영 모두 놀란 눈을 크게 뜨고 말았다.

"사, 사형?!"

"비겁합니다."

유방현은 당황함을 어쩌지 못하고 설기룡을 불렀고, 반사영은 굳은 표정으로 설기룡에게 반박했다. 하나 설기룡은 사제들의 투정을 받아줄 생각이 없었다.

"사영, 자네 말이 맞을지도 모르네. 비겁하다 할 수도 있지. 하나 그것이 사부님의 뜻이네. 나 또한 사부님의 뜻에 공감하고 있고."

"어찌 그럴 수가?"

"방현, 강호는 대의가 지배하는 곳일세. 우리가 이토록이나 복수에 집착하는 것도 총호법의 원한을 갚아야 한다는 대의명분이 있기 때문이네.

물론 복수의 수단이 옳지 못했음은 강호동도들의 비난을 면치 못하겠지. 분명 그것을 반기는 이들도 있을 것이고. 우리에겐 적이 많네. 아니, 모용세가의 머릿속을 들여다보고 싶어하는 자가 많다 해야겠지. 천하의 비지(秘地)치고 모용세가의 손길이 가 닿지 않은 곳이 없네. 그들은 그 비밀을 엿보길 원하지. 우리가 곤경에 처한다면 그 틈을 노릴 자가 많다는 뜻이네. 모용세가는 묵언의 가문일세. 물론 노와 기관으로 고수를 상대한 일 정도로 어찌 될 모용세가는 아니네. 하나 한번 벌어진 틈을 서둘러 메우지 않으면 종국엔 손쓸 수 없을 만큼 크게 벌어지기 마련. 가주께서는 그것을 원치 않으시네.”

유방현과 반사영은 설기룡의 말에 반박하지 못했다. 아니, 반박하지 못한 것이 아니라 뒤이을 설기룡의 말이 무엇인지를 짐작하기 싫었음이었다. 하나 설기룡은 그들의 사형이다. 이제 갓 약관을 넘은 사제들에게 강호의 냉혹함을 알려주어야 할 사명이 있었다.

“최악의 경우… 사부님은 가주의 직에서 물러날 각오까지 하고 계시네. 그것이 자네들이나 내가 이번 일에 함부로 나서선 안 되는 이유일세.”

이제는 반박할 마음조차 일지 않았다. 노와 기관을 사용하였다 하여 일문의 문주가 물러설 각오까지 해야 하다니……. 하나 혼란스러워할 겨를도 없이, 설기룡의 차가운 목소리가 그들의 정신을 깨웠다.

“모든 것은 우리가 약하기 때문이네. 사천의 당문이 독으로 일가를 이루었어도 건재할 수 있는 것은 그들이 강하기 때문이네. 만약 소림과 무당 같은 대문파에서 이 같은 일을 벌였다면… 그 누가 나서 그들이 대의에 어긋남을 성토할 수 있을까.”

눈이 시려왔다. 눈물을 참아야 함에 고개를 들었지만, 새파란 하늘은 시린 눈을 더욱 아리게 만들고 있었다. 다시금 고개를 떨군 유방현의 귓가로 설기룡의 목소리가 각인되고 있었다.

"부디 사부님의 뜻을 잊지 말게."

말을 잃어버린 사제들을 뒤로 한 채 설기룡은 자리를 떠났다. 걸음을 옮기던 설기룡의 표정도 착잡함으로 굳어져 있었다.

'자네들에게 모든 것을 설명해 줄 필요는 없겠지.'

어쩌면 더 이상 태연한 척 말을 이을 수 없었기에 서둘러 등을 돌렸는지도 모른다. 설기룡의 어두운 눈빛은 그의 복잡한 심사를 대변하는 듯했다.

'가주의 위마저 포기할 결심을 하셨다는 것은 그만큼 뒤이을 여파가 크다는 뜻. 사부님은 걱정하시는 것은 강호의 시선 따위가 아니다. 진정 그분이 걱정하시는 것은… 소림과 무당이다.'

대제자인 자신에게도 내심을 완전히 보여주지 않았다. 하나 사제지연을 맺은 지 어언 이십여 년. 사부의 눈빛만 보아도 무슨 생각을 하고 있는지 알아차릴 수 있는 설기룡이었다.

'한이 진정 구천무예와 관련되어 있다면, 소림과 무당은 이번 일을 결코 간과하지 않을 것이다. 결국 사부님은 의제의 원수뿐 아니라 두 거대 문파와도 맞서고 있는 것이다. 후에라도 이 사실을 소림과 무당이 알게 된다면……'

모용중경은 본가에도 사실을 알리지 않았다. 이번 일이 구천무예와 관련 있음을 아는 사람은 모용중경 자신과 총관이자 아우인 모용중광. 함께 추적에 나선 내율원 원주 모용고한과 추적에 함께했던 모용준, 모용정 형제와 모용상아. 그리고 설기룡 자신뿐이었다. 세가의 다른 원로들은 물론, 사백에 가까운 모용세가의 인물 중 단 일곱 사람만이 이번 일의 실체를 정확히 인지하고 있는 셈이었다. 모용중경이 이토록 쉬쉬하는 까닭이 무엇인지 짐작하기란 그리 어렵지 않았다.

대의명분엔 대의명분으로. 소림과 무당을 무시한 처사를 의제의 복수라는 개인의 명분으로 무마하려는 것이었다. 물론 그에 따른 책임 역시…….

'나누어 들어도 크고 무거운 짐이건만…….'

설기룡의 주먹이 굳게 움켜쥐어지고 있었다. 사부의 짐을 나누어지지 못한 제자의 한이 가슴 깊이 응어리져 침잠되고 있었다. 그리고 그 응어리가 커지는 만큼, 힘에 대한 욕망도 함께 차 오르고 있었다.

'그래, 아직 나에겐 기회가 있다. 악중산의 비급만 내 것으로 얻을 수 있다면…….'

더 이상 지체할 시간이 없었다. 고민할 여유도 없었고, 선택의 여지도 없었다.

그리고 또 한 사람. 설기룡만큼이나 선택의 여지가 없었던 그녀 역시, 응어리진 가슴을 달래기 위해 뱃전의 찬바람을 맞고 서 있었다.

"왜 돌아왔니?"

모용준의 목소리에 강바람을 맞고 서 있던 모용상아가 고개를 돌렸다. 차갑진 않았지만 예전의 따스함은 찾아보기 어려운 눈빛. 모용준을 응시하던 그 눈빛은, 이내 잘게 부서지는 포말 위로 향했다.

"백부님도 별다른 말씀을 안 하시는 것을 보니, 용케도 잘 숨긴 모양이구나."

"숨기지 않았어."

"……?!"

달라진 것은 눈빛만이 아니었다. 차가움보다 더욱 거부감이 느껴지는 무감함이 모용준의 미간을 당기고 있었다.

"…왜 돌아왔니?"

"오빠는 왜 그의 뒤를 쫓지?"

"나야 모용세가의 사람이니까……."

모용준은 말을 줄였다. 모용상아가 자신을 바라보고 있었기 때문만은 아니었다.

'너도 모용세가의 사람이라 이거구나.'

모용준은 피식 웃어버리고 싶었다. 하지만 그럴 수가 없었다. 모용상아의 눈빛은 웃음으로 흘려보낼 만큼 간단하지 않았다.

"완전히… 마음 정리한 거냐?"

"시작된 적도 없었어. 바보는 나 하나뿐이었으니까."

모용준의 시선이 강물로 향했다. 모용상아의 말도 옳았고, 그녀의 선택도 옳았다. 어차피 이루어질 수 없었던 사이였고, 장안호의 죽음은 그나마 가늘게 이어져 있던 두 사람의 인연을 완전히 잘라내 버렸다. 무창의 은혜는 무명산의 원한으로 상쇄되었다. 그럼에도 불구하고 모용준의 마음은 그녀의 대답을 납득하지 못하고 있었다.

'바보였었지, 보고 있는 내 마음까지 울렁거렸을 정도로…….'

다른 사람은 몰라도 모용준은 안다. 무창살귀를 향한 모용상아의 마음이 얼마나 간절하였었는지. 물론 쉽게 변했다 말할 수는 없었다. 모용상아에게 있어 장안호는 피붙이보다도 더 피붙이 같았던 사이. 친 아비조차 시샘 낼 정도로 가까웠던 사이. 그런 이가 그의 손에 죽임을 당했으니 인연이 닿은 사이가 아니라 태중 약혼을 한 사이라 하더라도 돌아서지 않을 도리가 없었을 것이다. 하지만,

"네 마음은 알겠다만… 왜 돌아왔는지는 아직 설명하지 않았어."

확인해야 할 것 같았다. 지금의 추적에 모용상아의 자리는 없었다. 그는 모용세가 전체와도 맞상대할 수 있을 만큼 무서운 고수. 그녀가 나선다 한들 달라질 것은 티끌만큼도 없었다. 그럼에도 그녀는 되돌아 왔다.

분명 잊었다 말했지만, 모용준은 그것이 되돌아올 이유가 될 수 없다 생각했다.

모용상아는 그런 모용준의 의문에 답하듯, 또박또박 힘주어 말했다.

"그가 죽는 모습을 보러왔어."

원했던 답이 아니었다. 오히려 의문만 더욱 커질 뿐이었다.

"왜?"

또다시 이어진 모용준의 물음에 모용상아는 고개를 돌려 넘실대는 강물을 바라보았다. 그냥 모른 척해주어도 좋으련만, 이 고집스런 사촌은 집요하게도 그녀의 진심을 물어왔다. 모용상아의 입가에 미소가 그려지고 있었다. 그 위로 눈물이 흐른다면 더없이 어울릴 것 같은 그런 미소였다.

모용상아의 시선은 강물을 향해 있었지만, 그녀의 두 눈은 강물의 흐름을 보고 있지 않았다. 눈앞에서 갈라진 강물의 파문이 운하 변으로 멀어져 사라질 때쯤, 모용상아는 흘러가는 강물 위로 진심의 한 자락을 함께 띄웠다.

"그를… 내 가슴에 묻으려고."

*　　　　*　　　　*

석실 안은 조용했다. 석실이라는 특성상 평지라면 흘려버릴 작은 기척도 두 배, 세 배로 커지는 것이 보통이었으니, 석실에 흐르는 정적은 중앙에 앉아 있던 사내의 수련이 결코 녹록지 않다는 반증이었다. 정적이 길어질 즈음, 석실의 문이 열리며 한 사람이 들어섰다.

"수련 중이었나?"

석실로 들어선 사내의 물음에도 가부좌를 틀고 있던 사내는 아무런 대답이 없었다. 두어 걸음을 옮기자 사내의 얼굴이 횃불 아래에서 윤곽을 들어냈다. 그는 귀혼각주와 함께 있던 중년문사였다. 그가 이 장 앞까지 걸어오고 나서야 가부좌를 틀던 사내가 눈을 뜨며 입을 열었다.

"홍 선생이 직접 오시다니, 각주가 단단히 벼르고 있는 모양이군요."

"궁금하지 않다면 거짓말이겠지."

"그자는 찾아내셨습니까?"

"서둘러 찾기를 바라는 것 같군?"

홍 선생의 눈빛이 이채를 띠었다. 물론 사내가 입을 다물어 버린 것은 홍 선생의 눈빛 때문만은 아니었다.

"몽음에서 종적을 놓쳤다더군. 조금 길어질 것 같아."

"그렇지는 않을 겁니다."

"음? 그게 무슨 뜻인가?"

홍 선생의 물음에 사내는 또다시 입을 다물어 버렸다.

'뇌공량이 당했다. 그자가 산동으로 향했다면……'

사내는 두 주먹을 쥐었다 폈다. 삼 년간이나 숨어 지냈지만, 누군가의 목표가 되어본 적은 없었다. 아무리 마음을 편히 가지려 해도 절로 긴장되는 것은 어쩔 수가 없었다.

"도무지 정체를 알 수가 없어. 광도 황옥산을 꺾을 만큼 고강한 무공의 소유자인데, 사문이나 나이는 물론, 이름조차 알려지지 않았어, 그저 키가 팔 척에 이르고 사용하는 병기가 거대한 검이라는 것밖에는. 지난 행적들도 일관성이 없고, 행동 양식도 일정하지 않아. 무창에선 백 명이 넘는 사람을 베었으면서, 남경에서 죽인 사람은 구염채 수적 몇과 광도 황옥산외엔 전무. 싸우는 대상도 동정수로채와 같은 녹림, 모용세가 같은 명문정파, 흑백쌍괴 같은 정사 중간의 인물까지 가림이 없어. 도대체 이런 고수가 어디서 나타난 것이며, 왜 중원을 활보하며 살행을 하는 것인지, 어느 것 하나 분명한 것이 없어.”

지피지기(知彼知己)하면 백전불태(百戰不殆)라 했다. 하물며 자기보다 강한 고수를 상대하면서도 필살이 목적인 살수라면 더 말할 필요도 없었다. 청부 대상의 빈틈을 찾는 것이 최우선이고, 없다면 만들기라도 해야 한다. 그것이 살수들이 바글거리는 귀혼각에서 문사인 홍 선생이 하는 일이었다. 홍 선생의 입장에서 무창살귀는 난제였다.

“일단 소재라도 파악이 되어야 계책을 실행에 옮길 텐데…….”

“조만간 이곳을 찾아올 것이니 너무 고민하지 않아도 됩니다.”

“그자가… 찾아올 것이라고?”

홍 선생은 가만히 고개를 돌리며 사내를 바라봤다. 하나 무표정한 사내의 표정에서 무언가를 읽어내기란 어려운 일이었다.

“자네 도대체 무엇을 숨기고 있는 겐가?”

“귀혼각 율령 하나. 살수의 과거는 불문(不問)에 부친다.”

고집스런 녹소리였지만, 홍 선생도 이번만큼은 순순히 물러나지 않았다.

“…온보(溫甫)가 죽었네.”

사내는 대답하지 않았다. 온보라면 칼은 제법 쓰지만 은신술이 부족해 이급으로 분류된 이다. 평음 윤 대인의 청부를 맡았다고 하던가? 아마도 실수를 했겠지. 살수도 사람이다. 죽일 수 있으니 죽을 수도 있다. 애석하긴 하지만 굳이 내색할 필요까지는 느끼지 못했다. 하지만,

“…평음에 소문이 파다하게 퍼졌어, 무음유살 능곡이 윤 대인의 암습에 실패해 죽었다고.”

이번에도 대답은 없었다. 하지만 사내의 눈은 황당함으로 크게 떠져 있었다.

“자네를 부르는 거겠지. 이대로 물러난다면 무음유살의 이름도 함께

사라지는 거고. 덤으로 귀혼각의 명성에도 먹물이 좀 튈 거야. 단순하지만 효과는 만점인 유인책이지.”

“그런 것 같군요.”

“농담이 아니야. 그들은 자네를 원하고 있어. 내 생각이지만 그 두 곳은 목적만 같을 뿐 다른 배를 탄 것 같아. 혼자 감당하기엔 벅찰 걸세.”

홍 선생은 그를 회유하고 있었다. 사내. 무음유살 능곡은 그의 은근한 추파에 잠시나마 눈빛이 흔들렸다. 하지만 흔들림은 금시 멈췄고, 눈빛은 이전보다 더욱 견고해졌다.

“고집 부려 될 일이 아닐세. 자네만 진실을 이야기해 주면 내가 무슨 수를 써서라도 이번 일을 중재해 줌세. 누가 뭐 래도 우린 삼 년간이나 한솥밥을 먹은 처지 아닌가?”

홍 선생의 회유를 듣고 있기가 싫었는지, 자리를 박찬 능곡은 뜻 모를 말만 남겨놓은 채 석실 밖으로 향했다.

“삼 년… 눈물이 날 만큼 긴 시간이었지요.”

＊　　　＊　　　＊

“아이고 좋아라. 이게 얼마 만의 침상이냐.”

목욕을 하고 나온 예향이 제법 넓은 침상에 걸터앉아 방방 뛰며 말했다. 미리 목욕을 한 한은 객잔의 창가에 비스듬히 서서 밖을 살피고 있었다. 산을 내려온 두 사람은 동평의 한 허름한 객잔에 들어와 있었다.

“괜찮아. 우릴 의심하는 사람은 없었어. 칼도 없고 옷도 그리 입었는데 누가 너를 알아보겠어? 걱정하지 말고 이리와 앉아.”

예향의 말에 창밖을 바라보던 한이 고개를 돌리며 바라보았다. 그의 눈빛을 마주하자 괜스레 얼굴이 붉어지는 예향이었다. 어색함을 무마하려는 것인지 자리에서 일어난 예향이 밖으로 향했다.

"먹을 것 좀 가지고 올게."

문밖에서 머리만 빠끔히 내민 예향이 웃으며 말했다. 예향이 문을 닫고 나가자 한 역시 창가에서 물러서며 침상에 앉았다. 한은 아직도 어색한 듯 양팔을 들어올리며 자신의 행색을 바라보았다. 검은색의 피풍의는 몽음에서 버렸고, 대신 황색의 낡은 단의(短衣)와 단고(短袴)를 얻어 입었다. 항시 얼굴을 가리고 다녔던 긴 장발은, 앞머리만 얼굴을 가릴 만큼 풀고, 뒷머리는 끈으로 동여매 단정히 했다. 검마저 몽음의 철방에 놓고 왔기에, 무창살귀의 화상과 대면해 놓더라도 쉽게 알아보기가 어려울 지경이었다.

'생각보다 더 멍청해 보이는군. 마음에는 안 들지만, 예향의 말마따나 사람들의 눈을 속이기에는 이런 차림이 나을지도.'

한은 자신의 모습을 바라보다 피식 웃고 말았다. 삼 년 전만 해도 이와 정반대로 생각했던 자신이었다.

그도 평범했던 시절이 있었다. 남몰래 꾸던 꿈이 있었고, 그 꿈들 중엔 천하를 누비는 강호의 협객도 분명 들어 있었다. 하나 죽고 사는 것조차 주인의 명에 따라야 하는 노비가 꾸기엔 그 모든 꿈들은 너무나 먼 곳에 있었다. 무사들이나 입는 피풍의가 자신에게 어울린다 생각할 수 없었다. 감히 검을 들고 사람을 벤다는 것은 꿈에서조차 상상해 본 적이 없었다. 그녀의 검무를 넋을 잃고 바라본 적은 많았지만, 자신의 손에 검이 쥐어지리라고는 상상조차 하지 못했었다. 상상조차…….

'당신을 그렇게 잃게 될 줄도 상상조차 하지 못했었지요.'

미소가 사라진 한의 시선이 다탁 위의 봇짐으로 향했다. 봇짐을 바라보는 그의 눈빛 속엔 참으로 여러 가지 색깔의 감정이 묻어나고 있었다.

'조금만 참으면 됩니다. 이제 거의 다 왔어요. 능곡이란 이름으로 숨어살고 있는 막능여(莫能與). 지금 당장이라도 달려가 그자의 심장을 베어내고 싶지만, 그자 말고도 거두어야 할 목숨들이 남아 있기에 잠시 참는 거예요. 단 한 사람도 남겨두면 안 되니까…….'

귀혼각이 있다는 평음과는 지척이었다. 원수의 내음에 피가 끓고 있었지만, 지금은 때가 아니라 스스로를 다독이며 들끓는 마음을 가라앉혔다.

한의 부드러운 손길이 봇짐을 어루만지는 사이, 밤은 더욱 깊어만 가고 있었다.

"이 밤중에 죽을 찾다니? 어디 환자라도 있는 게요?"

"글쎄, 돼요? 안 돼요?"

"쩝, 지금은 재료가 없어서 계란죽(鷄卵粥)밖에 안 되는데, 그거라도 가져가시려오?"

"음, 하는 수 없죠. 그거라도 빨리 줘요."

예향의 재촉에 사내는 넉살 좋은 웃음을 지어 보이곤 주방으로 들어갔다. 예향의 주위로 여인들의 교성이 자지러지게 들려왔다. 내원과 멀리 떨어진 주방의 한 켠에서도 맡아지는 짙은 지분 냄새. 요사스런 홍등이 주변에 가득 걸린 이곳은 태화루라는 이름의 홍루였다.

'그때는 이곳이 세상의 전부인 줄 알았었는데…….'

익숙한 분위기에 휩쓸린 예향이 옛 기억을 떠올리며 쓴웃음을 지었다. 열세 살 되던 해, 은자 다섯 냥에 팔려 기루에서만 십 년을 보냈다. 머리를 올린 것이 열다섯 되던 해였고, 열여덟 되던 해에 청루에서 홍루로 팔려 나갔다. 그 후 오 년간 정말 숱하게 많은 사내를 상대해야 했다. 처음 백 명까지는 얼굴도 기억했는데, 지금은 매향루를 나오기 전 상대했던 마지막 사내가 누구인지도 기억이 가물거린다.

‘운이 좋았지. 영감의 첩으로 들어앉은 건.’

예향의 입가에 평소와는 조금 다른 느낌의 미소가 지어지고 있었다. 요염하지도 않았고, 도발적이지도 않았다. 너무나 평범했기에 더욱 특별하게 보이는 미소였다. 하나 그 미소는 그리 오래가지 못했다.

“새로 온 기년가? 얼굴이 제법 반반한데?”

“그러게? 야! 네년 이름이 뭐냐?”

얼굴이 벌겋게 달아오른 중년의 사내 둘이 예향에게 다가오며 치근거렸다. 사내들의 주향이 맡아지기도 전에 예향의 미소는 씻은 듯 사라졌지만, 주변의 시선을 의식한 탓인지 예향은 조용한 목소리로 답했다.

“저는 이곳의 기녀가 아닙니다. 잠시 주인 어른의 심부름을 온 것이니 가시던 길 가시지요.”

예향은 제법 예의 바르게 말하며 고개까지 살짝 숙여 보였다. 당연히 미안하다는 말과 함께 자리를 비켰어야 했지만, 사내들이 마신 술은 눈이 풀림은 물론 귓구멍까지 막는 효험이 있었나 보다.

“허어, 이년 보게? 우리가 허술해 보인다고 빼는 모양인데?”

“크크, 얼굴 값 하는 거지. 이봐? 자네 얼마나 남았나? 이름 석자 물어보는 데도 몇 푼 쥐여줘야 할 모양인데.”

사내들의 농에 예향의 얼굴이 굳어졌다. 주머니를 뒤적인 사내 하나가 동전 두어 개를 예향의 발 앞으로 던졌다.

“그래, 이름 값 셈했으니 네 이름이 뭔지 들어보자꾸나?”

동전을 바라보는 예향의 눈빛이 싸늘해졌다. 하지만 한 번 참았으니 두 번 참지 못할 것도 없었다.

“저는 이곳의 기녀가 아닙니다. 제 바깥양반의 청으로 죽을 사러 온 것입니다. 그러니…….”

짝!

　말을 잇던 예향의 고개가 경쾌한 타격 음과 함께 뒤로 돌아갔다. 몸이 반 바퀴나 돌아갔을 정도로 거센 손찌검에 예향은 그 자리에 주저앉고 말았다.

　"이년이, 감히. 내가 누군지 알고 헛소리를 지껄이는 게야?!"

　눈이 벌겋게 달아오른 중년인이 쓰러진 예향을 향해 고함을 질렀다. 그 소리가 어찌나 컸던지, 주변에 있던 사람들이 하나둘 다가서고 있었다.

　"이년이 반반한 얼굴 하나 믿고 설치는 모양인데, 내가 직접 네년의 버릇을 고쳐주마."

　분을 이기지 못한 중년인이 발을 들어 예향을 걷어차기 시작했다. 주변으로 다가선 기녀들은 그 흉험한 광경에 고개를 돌렸고, 손님인 듯 보이는 사내들은 혀를 차면서도 나서 말리질 않았다. 온몸이 흙투성이로 변해가고 있었지만, 바닥에 엎드린 예향은 이를 악물고 있을 뿐이었다.

　'참아야 한다. 한이 알게 되면, 소문이라도 나게 되면, 태산을 돌아 여기까지 숨어온 의미가 없다. 잠시만 참으면 된다. 잠시만…….'

　예향은 두 손으로 얼굴을 가리고 몸을 새우처럼 웅크린 채 사내의 무자비한 발길질을 감내하고 있었다. 다행히 그 소리를 듣고 뛰쳐나온 숙수가 놀란 눈으로 그를 말렸다.

　"아이고, 호 대인, 이게 무슨 일입니까?"

　"저 발칙한 년, 버릇 좀 고쳐놓고 있었다. 감히 내가 누군 줄 알고……."

　"예? 이 여인은 죽을 사러온 사람인데, 대인께 무슨 잘못을 저질렀다고?"

　숙수의 말에 중년인의 눈에서 술기운이 가시고 있었다. 버릇없는 기녀인 줄 알았는데, 정녕 평범한 아낙이었단 말인가?

'아이고, 이놈에 술…….'

호 대인이라 불린 중년인의 얼굴이 똥이라도 밟은 듯 일그러지고 있었다. 그때 그와 함께 술을 마셨던 다른 중년인이 주위를 돌아보며 말했다.

"죽을 사러 왔으면 죽이나 사 가지고 갈 것이지, 어찌 암내를 풍기며 사람을 유혹한단 말인가?"

중년인의 말에 예향과 숙수는 물론이고 호 대인마저 고개를 돌렸다. 하나 중년인은 그들의 시선에도 아랑곳하지 않고, 입에 침도 바르지 않은 채 거짓을 늘어놓고 있었다.

"여기 계신 호 대인이 누구신가? 제녕에까지 소문이 자자한 일대의 유지가 아니신가? 한데 댁으로 돌아가시던 호 대인께 저년이 다가와 창피함도 모르고 치마를 들추니, 아마도 호 대인의 인품을 알아본 저 요망한 년이 팔자 한번 고쳐 볼 속셈으로 꼬리를 친 것이 분명하오."

주변에 있던 사람들이 하나둘 고개를 끄덕이고 있었고, 호 대인이라 불린 중년인은 어색한 헛기침을 연발하며 예향에게서 멀어시고 있었다.

'그래, 네 말이 옳다. 내가 잠시 정신이 나가 네놈을 홀리려 했나 보다. 네가 풍기는 더러운 주향에 취해… 잠시 실성을 했었나 보다.'

예향의 입가에 쓴웃음이 지어지고 있었다. 억울하고 분했지만 이대로 끝나는 것이 나을 것도 같았다. 기루에서 이런 일이 어디 오늘만 일어나는 일이겠는가? 그저 한바탕 소란으로 잊혀지는 것도 괜찮을 것 같았다. 그때 사람들 속에서 염소수염을 한 노인 하나가 달려나와 호 대인에게 허리를 숙였다.

"이거 호 대인께서 욕을 보셨습니다. 다 제가 단속을 게을리 한 탓입니다. 제가 사죄하는 의미로 술을 대접하지요. 여봐라! 당장 저 요사스러운 계집을 끌어내지 않고 무엇 하느냐?"

노인의 명에 세 명의 장정이 예향에게 향했다. 그사이 염소수염의 노인은 호 대인과 다른 중년인을 다시금 홍루의 안으로 이끌고 있었다.

장정들이 양팔을 부축하며 예향을 일으켜 세웠다. 그래도 그들은 일의 전말을 알고 있었는지, 부축하는 손길이 그리 매정하지는 않았다.

"조심해서 가슈. 오늘 욕 봤수."

예향을 부축한 홍루의 장정들마저 자리를 떠나자, 구경하던 사람들도 금시 자리를 떠났다. 주방 앞에는 예향과 숙수만이 남아 있었다. 예향은 흐트러진 옷매무새와 머리를 손질했다. 예향의 앞에는 작은 죽 그릇을 든 숙수가 씁쓸한 표정으로 서 있었다.

"가지고 가시오. 미안하게 되었구려."

숙수가 내민 죽 그릇을 받아 든 예향이 아무 말 없이 홍루를 빠져나가고 있었다. 태화루의 후원에서 벌어진 소동은 그렇게 잊혀지는 것 같았다.

한데 예향의 모습이 완전히 사라지자, 그녀의 뒷모습을 바라보던 숙수의 눈빛에서 씁쓸한 빛이 지워지고 있었다.

'호광 말투를 쓰는 외지 여인이라……'

예향을 바라보던 태화루의 숙수가 조심스레 태화루를 빠져나갔다.

하오문 동평지부에서 제남 총단으로 전서가 출발한 것은 정확히 반 시진이 지난 후였다.

"흘흘, 넌 밤늦게 어딜 그리 싸돌아다니는 거냐?"

객잔에 돌아오니 반가운 얼굴이 기다리고 있었다. 문을 열고 들어서던 예향이 반색하며 미소 지었다.

"노인네 왔네?"

배시시 웃는 예향을 바라보며 마주 웃어주던 손 노인이 미소를 멈추며 이상하다는 듯 물었다.

“아니? 너 행색이 왜 그 모양이냐? 돌부리에라도 걸려 넘어진 거냐?”

“귀신이네. 한아, 이거.”

손 노인을 향해 엷게 웃어준 예향이 들고 온 죽 그릇을 한에게 내밀었다. 하지만 한은 건네진 죽 그릇을 받지 않았다.

“왜 그래? 내 얼굴에 뭐 묻었어?”

죽 그릇을 다탁 위에 내려놓으며 예향은 아무렇지 않다는 듯 침상으로 향했다. 하지만 한에게 붙들린 손목 탓에 두 걸음도 떼지 못했다.

“어머? 정말 왜 이래? 나한테 마음이라도 동한 거야?”

장난스레 미소 짓는 예향이었지만, 이어진 한의 행동엔 미소 지어줄 수 없었다. 한은 예향을 끌어당겨 양 어깨를 잡고는, 그녀의 상의를 단숨에 잡아 내렸다.

“음?”

한의 갑작스런 행동에 놀란 손 노인이 눈을 크게 떴지만, 예향의 드러난 어깨를 보곤 아무 말도 할 수가 없었나.

“헤에. 들켰네.”

좁은 어깨를 내보이며 서 있던 예향이 힘없이 미소 지었다. 그녀의 하얀 등은 파란 멍들로 보기 흉하게 얼룩져 있었다.

“이게… 어찌 된 거냐? 대체 어떤 놈이 이런 거야?!”

손 노인의 목소리에도 노기가 가득해 있었다. 하지만 예향은 대답하지 않았다. 그녀의 어깨를 잡고 있던 한이 그녀를 돌려 세웠다. 한의 눈에도 은은한 분노가 어리고 있었지만, 예향은 그의 시선마저 외면한 채 대답을 회피했다.

“어찌 사람을 이 지경으로……..”

그녀의 어깨를 자세히 바라보던 손 노인이 혀를 찼다. 어깨뿐이 아닌 듯싶었다. 등을 타고 나려가던 한의 손가락이 옆구리를 누르자, 예향의 몸이 고통을 참지 못하고 꿈틀거렸다. 하나 이를 악문 예향은 대수롭지 않다는 듯 말했다.

"그냥 시비가 있었어. 조용히 끝났으니 괜찮을 거야. 홍루에선… 흔히 있는 일이야."

한의 시선이 탁자 위의 그릇으로 향했다. 반쯤 열린 그릇엔 누런 계란 죽이 특유의 비린내를 풍기고 있었다.

'죽을 구하기 위해 홍루에 갔다. 나를 위해…….'

나흘간의 산행 동안 한은 제대로 된 식사를 한 적이 없었다. 몽음에서 떠날 때 먹었던 흰 쌀죽이 마지막 식사였다 해도 과언이 아니었다. 예향이 꾀를 내어 무른 콩비지를 챙겼지만, 더위 탓인지 하루 만에 쉬어 내버려야 했다. 예향은 비지를 버리며 몰래 눈물까지 글썽였지만 한은 모른 척할 수밖에 없었다. 그것이 못내 마음에 맺혔던 게다. 그래서 마을에 당도하자마자 한의 끼니를 챙기려 했던 거다. 제대로 된 식사를 마련하기 위해… 홍루에까지 찾아갔던 거다.

'왜…….'

한은 묻고 싶었다. 왜 자신을 그리 생각해 주는지, 왜 자신을 마음에 담은 것인지. 하나 가녀린 어깨를 붙잡은 두 손이 떨리는 것은 예향의 탓만은 아니었다. 한의 요동을 감지한 예향이 고개를 저으며 말했다.

"난 괜찮아. 이 정도는 일도 아니야. 어릴 적 숱하게 겪어서, 이제는 반갑기까지 한 걸? 난 아무렇지도 않으니까……."

한은 예향의 어깨를 잡고 있던 손을 놓았다. 그리고 객실의 문을 향해 성큼 걸음을 옮기고 있었다.

"가지마. 난 괜찮으니까……."

예향이 다시금 불렀지만, 한은 고개조차 돌리지 않았다. 손 노인마저 그런 한의 발길을 막지 않았다. 비록 지금 사단을 일으켜 시끄러워지면

차후의 일에 지장이 있겠지만, 이미 노기로 가득 차버린 마음은 머리의 경고를 무시해 버렸다. 하지만,

"거기서."

누구도 막지 못할 것 같았건만, 한은 예향의 목소리에 문고리를 잡아 가던 손길을 멈춰야 했다. 처음 듣는 예향의 차가운 목소리. 한은 고개를 돌려 예향을 바라봐야 했다. 예향의 눈빛은 그 목소리만큼이나 차고 낮게 가라앉아 있었다.

"…병신새끼."

예향은 한을 노려보며 차갑게 말했다. 한의 눈이 놀라 크게 떠졌고, 손 노인 역시 당황함이 역력한 표정으로 예향을 바라봤다. 예향은 그런 사람들의 반응에도 아랑곳하지 않고 말을 이었다.

"겨우 그 정도였니? 고작 이 정도 감정도 추스르지 못하는 졸장부였니? 그래, 그러니 무창에서 그 지랄을 했던 것이지. 수적 나부랭이의 시비조차 참지 못하고 미친놈처럼 칼을 휘둘렀던 게지. 그래, 가라. 가서 네 원 것 죽여 버려라. 네 분이 풀릴 때까지 지랄발광하고 돌아와라."

예향의 독설에 한의 미간이 찌푸려지고 있었다. 하지만 예향의 조소는 끝나지 않았다.

"무창살귀? 복수? 흥! 그래, 살귀라는 악명이 천하에 진동하니 기분이 좋니? 강호에 내로라하는 고수들을 모두 꺾으니 다 네 뜻대로만 될 것 같니? 이렇게 닥치는 대로 사람들을 베고 죽이는 것이 네 복수니? 그랬니? 그런 거였니?"

한의 주먹이 굳게 쥐어지고 있었다. 그의 입가가 씰룩거리며 무언가를 말하려 하고 있었다. 하지만 그는 말을 할 수 없었고, 설사 말을 할 수 있었다 한들 그녀의 냉혹한 비웃음에 대꾸하진 못했을 것이다.

"나도 참았어. 주정뱅이가 발로 걷어차고 짓밟아도 참았어. 화냥년으

로 매도되어도 참았고, 사람들이 경멸 어린 시선을 보내도 아무 말 하지 않고 되돌아왔어. 내가 미친년이라 아무 말 하지 않았는 줄 아니? 넋 빠진 년이라, 진짜로 태생이 천한 년이라 아무 소리 못하고 그 자리를 도망쳤는지 아니? 이 새끼야! 다 너 때문이야!"

예향의 뾰족한 외침에 한의 정신이 번쩍 들었다.

'나… 때문이라고?'

한의 시선이 예향의 두 눈과 허공에서 얽히고 있었다. 예향의 두 눈엔 굵은 눈물이 흘러내리고 있었다.

"너 복수해야 한다며? 아직도 셋이나 남았다며? 전부 다 죽어도 싼 놈들이라며? 그럼 끝내야 할 거 아냐. 이 지긋지긋한 복수를 끝내야 할 거 아냐. 한시라도 빨리 끝내야지. 그래야 다시 사람처럼 살지. 발길질 당하면서도 참아야 한다고 생각했어. 흙이 입으로 들어가고, 등짝이 쪼개질 듯 아파와도 참아야 한다고 생각했어. 내가 참으면 아무 일도 아니니까. 그냥 늘 있는 그런 일이 되니까. 하지만 네가 나서게 되면, 그래서 그놈들이 눈치채게 되면 더 늦어지게 될 거라 생각했어. 여기까지 흩어져 숨어든 것도 그래서였잖아. 네가 조금이라도 더 빨리 복수를 끝낼 수만 있다면, 이 정도 일쯤은 아무것도 아니야. 이보다 더한 일이라도 참을 수 있어. 그런데 네가 이러면… 나는……."

예향의 외침은 흐느낌으로 잦아들었고, 손 노인의 한숨이 길게 이어지고 있었다. 한은 그들이 만들어놓은 정적 속에 갇혀 버리고 말았다.

'난… 살귀.'

소리없는 하소연이 한의 눈을 흐르고 있었다.

'내 손에 묻은 피는 이미 딱딱한 각질이 되어 내 존재의 일부가 되어 버렸다.'

바라보지 않았다. 누구에게도 시선을 보낼 수가 없었다.

‘내게 삶… 이란 건, 복수의 다른 이름일 뿐.’

한의 주먹에서 시작된 떨림이 객실로 퍼져 나가고 있었지만, 창밖을 바라보던 손 노인도, 두 무릎 사이에 고개를 파묻은 예향도 그것을 느끼지 못했다.

‘이후의 삶이란… 허망한 꿈일 뿐…….’

정적을 헤쳐 나온 예향이 고개를 들었지만, 그녀가 볼 수 있었던 것은 문을 막아선 채 굳어버린 한의 뒷모습뿐이었다.

‘…난 너를 꿈꾸고 있어… 너의 복수가 끝나는 꿈을…….’

‘…이 모든 것이 꿈이고, 이 꿈에서 깰 수만 있다면… 삼 년 전의 그곳에서 깨어나고 싶을 뿐이다.’

엇갈린 운명은 깊어가는 어둠을 따라 한없는 나락으로 떨어지고 있었다. 그녀의 바람처럼 그가 그 나락의 바닥을 박차고 뛰어오르게 될지, 그가 수긍한 운명의 잔상처럼 산산이 부서져 흩어지게 될지는 누구도 알 수 없었다. 누구도…….

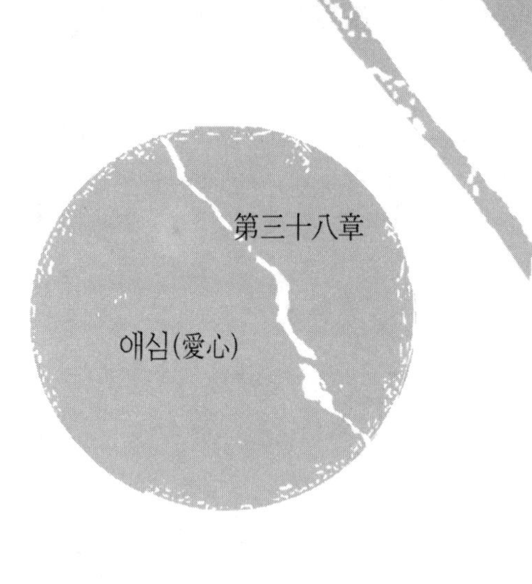

第三十八章

애심(愛心)

제녕의 밤은 여느 성시 못지않게 소란스러웠다. 밤이 늦도록 이어지는 노랫소리와 주루의 불빛들이 호동으로 밀려드는 어둠을 억지로 막아서고 있었다. 모용세가의 사람들이 둥지를 튼 곳도 포구와 그리 멀지 않은 곳에 있던 한 객잔이었다.

객잔을 통째로 세낸 모용세가의 사람들은 늦은 식사를 마친 후 저마다 휴식을 취하기 위해 흩어져 있었다. 사람들의 눈을 의식한 탓이었는지, 객잔의 입구에는 모용세가가 머물고 있음을 알릴 만한 아무런 표식도 달지 않았다. 다만 두 명의 외당 무사가 입구을 막고 서 있을 뿐이었다.

"인원을 나누자니? 남경에서 이미 한 번 낭패를 본 우리에게 그게 가당키나 한 소리요?"

모용고한의 목소리는 곱지 않았다. 하나 찻잔을 내려놓은 용호는 그의 말을 무시하며 모용중경에게 말했다.

"기다리는 것은 도움이 되질 않습니다. 산동에서의 싸움은 먼저 찾는 자가 이기는 싸움입니다."

"허어, 이보시오, 용 대인!"

탁자를 내려치며 자리에서 일어선 모용고한이 상기된 표정으로 용호에게 소리쳤다. 분을 참지 못하고 일어선 모용고한의 모습에, 용호는 딱하다는 표정을 지으며 말했다.

"그자들을 놓친 지 이미 열흘입니다."

"선발 추적대 스무 명이 산동 일대를 샅샅이 뒤지고 있소. 조만간……."

"그들의 실력은 이미 남경에서 충분히 보았습니다만."

용호의 비아냥거림에 모용고한이 잡아먹을 듯 노려보았다. 하나 괘씸하다 하여 억지로 반박할 수는 없었다. 용호의 말은 분명한 사실이었으니까.

모용세가의 외당에서 고르고 고른 추적자들이 모두 스물. 날랜 말과 넉넉한 여비까지 쥐어주며 보내었건만 결국 그들은 세가의 기대를 충족시키지 못했다. 추적대가 얻어온 결실이라고는, 살귀를 태웠던 거선이 황하를 타고 제남(齊南)까지 이동해 멈추었다는 것과 그 배엔 살귀가 타고 있지 않았다는 내용이 적힌 전서 한 장뿐이었다.

"추적대의 실력이 모자람은 인정하겠소. 하나 이곳에 있는 무사들의 실력이 그들보다 낫다고도 할 수 없소. 스무 명의 추적대가 실패한 일을, 남은 무사들이 해낼 수 있을 거라 생각할 순 없소."

용호의 말도 옳았지만, 모용고한의 말 역시 타당했다. 추적이 급선무이긴 하나, 인원을 나눈다 하여 더 좋은 결과를 가져오리란 보장이 없었다. 하나 용호의 생각은 그와 달랐다.

"저는 인원을 나눈다고 했지, 무사들을 추적에 내보내자는 말은 하지 않았습니다."

"그게 무슨 뜻이오?"

잠자코 듣고 있던 모용중경이 결국 입을 열었다. 모용중경의 물음에 용호는 특유의 미소를 지으며 답했다.

"추적대가 추적에 성공하지 못한 까닭이 무어라 생각하십니까?"

용호의 물음에 모용고한과 모용중경 두 사람 모두 입을 굳게 다물어 버렸다. 몰라서 대답하지 못하는 것도 아니었고, 용호 역시 몰라서 물은 것이 아니었다.

"무슨 말이 하고 싶은 게요?"

이번에는 모용중경 역시 기분이 상한 듯했다. 허물은 덮어주는 것이 인지상정. 무조건 쉬쉬할 일도 아니었지만, 긁어 깊이 팔 필요도 없는 일 이었다. 하지만 이어진 용호의 말에는 수긍할 수밖에 없었다.

"스무 명이 추적에 나섰다고 스무 곳을 뒤지고 있지는 않겠지요. 제가 한번 알아 맞춰볼까요? 많으면 네 곳. 결코 그 이상의 장소를 수색하고 있지는 않을 것입니다."

"으음……."

침음성을 터뜨린 것은 모용고한이었다. 수색대의 움직임은 오로지 가 주인 모용중경과 모용고한만이 알고 있는 사실이었다. 아무리 함께 협조 하고 있는 용호라 할지라도 그 부분은 알리지 않았었다. 한데 용호는 정 확히 그들의 움직임을 간파하고 있었고, 모용고한의 침음성이 그것이 사 실임을 확인해 주었다.

"용 대인의 말이 옳소. 지금 수색대는 오 인 일조로 행동하고 있소. 하 나 그것은 어쩔 수 없는 일. 그들이 추적에는 능통할지 모르나, 무공은 감히 살귀의 상대가 되질 못하오. 만약의 사태를 대비하기 위한 고육지 책이니 그 점은 용 대인이 이해해 주시오."

그것은 모용중경도 허락한 일이었다. 마음 같아서야 이 인 일조, 아니,

삼 인 일조로라도 움직이라 하고 싶지만, 외당의 무사들은 엄연히 녹을 받고 움직이는 사람들. 최소한의 안전마저 무시한 채 명을 내린다면, 그들이 어떤 선택을 하게 될지 장담할 수 없었다. 누가 뭐래도 그들이 쫓고 있는 자는 무창살귀였으니까. 모용중경의 대답에 용호는 습관적으로 고개를 끄덕여 주었다.

"제가 이해하고 말고 할 문제는 아니지요. 모든 결정은 가주의 몫이니까요. 그리고 제가 인원을 나누자 말한 건 그들의 능력을 왈가왈부하자는 뜻이 아니었습니다. 추적의 방법을 다시 생각해 보자는 뜻이었습니다."

"추적의 방법?"

"구관명관(舊官名官)이라는 말이 있지요."

용호의 말에 모용고한은 고개를 저었고 모용중경은 입을 굳게 다물어 버렸다.

"그건 아니 될 말이오. 어찌 그 위험한 일에 또다시 아이들을……."

"제 생각을 말씀드린 것뿐입니다. 단지 그 방법이 산동을 헤매고 있는 스무 명의 눈뜬장님을 기다리는 것 보단 훨씬 나을 거란 것이지요."

용호는 팔짱을 끼며 의자에 몸을 파묻었다. 마치 자신은 할 말을 다했으니 어서 결정을 하라 재촉하는 듯한 모습이었다. 한참 동안 생각에 잠겨 있던 모용중경은 결국 한숨을 내쉬며 자리에서 일어섰다.

"생각을 좀 더 해봐야겠소."

*　　　*　　　*

"실수와 자객은 다릅니다."

단호한 대답이었다. 하지만 가패는 그 말에 반박하거나 동조하지 않았다. 그저 계속 이야기해 보라는 듯 팔짱을 끼고 있을 뿐이었다.

"누구나 자객이 될 수는 있지만, 살수는 그렇지 않습니다. 살수는 살인만을 위한 기예를 익히는 이들. 같은 범주로 놓기엔 자객이 너무 억울하죠. 그리고 살인의 이유도 다르죠. 살수는 명분이 없습니다. 그저 목적만이 있을 뿐이죠. 제아무리 정인군자라 하더라도 살수에겐 다 같은 청부 대상일 뿐이고, 생불(生佛), 대인(大人)이라 칭송받는 이들도 은자로 계산될 따름입니다. 그들에게 살인은 생계 수단 이상도 이하도 아닙니다."

"살수를 무척이나 싫어하는 것 같군."

"사람 목숨을 파리 목숨처럼 여기는 자들을 좋아한다면 그게 더 이상하지 않을까요?"

가패의 물음에 이야기를 나누던 사내가 가벼운 미소로 답했다. 이제 갓 서른이나 되었을 법한 사내. 평읍에서 만나 함께 움직인 지 벌써 이레가 넘었지만, 왕일(王一)이란 의심스러운 이름 외에는 사내에 대해 아는 것이 없었다.

"귀혼각은 그런 살수문파들 중에서도 최악입니다."

"수법이 악랄하기라도 한가?"

"아뇨. 오히려 그 반대죠. 살수들의 살행은 크게 두 가지로 나뉘죠. 홍살(紅殺)과 청살(靑殺). 죽일 때 흔적을 남기는 것이 홍살이고, 그렇지 않은 것이 청살입니다."

"살수가 흔적을 남긴다?"

"언뜻 이해가 안 가지요? 하지만 알고 보면 그리 놀랄 일도 아닙니다. 예를 들어 어느 유명한 고수가 암습으로 죽었습니다. 한데 누가 어떻게 죽였는지 아무도 모릅니다. 사람들은 그 솜씨에 놀랍니다. 그때 갑이라는 살수문파가 말합니다. 그자는 우리가 청부받아 죽였다고. 한데 을이라는 살수문파도 말합니다. 아니다. 실은 우리가 죽인 거다."

"웃기는 일이군."

"정말 웃기는 일이죠. 한데 그런 일이 제법 일어납니다. 홀로 독보강호 하는 고수거나, 악명이 자자한 마두라면 십중팔구죠. 그래서 그런 이를 죽일 때는 독문표기를 남기죠. 자랑하듯이."

가패가 어이없어하는 만큼 왕일의 비웃음도 짙었다.

"그럼 귀혼각이 최악이라는 건?"

"귀혼각은 솜씨가 깨끗하기로 유명하죠. 귀면이 다녀간 자리는 염라대왕도 구별하지 못한다고 할 정도니까. 사람을 잘 죽이는 게 자랑인 자들입니다. 그런 살수문파들 중 중원 최고라 손꼽히는 곳의 하나가 귀혼각이고요."

"최고이니 최악이다. 그럴듯하군."

가패는 왕일의 말에 동의했다. 하지만 그리 편히 말할 상황은 아니었다. 자신은 그 최악의 살수문파와 싸우기 위해 준비하는 입장이었으니.

"한데, 정말 이 방법으로 무음유살이란 자를 끌어낼 수 있을까?"

"그거야 알 수 없죠."

왕일은 자신과는 상관없다는 듯 가볍게 대꾸했다. 항상 이런 식이었다. 분명 자신의 일을 도와주면서도 정작 중요한 선택에서는 한발 물러서 방관하는 듯한 자세. 그래도 오늘은 여느 날 보다는 조금 더 관심을 보이는 것도 같았다.

"살수들에겐 한 가지 철칙이 있죠. 청부는 반드시 이행한다. 무슨 일이 있어도."

"조만간 또 다른 자가 오겠지. 문제는 우리는 그중 하나만 필요한 거고.

"이런 철칙도 있습니다. 살수는 살명만을 남긴다."

“자존심인가?”

“모른 척하기는 힘들 겁니다. 무음유살은 귀혼각에서 제법 유명한 살수거든요.”

왕일은 어깨를 으쓱해 보이며 자리에서 일어섰다. 그가 일어서자 가패 역시 한 자루 유엽도를 들며 일어섰다.

“이러다 남자와 동침하는 취미가 생기겠어.”

“윤 대인은 해가 진 다음에야 이 방으로 올 겁니다. 많이 놀란 모양이에요.”

왕일의 말에 가패가 피식 웃었다. 습격에 놀라 오줌을 지린 윤 대인의 얼굴을 떠올리니 절로 웃음이 났다. 왕일도 그의 내심을 짐작했는지 고개를 저으며 말했다.

“아마 귀혼각에서도 낌새를 차렸을 겁니다. 그가 오는 것이 이번이 될지 다음이 될지는 모르지만.”

“오늘만 아니면 돼. 그 친구는 내일쯤 도착할 테니까.”

가패의 말에 왕일이 고개를 끄덕여 보이곤 내실을 나섰다. 왕일이 나가자 가패의 시선이 내실 끝에 있던 침상으로 향했다.

“휴우, 차라리 오늘 왔으면 좋겠군.”

가패는 한숨을 쉬며 탁자 위의 물 잔을 입으로 가져갔다.

내실은 어제와 다를 바 없어 보였다. 무너졌던 천장은 말끔히 보수되어 있었고, 침상 위의 금침 역시 새것으로 바뀌어져 있었다. 죽음의 흔적은 어디에서도 찾을 수가 없었다.

*　　　*　　　*

“예? 저희보고 또다시 그자의 뒤를 쫓으라고요?”

　만약 말을 꺼낸 이가 세가의 가주만 아니었다면 모용준은 뒤도 돌아보지 않고 그 자리를 박차고 나갔을 것이다. 하나 놀란 표정이나 당황해하는 빛이 역력한 목소리만으로도 그의 생각은 충분히 전달된 듯 보였다.

　자리에는 모용중경과 모용고한, 모용상아가 있었고, 설기룡을 위시한 모용중경의 제자들. 그리고 용호가 함께 자리하고 있었다. 사람들의 시선이 모용준과 모용중경을 번갈아 가며 바라보고 있었다. 의외의 명이었던 것만큼, 사람들의 반응도 다양했다. 모용중경은 그들의 반응을 바라보며 입을 열었다.

　"어려운 일인 것은 안다만, 지금처럼 한시가 급한 상황에선 다른 도리가 없구나."

　"아니, 함께 온 외당의 무사들도 있고, 내율원 사람들도 있는데 왜……."

　모용준의 불만은 당연했다. 자신은 엄연히 모용세가의 친 혈족이었다. 가주의 조카라는 배경을 떠나서도 납득하기 힘들었다. 자신은 무사가 아닌 문사였다. 무공이라고는 일초 반식도 펼치지 못하고, 아는 것이라고는 오로지 기관에 관한 지식뿐이었다. 문 밖엔 외당 무사만 삼십 명에 내율원 무사가 스무 명이나 있었다. 백번 양보해도 자신이 나설 자리가 아니었고, 그러고 싶은 마음 역시 눈곱만큼도 없었다.

　"아무래도 사부님은 저희들의 경험을 믿고 계신 듯합니다."

　"경험? 우리 형님과 자네가 본 가로 떠난 후 한 달간 나랑 용 대인이 무슨 고생을 해가며 그들의 뒤를 쫓았는지 알기는 아는가? 가주, 아니, 백부, 전 못합니다. 전 모용세가의 기관 전문가지 무사나 추적자가 아닙니다!"

　설기룡의 말에 모용준은 침까지 튀겨가며 반박했다. 모용준의 반발은 예상보다 더욱 심했다. 그만큼 무창에서 남경까지 이어진 추적이 고되고 힘들었던 탓이니 나무랄 수만도 없는 일이었다. 한데 그를 진정시킨 것은 뜻밖에도 모용준과 함께 고생했다던 용호였다.

"허허, 모용 공자, 그것이 그리 힘들었소? 모용 공자가 그리 말하니, 아물었던 팔이 다시 저려오는구려."

용호의 말에 모용준의 입이 합죽이처럼 오므라들었다. 무명산에서 살귀에게 당한 왼팔의 상처는 그냥 긁힌 상처가 아니었다. 조금만 깊었으면 근맥이 상했을 수도 있었을 만큼 깊은 상처였다. 그럼에도 용호는 모용준과 함께 남경까지 살귀의 뒤를 쫓았다, 한마디 불평도 없이. 그런 용호마저 나섰으니 모용준은 더 이상 반대할 수가 없었다. 용호의 앞에서 고단함을 핑계 삼는 것은 스스로 못났다 자인하는 것이나 마찬가지였으니.

"하나 그때와 지금은 상황이 다릅니다. 그때는 그들과 하루거리를 유지하던 상태였습니다. 하나 지금은 이미 열흘 이상 멀어져 흔적도 발견하기 어려운 상황이니, 추적에 별다른 소견도 없는 저희들이 나서봐야 그를 찾아내기는 어려울 것입니다."

설기룡의 지적은 옳았다. 비록 사부가 자신들의 경험을 높이 사는 눈치이기는 하나, 기대에 부응하기 위해 능력 밖의 일을 떠맡을 수는 없는 일이었다.

하나 이번에도 용호가 나섰다, 마치 준비하고 있었다는 듯이.

"설 공자의 말도 옳소. 하나 지금 우리는 여유가 없는 상황이오. 가주께 들으니 지금 모용세가의 추적대는 태산 북부의 제남(齊南)과 장구(章丘), 멀리는 황하 넘어 고당(高唐)까지 가 있는 상태요. 추적대의 전서에 따르면 진강에서 그들을 태우고 사라졌던 거선이 제남에서 발견되었지만, 그들은 배에 없었다고 하오. 하니 우리는 대운하를 따라 북진하면서 그들이 내렸을 만한 곳을 다시 한 번 찾자는 것이오. 추적대가 다시 내려오기를 기다릴 만한 시간이 없소."

"하면 저희만 움직일 것이 아니라 모두 함께 대운하를 따라 북진하는 것이……."

"모두 움직이되, 소수의 인원이 먼저 움직이자는 것이오. 경험이 있는 사람들끼리 독자적으로 말이오."

용호의 입막음은 이번에도 성공했다. 설기룡도 고개를 끄덕이며 그의 말에 동조하고 있었다. 아니, 미심쩍은 부분도 있었지만, 더 이상 파고들지 않았다고 말하는 편이 맞았다.

'무언가 심중을 가지고 있는 것이오?'

'그대들은 나를 믿고 따라오기만 하면 되오.'

설기룡과 용호가 주고받은 눈빛의 대화를 알아챈 사람은 없었다. 모용준과 설기룡은 더 이상 할 말이 없는 듯했고, 두 사람의 침묵은 이번 일이 이대로 결정되었음을 뜻했다.

"기룡이와 준이는 길을 떠날 차비를 하거라. 그리고……."

"저도 가겠습니다."

모용중경이 놀란 눈으로 목소리를 쫓았다. 하나 모용상아는 아비의 크게 떠진 눈을 마주하면서도 시선을 돌리지 않고 있었다.

"너는 나서지 말거라."

"사매가 함께할 자리가 아니야."

모용중경과 설기룡이 한 목소리로 그녀를 말렸다. 다른 사람들 역시 그녀의 갑작스러운 동행 선언에 놀라고 있었다. 단지 용호만이 의미심장한 눈빛으로 사태의 추이를 지켜보고 있을 뿐이었다.

"어쩌면 위험할 수도 있는 일이다. 절대 허락할 수 없다."

"모용가의 일이에요. 그리고 저도 그를 추적했던 사람 중의 하나이고요. 제가 못 갈 이유가 없어요."

“네 무공으로는 그자의 일초지적도 되지 않는다.”

“준이 오라버니는 저의 일초지적도 되지 않아요.”

“상아야!”

아무리 말려도 요지부동이었다. 모용중경의 미간에 노한 기운이 어리고 있었지만, 모용상아는 그런 아비의 모습에도 눈 하나 깜짝하지 않았다. 오히려 당당한 목소리로 그런 아비를 설득하고 있었다.

“그자와 싸우겠다는 것이 아니에요. 설 오라버니와 준 오라버니도 그자와 싸우기 위해 떠나는 것이 아니잖아요? 경험이 중요해 두 사람이 나서야 한다면 저도 충분히 함께할 자격이 있어요. 저도 모용가의 사람이에요. 가주의 딸이라는 이유로… 뒷짐 지고 구경만 할 수는 없어요.”

“그런……”

“그건, 숙부도 원치 않으실 거예요.”

괴변이었고 억지였지만 모용상아의 마지막 말은 사람들의 마음을 움직이는 묘한 힘을 가지고 있었다.

‘내 생각보다 더 크게 자라 있었구나. 이젠 더 이상 어린아이가 아니란 것이냐?’

모용중경의 눈에 어렸던 노기가 조금씩 풀려가고 있었다. 그 모습을 보이고 싶지 않았던 듯, 모용중경은 가만히 눈을 감았다.

“허락하마.”

자식 이기는 부모 없다지만, 자식이 한 사람의 어른으로 태어나겠다는 것을 말릴 부모는 더 더욱 없을 것이다. 어쩌면 후회할지도 모를 일이었지만, 지금은 잡아둘 때가 아니라 풀어줄 때라 판단한 모용중경이었다.

이것으로 모든 일정은 결론지어졌다. 용호와 설기룡, 모용준, 모용상아. 여기에 모용중경의 제자인 황약란이 함께하기로 하였다. 다분히 모용상아를 위한 조치였지만, 누구도 그 명에 이의를 제기하지는 않았다.

내실에 모였던 사람들은 저마다 출발을 준비하기 위해 자리를 떠났고, 모용상아 역시 자신의 방으로 돌아가는 중이었다.

"잘하셨소. 모용 가주를 설득하는 일이 쉽지 않을 것이라 생각했었는데……."

모용상아는 방으로 들던 걸음을 멈췄다. 그녀가 걸음을 멈추자 뒤따르던 용호 역시 걸음을 멈춰 섰다.

"이젠 당신이 약속을 지킬 차례예요."

"물론 나는 약속을 지킬 것이오."

용호의 말에 모용상아가 가만히 뒤돌아섰다. 주위에 아무도 없다는 것을 확인한 모용상아가 나지막이 말했다.

"쪽지에 적어 보낸 것은 분명 사실이겠지요?"

"물론이오. 나는 누구보다 먼저 소저가 그자를 만날 수 있게 해줄 작정이오. 그 이후의 일은 소저의 판단에 맡기겠소. 해주어도 되고… 내키지 않으면 안 해도 되고."

"만약 하지 않겠다면?"

모용상아의 눈매가 매서워졌다. 하지만 용호에겐 마음 여린 소녀의 앙탈일 뿐이었다.

"당신이 하지 않으면 누군가는 해야겠지요. 조금 더 어렵게, 조금 더 큰 희생을 치르고."

"당신은 잔인한 사람이에요."

모용상아의 차가운 목소리에도 용호는 미소로 화답했다.

"여기 모인 사람들 모두 그의 목숨을 원하지 않소? 물론 당신은 아니겠지만, 난 그중 하나일 뿐이오. 그래도 난 당신에게 지푸라기라도 던져 준 셈이오. 오히려 고마워해야 하는 것 아닌가?"

두 사람의 시선이 허공에서 얽히고 있었지만, 아래층에서 움직이는 무사들의 움직임 덕택에 쉽게 풀리고 말았다. 방문을 열던 모용상아의 손이 멈추어 섰다. 그리고 용호를 향해 고개도 돌리지 않은 채 나직이 말했다.

"약속을 어긴다면… 당신을 용서하지 않겠어요."

차갑게 한마디를 내뱉은 모용상아가 뒤도 돌아보지 않으며 방으로 들어가 버렸다. 방문을 바라보던 용호는 어깨를 한번 으쓱거리는 것으로 모용상아의 목소리를 털어내고 있었다.

"두 번째 패도 준비되었고… 그럼 어디 마지막 패를 굴리러 가볼까나?"

방문을 향해 낮게 뇌까린 용호가 걸음을 옮겼다. 자신의 방으로 걸어가던 용호의 발걸음은 가볍기 그지없었다.

*   *   *

절기상 여름의 길목이라 할 수 있었지만, 산중을 휘감은 바람은 서늘한 기운을 담고 있었다. 멀리서 소쩍새의 울음소리가 가을을 재촉하듯 메아리치고 있었다. 한데 사람이라면 몸을 움츠리며 잠을 청해야 할 그 시각, 모닥불 주위의 사람들은 달빛을 안주 삼아 술병을 기울이고 있었다.

"한 병 더 꺼낼까?"

"아니, 난 됐어. 임 형, 한 잔 더 하시겠소?"

조광호가 묻자 임옥룡(林玉龍)은 고개를 저으며 사양했다. 산중 노숙을 준비하던 사람들은 소림과 무당의 추적대였다. 모닥불 주위로 길게 늘어뜨려진 열두 개의 그림자가 술에 취한 사람처럼 흐느적거리고 있었다.

모닥불을 바라보던 임옥룡이 입을 연 것은 술병을 내려놓은 조광호가 자리를 일어서려 할 때였다.

"…조 형께 한 가지 물어보고 싶은 것이 있소."

"그러시오."

조광호는 대수롭지 않게 답하며 고개를 돌렸다. 하나 임옥룡의 물음은 무감각하게 흐르던 시간의 흐름을 고정시켜 버렸다.

"그가… 정말로 그의 후인일 거라 생각하시오?"

열 명의 시선이 조광호와 임옥룡에게 모여들었다. 너무나 갑작스러운 질문이었는지, 조광호는 잠시 대답을 미루고 생각에 잠겼다. 성미 급한 모닥불이 대답을 재촉하듯 타닥거리며 잔불똥을 하늘로 피워 올렸다.

"증거는 없소."

"…심증은 충분하다는 뜻이로군요."

조광호는 대답하지 않았다. 하지만 사람들은 스스로 답을 구하며 고개를 끄덕이고 있었다. 이미 몇 번인가 오갔던 이야기였지만, 오늘의 느낌은 이전과는 달랐다.

"그의 무위는 어느 정도요? 조 형의 심증을 끌어낼 정도라면 대단하겠지요?"

사람들의 시선이 다시금 조광호에게 쏠렸지만 쉽게 대답할 수 있는 문제가 아니었다. 만약 이 자리에 소림의 제자들만 있었다면 그는 자신의 생각을 과감없이 털어놓았을 것이다. 하나 모닥불을 사이에 두고 있던 임옥룡과 네 명의 사내는 불문이 아닌 도가의 가르침을 받은 이들이었다. 같은 목적으로 함께하고 있었지만 조심할 필요가 있었다.

"그는 광도 황옥산을 꺾었소."

알아서 판단하라는 뜻. 모용세가의 검진은 이야기할 필요도 없었다.

산서에서는 당할 자가 없다던 흑백쌍괴였다. 그의 죽음이라면 살귀에 대한 충분한 설명이 되고도 남았다. 하지만 고수를 향한 무인의 호기심이 몇 마디 말로 충족될 리 없었다.

"듣기로 그의 키가 팔 척에 이르고, 병기 길이 또한 오 척인 거검이라던데, 그렇다면 그의 무공은 신력을 앞세운 중검(重劍)이었소?"

임옥룡의 옆에 있던 사내가 무뚝뚝한 목소리로 물었다. 각진 얼굴만큼이나 강직한 인상. 호광 조가의 사남이며 무당파 장로 운양자의 제자인 조천헌(趙天軒)이었다. 조광호는 고개를 저으며 조천헌에게 말했다.

"길이는 확신할 수 없지만, 분명 그의 검은 내가 본 어떤 검보다도 그 크기가 컸고… 그 어떤 검보다도 빨랐소."

무당파의 속가제자들은 물론, 그 자리에 함께하지 않았던 소림의 제자들조차 서로 얼굴을 마주 보며 놀라움을 금치 못했다.

"오 척 거검을 휘두르는 신력에, 광도 황옥산을 베어낼 만큼의 빠름이라… 조 형이 그런 심증을 가지게 된 것도 무리는 아니겠구려."

임옥룡의 말에 몇몇은 수긍하는 듯했지만, 그보다 많은 수의 사람은 의구심을 지우지 못했다.

"심증뿐이오. 구천무예가 세상에서 모습을 감춘 지 벌써 이백여 년. 지금 현신한다 해도 그것을 알아볼 이가 있겠소?"

무당파 제자 중 하나인 노의량(魯義亮)의 반문은 타당했다. 하나 조광호는 쓴웃음을 삼키고 있었다.

'모두 잘못 생각하고 있어. 그의 무공이 중요한 게 아냐. 그가 누구인가가 중요한 것이지.'

조광호는 자신의 생각과 이들의 생각이 다름을 느끼고 있었다. 아니, 그보다는 자신과 본산의 어른들이 각기 다른 곳을 보고 있다 생각하고 있었다. 뱃속에서 술기운이 일었고, 식도를 타고 오른 탁한 한숨이 굳게 다물었던 입술 사이로 밀려 나왔다.

"누구도 모르오, 그의 무공이 무엇인지. 하지만 난 관심없소. 그가 익힌 것이 구천무예가 아니라 해도 상관없소. 그가… 구양세가와 어떤 관계에 있는지가 나에겐 훨씬 더 중요하오."

차분하게 가라앉은 목소리. 상기된 표정과는 사뭇 대조적이었지만, 그 나름의 묘한 어울림으로 좌중을 침묵시켰다.

"조 형, 여기 있는 사람 모두 조 형과 같은 생각이오. 우리의 목적은 반도의 추적이지, 구천무예의 회수가 아니니까."

임옥룡이 분위기를 바꾸려는 듯 조심스레 말했다. 모닥불을 응시하고 있던 조광호는 아무 말이 없었다.

"솔직히 말하자면… 나는 그의 무공이 구천무예가 아니길 바라고 있었소."

조광호의 고개가 임옥룡에게 향했다. 임옥룡의 표정 역시 조광호만큼이나 착잡해 보였다.

"그가 구양세가와 관련이 없기를 바란단 뜻이오?"

"아니오. 말 그대로요. 그에게 이어진 것이 구천무예가 아니라 구양세가의 원한만이길 바란다는 뜻이오. 이제는 그 기대도 접어야 할 듯싶긴 하지만……."

조광호의 시선은 설명을 바라고 있었고, 사람들의 이목 역시 임옥룡의 목소리를 듣기 위해 한껏 열려져 있었다.

"그가 구천무예를 익혔다면… 반도들은 구천무예를 얻지 못했다는 뜻이오."

"그게 무슨?"

"구천무예는 천고의 절기. 만약 반도들이 그 절기를 훔쳐갔다면 또 다른 구천무예의 전인이 나오기 어렵소. 또한 이미 죽은 반도들의 허망한 죽음도 설명할 수 없고."

타당한 추론이었다. 삼 년은 짧은 시간이 아니다. 성취의 고하는 있을지언정 익히지 못할 이유는 없었다. 하나 주살된 반도들은 마치 약속이라도 한 듯 단 한 사람도 상승절기를 익힌 흔적을 남기지 않았다.

난해하여 심득을 얻지 못했다는 것은 말이 되지 않는다. 비급을 훔쳐 달아난 이들은 천하무공의 태산북두인 소림과 무당의 제자들. 그들이 익히지 못할 만큼 난해한 무공이라면, 무창살귀의 출현 역시 설명할 수가 없다. 하지만 완벽한 추론은 아니었기에 곧바로 누군가가 반문하며 나섰다.

"꼭 그렇게 생각할 수만은 없지 않습니까? 무경의 사본이 있었을 수도 있고, 어쩌면 오래전부터 비밀리에 수련을 해왔던 자일 수도 있고……."

"소림과 무당의 제자들이 구양세가에 상주했던 이유를 잊으셨소?"

임옥룡의 대답에 좌중은 너무나 쉽게 수긍해 버렸다. 이미 알고 있던 사실을 다시 한 번 상기시킨 것뿐이었으니까.

엄밀히 말하자면 소림과 무당의 제자들은 구양세가를 보호한 것이 아니라 구천무예를 보호해 온 것이다. 구천무예의 이름은 이미 이백 년 전에 천하를 호령했었다. 비록 이후 그것을 익힌 자 없어 잊혀지던 이름이만, 그렇다고 방치할 수도 없는 위험한 비급이다. 가질 수도 없지만 내어 줄 수도 없다. 보호라는 명목 아래 구양세가는 소림과 무당의 그늘 아래서 철저히 고립되어 있었다. 진경의 사본? 비밀 수련? 어림도 없는 일이었다.

"임 형의 말뜻… 알 것도 같소."

조광호와 임옥룡의 눈빛이 마주쳤다. 소림과 무당의 추적대를 이끄는 두 사람의 생각이 정확히 일치하고 있었다.

"어쩌면 그와 접촉하지 말라는 명이 내려진 것도……."

"아마 본산 어르신들도 쉽게 결론 내리지 못하고 계실 겁니다."

"어렵구려. 정녕 그가 소림과 무당을 그리 여긴다면……."

"그리 여긴다 해도 할 말이 없지요. 어쨌든 원한의 시작은 분명 본문의 반도들이었으니……."

조광호는 양손으로 미간을 누르며 고개를 숙였다. 이런 가정까지는 생각해 보지 않았었다.

'어리석었다. 구천무예마저 되찾게 된 이상 그들이 소림과 무당의 품으로 돌아올 이유가 없다. 아니, 용서할 이유가 없다.'

조광호에게 지난 삼 년은 그의 짧지 않은 인생에서 가장 긴 삼 년이었다. 산해관에서 남만의 밀림까지 천하에 그들의 발길이 닿지 않은 곳이 없었다. 소림과 무당이라는 자랑스러운 사문을 가지고 있었음에도, 임무의 은밀함 탓에 억울함을 당해도 입도 빙긋하지 못했다. 기약없는 추적이 그들의 임무였지만, 사문의 존엄을 지킨다는 일념 하나로 인내하고 견뎌냈다. 그런 그들에게 무창살귀라는 존재는 살귀가 아니라 희망이었다. 아니, 희망이었었다.

임옥룡의 냉정한 목소리는 그래서 더욱 현실적이었다. 조광호는 그가 구양세가의 인물이기를 바랬다. 구양세가의 인물이 단 한 사람만이라도 살아남아 있다면, 사문에 지워진 멸문의 책임을 조금이나마 덜 수 있을 것이라 생각했다. 하지만 임옥룡의 말처럼 그의 복수가 반도들의 주살로 끝나지 않는다면, 그 책임을 소림과 무당에게까지 묻는다면……

"거리를 좁힙시다."

조광호의 말에 임옥룡은 이채를 띠며 물었다.

"본산의 명은 어찌하고요? 아직 그의 배후를 밝혀내지도 못했는데, 우리의 존재를 노출시킬 필요는……."

개방의 판단은 잘못되었다. 그들은 한을 찾지 못한 것이 아니었다. 만나지 못하고 있을 뿐이었다. 한과 그들의 거리는 언제나 반나절. 소림과 무당의 제자들은 벌써 십여 일째 그 거리를 유지하며 한의 뒤를 쫓고 있었던 것이었다.

"진강에서 만난 신비인도 분명 소림을 명시하며 경고했었소. 우리의 존재는 이미 노출된 지 오래요."

"어떻게 할 작정이오? 명을 무시할 생각이오?"

임옥룡의 물음에 조광호가 자리를 털고 일어섰다. 조광호의 두 눈엔 모닥불의 불꽃이 잔상처럼 불타오르고 있었다.

"사문의 명을 어기진 않을 것이오. 하지만 우리에게 내려진 사명 역시 아직 유효하오. 우리의 사명은… 반도의 추적이오."

*　　　　*　　　　*

"배워!"

예향의 고함에 한은 귀찮다는 듯 돌아앉아 버렸다. 하지만 예향은 끈질기게 따라붙으며 그를 괴롭혔다.

"도대체 왜 안 배우겠다는 거야? 내가 가르쳐 줄게. 지금부터라도 차근차근 배우면 너도 얼마든지 필담으로 사람들과 대화할 수 있다니까?"

예향의 설득을 듣던 손 노인이 피식 웃으며 고개를 돌렸다.

"아서라. 배움이라는 게 억지로 강요한다고 되는 것이 아니다. 자기가 배울 마음이 생겨야 하는 거지."

"글쎄, 노인네는 빠지라니까? 배워서 남 줘? 내가 소학(小學), 대학(大學) 배우라는 것도 아니잖아? 천자문만 떼자니까? 아니, 천자 다 배울 필요도 없어. 필요한 거 몇 자만이라도 배워놓으면……."

예향의 목소리가 이어지는 내내, 한은 자신이 괜한 짓을 했다 자책하

고 있었다. 어젯밤 예향이 하도 서글피 울길래, 미안한 마음에 한마디 써
준 것이 화근이었다.

'미안하다고? 한! 너 글 쓸 줄 알아?'

자신이 아는 단어가 고작 네 단어뿐이라는 것을 예향이 알게 되었을
때, 그때 그녀의 눈빛이 왜 반짝인다 느껴졌는지 깨닫게 되었을 때, 한은
자신의 무책임한 손가락을 탓해야만 했다.

'쓸데없는 짓을 했어.'

아침부터, 정확히 마차가 동평을 빠져나올 때부터 시작한 예향의 설득
은 장장 두 시진 동안이나 계속되고 있었다. 인상을 쓰고 노려봐도 그때
뿐이었다. 잠시 찔끔한 표정을 지어 보이다가도 숨 몇 번 내쉬기도 전에
언제 그랬냐는 듯 다시 조르기 시작했다. 그나마도 이제는 이력이 났는
지 찔끔한 표정조차 짓지 않는 예향이었다.

"좋아! 그럼 이렇게 하자. 하루에 하나씩! 어때?"

예향은 크게 선심 썼다는 듯 손가락 하나를 쳐들어 보이며 한에게 말
했다. 근 두 시진에 걸친 잔소리에 빠져나갈 구멍만 찾던 한이었기에, 그
녀의 마지막 제안은 제법 솔깃했다. 한의 입에서 흘러나온 한숨이, 예향
에게는 항복의 표현처럼 들리고 있었다.

"진작 그럴 것이지. 글자 배우는 거 별로 안 어려워. 모양만 봐도 알
수 있고, 조금 복잡한 글자는 몇 개만 맞춰보면 대충 짐작으로도 알 수
있거든."

한의 옆에 바짝 붙어 앉은 예향이 작은 소도 하나를 들어 바닥을 긁기
시작했다. 한데 막상 바닥을 긁어가던 예향의 소도는 앞뒤로만 왔다갔다
할뿐, 어떤 형상도 만들어내지 못하고 있었다.

"음, 무슨 글자를 먼저 가르쳐 줘야 할까나?"

예향의 고민은 제법 길게 이어지고 있었다. 힐끔힐끔 손 노인의 눈치

를 살피는 모습을 보니 무슨 고민을 하고 있는지 짐작이 갔다.

"잘 봐?"

결국 마음을 정한 예향이 마차의 바닥에 글자를 새기기 시작했다. 슬쩍 눈길을 돌린 한의 미간이 점점 좁혀들기 시작했다.

'뭐가 이리 복잡해?'

눈짓으로 잠시 보았을 뿐이지만, 예향이 써내려 가는 글자는 글을 모르는 한이 보더라도 어려워 보였다. 하지만 글을 설명해야 하는 예향의 민망함보다는 덜할 것이 분명했다.

"이건… 애(愛)라고 읽어."

"풉."

예향의 말이 끝나기 무섭게 손 노인의 입에서 바람 새는 소리가 들려왔다. 잠시 손 노인을 노려본 예향이 고개를 돌렸지만, 한과 눈을 마주치지도 못한 채 글자를 가리키며 설명했다.

"애라는 글자는 사랑한다는 뜻을 가지고 있어."

한의 눈이 조금씩 굳어지고 있었지만, 예향은 바닥에 쓰인 글자만을 바라보며 설명을 이었다.

"원래 애는 목이 멘다는 뜻의 기 자랑, 마음을 나타내는 심(心) 자, 그리고 뒤처져 걷는 다는 치(夂) 자가 합쳐져서 만들어진 글자야. 치자를 빼면 목이 멜 정도로 좋아한다, 아낀다라는 뜻이 되지만, 여기에 뒤처진 다는 치자가 끼어들어 너무나 아끼고 좋아하지만, 쉽게 얻지 못하고, 함부로 다가서지 못한다는 속뜻을 가지게 되었지."

'좋아하나 쉽게 얻지 못한다.'

굳어지던 한의 눈빛에 슬픔이 번져 조금씩 풀어지고 있었고, 그 모습을 바라보는 예향의 눈빛 역시 한의 빛깔을 닮아가고 있었다.

'그래, 넌 네 사랑을 얻지 못했지. 그리고 그 잃어버린 사랑 탓에 이렇

게 헤매고 있는 거고.'

예향은 한을 바라볼 때마다 세상과 격리되어 있다는 느낌을 받았다. 처음에는 그가 벙어리라 그런 줄로만 알았다. 세상과 동화되지 못함이 신체의 부자유스러움 탓이라고만 생각했었다. 하지만 그가 복수의 길을 걷는 이유가 한 여인 때문이라는 이야기를 듣고, 그가 세상과 섞이지 않은 이유를 깨달을 수 있었다.

'목이 메는 사랑에 미친 탓이지. 다가서지 못해 한이 맺힌 탓이지. 복수가 끝나면, 네가 세상에 남아 있을 이유가 사라지고 나면… 너도 그녀의 뒤를 따라가겠지. 그게 네가 세상에 섞이기를 거부하는 진짜 이유일 거야. 너에겐… 미련이 없으니까.'

두 사람의 눈빛이 조금씩 닮아가고 있었다. 그 모습을 바라보던 손 노인은 소리없이 한숨을 쉬며 관도로 시선을 옮겼다.

'가여운 청춘들이로세. 참으로 애달픈 청춘들이로세. 불같이 타오르기만도 모자란 시간에, 덧없는 업보에 달려 메말라 가는 안타까운 신세들이로세.

하나 어찌 알까, 누가 알까. 저리 메말라 가는 것도 열정인 것을. 저것마저도 청춘인 것을……'

잎새 푸른 관도 위를 한 대의 허름한 마차가 밟아 지나고 있었고, 마차가 지난 자리로 떨어지던 새파란 이파리들이, 하나둘 쌓여가며 가을을 재촉하고 있었다.

*　　　*　　　*

제녕에서 황하까지 이어지는 대운하를 따라 수십 척의 배가 오가고 있었다. 간혹 운하의 폭이 좁아지는 곳도 있어 덩치가 큰 배들은 속도를 줄

여 다른 배와 부딪치지 않게 조심해야 했지만, 모용준 등이 타고 있던 소선은 그런 거선들의 틈 사이로 유유히 지나쳐 가고 있었다. 대운하를 따라 나아가던 소선이 넓은 호수와 만난 것은 정오를 조금 지났을 무렵이었다.

"저 앞이 량산(梁山)이고 이대로 거슬러 올라가면 황하와 만나게 됩니다. 이 배로 갈 수 있는 곳은 황하와 이어지는 수문까지입니다."

노를 젓던 나이 지긋한 사공이 흥얼거림을 멈추며 말했다. 사공의 말에 뒤에 앉아 있던 다섯 사람의 시선이 마주쳤다.

"일단 량산에서 내리기로 합시다. 량산은 그 물길이 깊고 인접한 태산 자락의 지세가 험하기 이를 데 없어 방어하거나 도주하기에는 더없이 좋은 곳이오. 대송선화유사(大宋宣和遺事)에 나오는 송강삼십육인찬(宋江三十六人贊)의 산채 양산박(梁山泊)이 있던 곳이 바로 이곳이기도 하오. 그들이 중도에 배에서 내렸다면 그냥 지나치기 어려운 요지요."

용호의 말에 사람들의 시선이 주변으로 향했다. 소선이 떠 있넌 호수의 물빛은 다른 수로의 그것보다 어둡고 탁했다. 깊이를 가늠하는 것은 고사하고 물이 주는 은근한 두려움에 오래 바라보고 있기조차 거북스러울 정도였다. 주변으로 병풍처럼 이어지는 험준한 산세 역시 송강과 삼십육 인의 도당이 둥지를 틀기에 모자람이 없어 보였다.

"설마 저 험산을 오르자는 말씀은 아니시겠지요?"

질린 듯한 표정으로 모용준이 묻자 용호는 피식 웃으며 고개를 저었다.

"물론 아니오. 그들이 량산에 목적이 있었다면 벌써 사단이 일어났겠지. 내 생각이지만 아무래도 이번엔 사람들이 많은 곳에서 일을 벌일 것 같소. 지난 열흘간이나 잠잠한 것이 그 반증이오."

"그는 무창과 같은 큰 도읍에서도 살겁을 저지른 자입니다. 그가 사람들의 시선을 의식해 조심스러워한다는 것은 앞뒤가 맞지 않습니다."

설기룡의 반박에 모용준이 동의하는 듯한 눈빛을 보냈고, 황약란은 모용상아의 귓속말을 들으며 고개를 끄덕이고 있었다. 하지만 용호는 그들이 미처 생각지 못한 것을 계산에 넣고 있었다.

"그는 이제 혼자가 아니라오."

용호의 말에 모용준과 모용상아가 아차 하는 표정으로 미간을 좁혔다. 진강포구에서 함께 사라졌던 세 사람. 흑룡왕 가패는 제외하더라도 노인과 여자는 확실히 운신에 영향을 미칠 만한 변수들이었다.

"그들이 헤어졌을 가능성도 있지 않나요?"

모용상아의 물음에 답한 것은 용호가 아닌 모용준이었다.

"그럴 수도 있지만, 그런 식으로 가정을 세우기 시작하면 한도 끝도 없다. 노인과 여자까지 따로 놓고 수색해야 한다면, 우리가 추적에 성공할 가능성은 거의 없다고 봐야지."

모용준의 말에 모용상아도 수긍했다. 지금은 자신들이 가진 역량 안에서 해결 가능한 일을 생각해야 했다. 배에 탄 사람들은 살귀 일행의 면면을 모두 알고 있는 유일한 사람들이었다. 그것이야말로 그들이 움직이는 이유였다.

"한데 큰 도읍에서 일을 벌일 것 같다면 어디로 가야 합니까? 어쩌면 우리가 머물렀던 제녕에 숨어 있을지도 모르는 일 아닙니까?"

"제녕이 큰 도읍이긴 하지만, 대신 사람들의 이목을 피하기 어려운 곳이오. 이미 수문과 인근 현령에 다 알아봤소. 거선은 제녕을 그냥 지나쳐 갔소."

"제녕이 아니라면 태안(泰安)이나 제남일 수도 있겠군요. 아니지, 제남은 이미 추적대가 훑고 지나갔다 했지. 후우… 이것 참, 어디서부터 시작해야 할지 막막하기만 하군요. 티끌만한 단서라도 있어야 시작이라도 해볼 터인데."

　모용준의 한숨은 그들의 현재 상황을 적나라하게 대변해 주고 있었다. 가주의 명으로 나서긴 했지만 뾰족한 수가 있던 것은 아니었다. 어쩌면 이대로 그들을 놓치게 될지도 몰랐다. 하지만 변수는 그들에게도 있었다.

　"평음으로 갈 생각이오."

　용호의 말에 설기룡과 모용준이 의아하다는 듯 바라보았다. 하지만 모용상아의 눈빛은 대답을 원하고 있었다.

　'그는… 평음에 있군요?'

　용호는 작게 미소 지어 그녀의 물음에 답해주었다. 물론 다른 사람들에겐 그에 합당한 설명이 필요했다.

　"평음 현령이 나와 막역한 사람이오. 그래서 그곳에 가 도움을 청해볼 생각이오."

　사람들은 용호의 말에 아무런 의심도 하지 않았다. 배 위에 있는 사람들 중 그의 수완을 의심할 사람은, 그의 지난 행적을 모르는 황약란뿐이었으니.

　량산에서 내린 다섯 사람은 저자에서 말을 구한 뒤 곧바로 평음으로 출발했다. 모용준과 황약란은 끼니조차 만두로 때워야 한다는 데에 불만이 있는 듯했지만, 해 지기 전 도착해 편히 저녁을 먹고 쉬자는 용호의 말에는 달리 할 말이 없었다. 평음은 량산 포구와 불과 반나절 거리에 있었다.

第三十九章

누군가 목숨을
걸어야 한다면

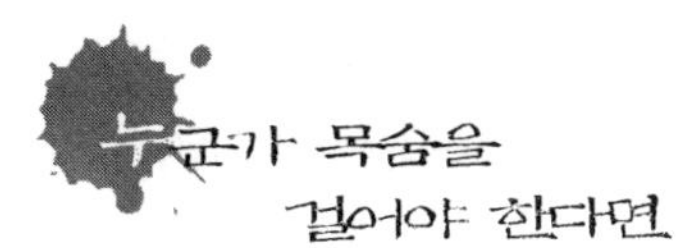

수백 수천 개의 화살이 날아들고 있었지만, 마오는 그것을 보지 못한 듯 숲 속을 내달리고 있었다. 수백 개의 화살이 몸을 스쳤지만, 태양이 쏘아 보낸 빛의 화살은 그의 몸에 작은 온기조차 남기지 못했다. 그 모습에 얼굴을 붉힌 태양은 결국 고개 너머로 줄행랑을 놓고 말았다. 등 뒤로 석양이 지고 있었지만, 마오의 시선은 오로지 고개를 넘는 마차에만 고정되어 있었다.

'오늘은 저기서 머물겠구나.'

멀리 마차 너머로 제법 큰 마을의 모습이 보이고 있었다. 고개를 넘는 태양을 보니, 해가 져 어두워질 무렵에나 닿을 수 있을 것 같았다.

'그들은 잘 따라오고 있을까?'

마오는 함께 남경을 출발했던 사내들을 떠올렸다. 탁한 잿빛의 피풍의로 몸을 감싸고 있던 열두 명의 사내. 자신이 남긴 표식을 제대로만 찾는다면 오늘밤이 가기 전 그들과 만날 수 있을 것이다.

'그들이 만나면… 마오도 돌아갈 수 있을까?

마차를 앞질러 내달리던 마오의 걸음이 멈춰 섰다. 마오는 가만히 고개를 돌려 자신이 달려온 길을 돌아봤다. 그를 감시하는 눈빛도 없었고, 그를 재촉하는 명령도 없었다. 하지만 그의 마음속에 떠오른 것은 우습게도 돌아가고 싶다는 생각이었다.

'이건 자유 아니다. 자유롭지 않다. 갈 곳도 없고, 할 수 있는 것도 없다. 이건… 자유 아니다.'

처음 무창을 떠날 때만 해도 뛸 듯이 기뻤다. 마음껏 산을 타고 바람을 맞을 수 있다는 것에 감사했다. 산짐승들의 울부짖음조차 그를 반기는 노랫소리 같았고, 산과 들에 펼쳐진 이름 모를 들꽃들마저 자신을 향해 미소 짓는 것만 같았었다. 하지만 그 달콤했던 시간은 어느 샌가 두려움이 되어가고 있었다.

'난 중원 모른다. 중원도 나 모른다. 내가 아는 중원은 명채구, 내가 아는 사람도 명채구 사람들. 돌아가고 싶다… 무창 그립다……'

불안함 속의 자유였다. 게다가 이제는 또 다른 이들의 명령을 받는 처지가 되었다. 보고 있는 것만으로도 오금이 저릴 만큼 날카로운 예기를 지닌 사람들이 자신의 등 뒤를 주시하고 있었다. 이제는 마음의 여유조차 가질 수가 없었다. 이럴 바엔 무창으로 돌아가는 편이 나았다. 깨어진 꿈을 위안하며 사는 것이 나을 것 같았다.

상념에서 깨어난 마오가 고개를 들었다. 이미 마차는 고개를 넘어 갔는지 보이질 않았다.

'당신. 미안하다. 하지만 어쩔 수 없다. 나는 의지 따윈 허락없는… 노예니까.'

마오의 얼굴은 생각 그대로의 미안함을 담아내고 있었다. 한 번도 마주친 적은 없었지만, 언제나 그와 가장 가까운 곳에 있었다. 달포가 넘도록 그들과 같은 것을 바라보았고, 본의 아니게 그들의 도주를 도운 적도 있었다. 하지만 달라진 것은 없었다. 자신은 그의 목숨을 노리는 자들의 길 앞잡이였고, 죽음의 첫 단추를 채우는 자였다.

'난 돌아가고 싶다. 어쩌면 오늘이 마지막……'

마오는 다시금 내달렸다. 느릿한 마차는 금시 따라잡았지만, 마오는 발길을 멈추지 않았다. 고개를 내려간 마오는 이내 평야의 푸른 물결 속으로 사라져 버렸다, 마치 마지막을 외면하려는 것처럼.

적막이랄 것까진 없었지만, 마차 안의 서먹함은 숨 한 번 크게 내쉬기도 민망할 정도였다. 뭐라 말을 붙여보고도 싶었지만, 좀처럼 입이 떨어지질 않았다. 예향이 한숨을 쉬어 분위기를 흔들어봤지만, 무정한 임은 눈길조차 마주쳐 주질 않았다. 그렇게 갑갑해하던 참이었으니 때맞춰 무릎을 친 손 노인이 고마울 수밖에.

"내 정신 좀 보게. 늙으면 죽어야 한다더니, 나도 갈 때가 된 거 같구 먼. 이보시게, 마차 바닥에 있는 그 궤짝 한 번 열어보시게."

손 노인의 말에 고개를 돌리고 있던 예향이 슬며시 눈동자를 굴려 한을 바라봤다. 한은 바닥에 놓여 있던 궤짝의 뚜껑을 열고 있었다.

"어제는 분위기가 묘해, 보여주지도 못했구먼."

손 노인의 말에 한은 말없이 궤짝 안에서 그것을 꺼내어 들었다. 한의 눈이 놀람으로 커진 것과 동시에, 겉을 싸고 있던 검은 천이 바닥으로 떨어져 내렸다.

'호오!'

"나는 굉장히 크게 만들어질 줄 알았는데, 크기는 거의 변하지 않았더구먼. 하지만 무게는 자네가 원한 것에서 그리 모자라지 않을 걸세. 다섯 관이 조금 넘어. 정확히 사십 근(20㎏)일세. 어때? 마음에 드시는가?"

대답을 잊어버릴 정도로 놀랐다. 손에 감기는 느낌이 좋다. 무게중심과 균형이 잘 잡혔다는 뜻이다. 묵직하게 잡아당기는 느낌. 완력만으로 휘둘러도 어지간히 내공 없는 검보다 나을 성싶었다.

한은 손에 쥔 그것을 천천히 들어올렸다. 오 척에 다다르는 크기 탓에 안 그래도 비좁은 마차 안이 꽉 차는 듯했다. 예향의 눈이 놀란 토끼마냥 동그랗게 떠졌다. 말까지 더듬거리는 걸 보니 놀라긴 어지간히 놀란 모양이다.

"사, 사십 근? 저런 걸 어떻게 휘둘러? 게다가… 검은… 색이네?"

"흘흘, 너 나흘 동안 산속에서 고생했다고 투덜거렸지? 이것아, 내가 저거 얻느라 송가 놈에게 들어먹은 욕이 얼마인지 안다면 네 그런 투정은 쏙 들어가 버릴 거다. 그거 현철(玄鐵)이야. 잡철은 눈곱만큼도 안 섞인 순수한 현철. 철 중에 가장 강도가 높다는 현철이니, 그 자체만으로도 가히 보검이라 불릴 만하지. 마름질을 안 했는지 광은 안 나. 그런데도 검신엔 물방울 하나 올라타질 못하지. 나도 처음 보고 얼마나 놀랐는지. 하여튼 그 영감쟁이, 철 다루는 솜씨 하나는 천하제일이라니까."

손 노인은 마치 자기 자랑이라도 되는 양 연신 떠벌이고 있었다. 하지만 평소 그렇게 아웅다웅하던 예향조차 입도 벙긋하지 못하고 있었다. 한이 들고 있던 묵검의 위압감은 보는 것만으로도 사람을 질리게 할 정도였다.

'좋은 검. 내겐 과분한 검이다. 이런 걸 어떻게?'

검의 가치를 가장 잘 아는 것은 검을 다루는 무인이다. 하지만 한은 자신이 들고 있던 검의 가치를 감히 따질 수가 없었다. 금전적인 가치는 궁금하지도 않았다. 검이 보여주는 가치만으로도 가슴이 울렁거릴 정도였다.

검날은 눈이 시러울 정도로 예리하게 벼려져 있었다. 하지만 워낙 검신이 두터워 한동안 이 나갈 걱정은 필요없을 듯했다. 신기한 것은 검의 표면이었다. 손 노인의 말처럼 마름질을 하지 않았는지 철 특유의 옅은 광조차 나질 않았다. 자세히 보지 않으면 돌로 만든 검이란 착각이 들만큼 검신은 빛과 어울리지 못했다. 그럼에도 손끝으로 전해지는 매끄러움은 수천 번 정련된 검보다도 균일했다. 어느 것 하나 평범하지 않았다.

'고맙소.'

'별말씀을……'

한은 진심을 담아 고개를 숙여 보였다. 늙은 심장이 벅차올랐다. 평생 강호를 동경한 노인에게, 절정고수의 진심 어린 인사는 그 의미 이상의 가치를 지니고 있었다.

"이거 얼마 줬어? 노인네 뱃심 봐선 훔쳐 왔을 것 같지도 않은데."

"흘흘, 이것아, 현철은 부르는 게 값이다. 내가 무슨 갑부라고 제값 주고 샀겠느냐. 그냥 묵은 빚, 엿 사먹은 셈 쳤지. 송가 늙은이한테 받을 게 조금 있었거든."

"그걸 말이라고 하우? 받을 빚이 얼마나 되기에……"

캐묻는 예향도 집요했지만, 손 노인도 나름대로 사연이 있는 모양이인지 요리조리 말을 돌리며 대답을 피했다. 두 사람의 실랑이가 소란스레 이어지고 있었지만, 묵검에 고정되어 있던 한의 시선을 끌어내기엔 부족하기만 했다.

그의 두 눈은 기뻐하고 있었다. 이제야 신병이기(神兵異器)란 말을 실감할 수 있었다. 한은 어린아이처럼 진심으로 기꺼워하고 있었다. 하나 그 흡족함엔 오로지 좋은 병기를 얻은 무인으로서의 만족만이 있을 뿐, 복수라는 단어는 들어 있지 않았다. 자각조차 못할 만큼 작고 미미했지만, 그것은 분명한 변화였다.

　　　　　*　　　　　　*　　　　　　*

　하늘과 산야, 그리고 지치지 않고 흐르던 황하의 물결마저도 섭리에
따라 어둠 속에 잠겨 있었다. 하지만 마을의 곳곳에서 시작된 불빛들은
어둠을 밀어내고 땅과 하늘과 사람들을 밝히고 있었다. 평음이 온전히
잠에 들려면 아직도 많은 시간이 남아 있었고, 그 시간이 오기를 참지 못
한 사람들이 곳곳에 걸린 빛을 따라 하나둘 모여들고 있었다. 왁자지껄
한 사람들의 소음이 주향(酒香)과 함께 평음의 어둠을 뒤흔들고 있었다.
그런 소음의 한편에서 어둠이 흔들리고 있었다.

　"여섯씩이나 움직일 필요가 있나?"

　"위험함이 일급으로 분류되어 있더군. 홍 선생의 판단이니 아마 정확
할 거야."

　"일급이라… 광도 황옥산 덕인가? 한데 그런 자가 무엇 때문에 이런
누추한 마을까지 찾아오는 거지?"

　건조한 목소리들은 마을이 한눈에 내려다보이는 한 고목 나무의 위에
서 들려오고 있었다. 하지만 주변의 소음이 아니었더라도, 사 장이나 되
는 나무 위에서의 소곤거림이 흔적을 남길 리 없었다.

　"이유가 있겠지. 별로 궁금하지는 않지만 말이야."

　"크크, 그렇지. 이유 따위는 알아봐야 생각만 많아질 뿐이지. 그래도
궁금하긴 하군, 명색이 살귀라 불리는 자가 변변한 문파 하나 없는 평음
까지 귀한 걸음을 하시는 이유가."

　"그야 모르지. 알 만한 사람은 하나 알고 있지만 말이야."

　"무음유살?"

　작은 나뭇잎 하나가 나무 아래로 떨어지고 있었다. 목소리는 나뭇잎이
바닥에 떨어진 후에야 들려왔다.

"백 권사가 죽었을 때 능곡은 슬퍼하지 않았어. 살귀가 산동으로 올라오고 있다는 이야기를 들었을 때도 마찬가지였지. 그리고 이번 청부에도 역시 그는 흔들리지 않았어. 마치 이미 다 알고 있었다는 것처럼……."

"과거가 제법 파란만장했었나 보군. 오랜만에 비싼 청부인데 청부 대상의 목표가 동료라니, 참 재미난 인연이야. 그런데 그는 어디 있지? 혹시……."

"모르지. 이번 일에서는 제외된 것 같으니까. 윤 대인의 집으로 갔을지도 모르고, 어쩌면 살귀의 손을 피해 어딘 가로 숨어버렸을지도 모르지. 그가 숨으려 마음먹었다면 누가 찾을 수 있겠나?"

대답할 값어치조차 없는 물음. 살수가 온전히 몸을 숨기면 동료 살수가 아니라 그 할아비가 온다 해도 찾지 못한다. 은잠과 변장은 살수로서 기본 중의 기본이었다.

"크크, 이러다 그 친구를 베라는 청부가 들어올지도 모르겠군."

"훗, 혹시라도 그런 청부가 들어온다면 난 빠지겠어."

"그건 나도 마찬가지. 서로 너무 잘 알거든."

바람이 불며 가지들을 흔들었다. 흔들리는 가지 사이로 저자를 오가는 사람들의 모습이 보였다.

"밑에선 누가 준비하고 있지?"

"은표 여섯이 객잔에, 넷은 성문 초입에. 나머지는 거기서 준비 중이고."

"애들 말고."

"다른 친구들도 다 거기서 기다리고 있겠지. 자네가 고집을 부려 우리만 여기 있는 거고."

"뭐, 좋잖아? 미리 실력도 좀 구경해 보고. 그리 손해 보는 짓은 아니라고 생각하는데?"

　두 개의 목소리가 소리없이 웃고 있었다, 자신들이 파놓은 함정을 향해 제 발로 걸어오는 어리석은 고수를 기다리면서. 하지만 귀혼각의 일급살수들이라는 그들조차도 자신들의 등 뒤로 내려앉아 있던 또 하나의 시선은 알아차리지 못했다.

　"함정?"
　"예, 대인."
　"훗, 아주 작심을 한 모양이군. 뭔가 눈치를 챈 건가?"
　불 꺼진 객실. 용호는 야음을 틈타 은밀히 잠입한 백의복면인에게서 평음의 움직임을 보고받고 있었다.
　"평음 상류에 있는 모래사장입니다. 이어지는 관도 주변으로 매복할 곳도 많고, 작은 숲도 하나 지나쳐야 합니다. 아무래도 길목 전부가 함정인 듯싶습니다."
　"귀혼각에 제법 머리를 쓰는 놈이 있었군. 너무 시끄러워지면 곤란한데……."
　철저히 살수에게 유리한 싸움이다. 무창살귀의 악명이 있으니 준비 또한 소홀하지 않을 것이다. 잘못하면 일이 틀어질 수도 있었다.
　"생각할수록 괘씸하군. 십만 냥으론 모자라다 이건가?
　"어찌할까요?"
　백의복면인의 질문은 짧았지만, 그 안에 숨은 뜻은 그리 간단하지 않았다. 백의복면인은 귀혼각의 처리를 물어왔고, 그 결과를 자신하고 있었다. 하지만 용호는 그것을 허락하지 않았다.
　"힘으로 해결하려 했으면 이미 오래전에 끝냈을 일. 지금까지의 수고가 아까워서라도 그리할 수는 없지."
　"하오시면?"

"내가 지시한 대로만 움직이도록 해. 내 지시가 있기 전까진 함부로 나서는 일 없도록 하고."

백의복면인은 고개를 숙이며 복명(復命)했다. 자리에서 일어선 용호가 돌아섰지만, 백의복면인은 자리를 떠나지 않았다.

"할 말이 남았는가?"

"언제쯤 돌아오시겠느냐 여쭙는 전언이 계셨습니다."

용호는 가만히 고개를 들었다. 객실의 천장은 낮았고, 낡았으며, 또한 더러웠다.

"그리 오래 걸리지는 않을 거야. 강호의 생활도 슬슬 지겨워지고 있어. 구경할 것이 별로 남아 있질 않으니, 이제 돌아갈 준비를 해야지."

"알겠습니다. 그렇게 전하겠습니다."

천장에서 시선을 뗀 용호가 뒤를 돌아봤지만, 백의복면인의 신형은 이미 사라지고 없었다. 용호는 반쯤 열린 창문을 바라보다 몸을 돌렸다.

"어쩌면 너희들이 내 발목을 붙들고 있는지도 몰라. 사실 가장 궁금한 건 바로 너희들이거든."

용호의 시선은 어두운 내실의 벽 너머를 바라보고 있었다. 그곳엔 모용세가의 사람들이 잠들어 있었다.

"정말 궁금해. 너희들이 어떤 선택을 할지."

용호가 객실의 문을 열자 반쯤 열려 있던 창문으로 한줄기 바람이 흘러들어 왔다. 그가 남겨놓은 읊조림은 방 안을 맴돌던 바람에 실려 창문으로 사라져 버렸다.

"이제 선택할 시간이다, 모용상아."

*　　　*　　　*

"젠장, 꼬치꼬치도 캐묻네."

"흐흐, 수문위사들 만날 하는 일이 그런 것인데 어쩌누?"

"염병, 은근슬쩍 가슴이랑 엉덩이 훔쳐보는 것도 수문위사들이 만날 하는 짓인가?"

손 노인은 입으론 웃으면서도 예향의 구시렁거림을 한 귀로 흘리며 좌우로 눈동자를 굴렸다. 손 노인의 눈이 이채를 발한 것은 그때였다.

"누구니 넌?"

마차로 달려온 꼬마를 바라본 예향이 물었다. 소년은 예향을 바라보다 손 노인에게 주먹을 내밀었다. 밤이 깊은 탓인지, 왕래가 적은 저자의 초입인 탓인지 마차가 멈춰 서 있던 길가엔 오가는 사람이 별로 없었다. 잠시 주변을 살핀 손 노인이 소년의 손에서 한 장의 종이를 건네받으며 물었다.

"이걸 누가 전해주라든?"

"누군지는 말해줄 수 없지만, 그렇게 물어보면 가패라는 아저씨가 주라했다고 대답하라 했어요."

손 노인은 다시 한 번 주변을 확인했다. 그들 근처엔 사람도 없었고, 지켜보는 눈도 없었다. 손 노인은 소년의 머리를 한 번 쓰다듬어 주곤 전낭에서 닷 문을 꺼냈다.

"밤이 늦었구나. 어서 집으로 돌아가거라."

돈을 받은 소년은 함지박만 하게 웃어 보이곤 골목길로 사라졌다. 손 노인은 잠시 멈췄던 마차를 다시 몰며 종이를 펼쳤다.

홍하객잔(洪河客棧).

손 노인은 두어 번 되뇌어 본 후 곧바로 종이를 입으로 가져갔다. 맛

있는 음식이라도 되는 양 종이를 씹어 넘기는 손 노인의 모습에 예향은
한심하다는 듯 고개를 저으며 주절거렸다.

"어디서 이상한 것만 봐 가지고……."

＊　　　　＊　　　　＊

"솜씨가 괜찮군요. 모용 소저는 독술에도 소질이 있는 것 같소."

"대인의 헛소리에 맞장구쳐 줄 기분이 아니군요."

모용상아의 표정은 싸늘히 굳어 있었다. 악의는 없었지만 자신의 손으
로 일행들에게 수면제를 먹게 한 것은 아무래도 마음에 걸리는 일이었
다.

'괜찮아. 약효는 고작 해야 반 시진. 이렇게 하면 아버지도 그들에게
책임을 물을 수는 없을 거야.'

용호가 보낸 제의를 수락한 순간 이미 정해진 수순이었다. 잠시 객잔
을 바라본 모용상아가 품에서 검은 면사를 꺼내어 얼굴을 가렸다. 그 모
습을 본 용호의 입에 조소가 걸렸다.

"결정은 하셨소?"

"…두고 보면 알 거예요."

모용상아는 용호와 시선조차 마주치려 하지 않았다. 용호는 그런 모용
상아에게서 시선을 떼곤 걸음을 옮겼다. 그의 뒤를 따르던 모용상아가
물었다.

"걸어서 갈 건가요?"

"아직 시간이 좀 남아서 말이오. 그리고 평음은 말을 타고 휘저어야
할 만큼 큰 마을이 아니라오."

마치 산보라도 나온 사람처럼 용호의 발걸음은 가볍기만 했다. 주변의

소음에 귀를 기울이기도 하고, 홍등의 불빛을 게슴츠레한 시선으로 바라
보기도 했다. 겉으로 보기엔 영락없는 한량의 모습이었지만, 뒤따르는
모용상아에겐 가증스럽기만 할 뿐이었다.

'그래, 당신은 무창에서도 그런 모습으로 나타났었지. 그때 알아봤어
야 했어, 당신이 진실하지 못한 사람이라는 걸. 그랬다면……'

초가장의 일은 중지되었을 게다. 죽은 외당 무사의 가족에겐 제법 많
은 은자가 지급되었을 것이고, 조금 더 성의를 베푼다면 무사 몇을 뽑아
그의 뒤를 쫓게 하였을 것이다. 그것으로 끝났을 것이다. 자신들은 세가
로 돌아갔을 것이고, 무창에서의 일은 잊혀져 버렸을 것이다. 꿈에서라
도 지우고 싶은 이 현실은 아마 시작조차 되지 못했을 것이다. 장안호의
죽음도, 황옥산의 죽음도, 모용세가의 수모도. 그리고,

'어쩌면 나도 당신을 잊었을지 모르죠. 아마도……'

웃음이 나왔다. 터무니없는 생각에 헛웃음이 나왔다.

'그랬다면 좋았을까? 그게 나았을까? 모든 걸 잊고 살았다면 설 오빠
와 혼례도 올리고 세가에서 오래오래 행복하게 살았다면… 그게 더 좋았
을까?

모용상아는 대답하지 못했다. 아니, 그 대답을 찾기 위해 용호의 제의
를 받아들인 것이었다. 그를 만난다면……

"이쪽으로."

용호의 목소리에 모용상아는 상념을 접고 몸을 숨겼다. 저자의 한 복
판. 문 닫은 상점의 구석진 곳에서 그들을 볼 수 있었다.

"낯익은 얼굴이군요. 그렇지 않소?"

용호의 말에 모용상아는 무의식적으로 고개를 끄덕였다. 마차에서 내
리는 두 사람. 분명 뗏목에서 보았던 노인과 여자였다. 모용상아는 그들
이 객잔으로 들어가는 모습을 바라보고 있다. 그녀의 귓가로 용호의 목

소리가 들려왔다.

"저들은 그자와 일행이오. 남경에서 도주할 때도 저들이 배를 몰고 나타났지요."

알고 있다. 무슨 이유에선지 저들은 함께 다녔다. 두 사람이 나타났다면 가까운 곳에 그가 있을 확률이 높았다. 모용상아가 허리를 펴고 일어섰지만 걸음을 떼어놓지는 못했다.

"기다리시오. 당신이 그와 만날 곳은 이곳이 아니오."

"그게 무슨 뜻이죠?"

모용상아의 물음에 용호는 조소하듯 대답했다.

"벌써 잊은 거요? 그는 살귀요. 설마 그를 이렇게 평온한 곳에서 만날 수 있다 생각한 건 아니겠지요?"

검은 면사 아래로 입술이 깨물렸지만, 모용상아는 그의 말에 반박할 수 없었다.

객잔 안은 분주했다. 명절이나 잔칫날은 되어야 볼 수 있을 법한 소란스러움이 넓은 객잔 안에 가득했다. 점소이는 치우다 만 그릇을 한 손에 든 채로 손 노인을 맞았다.

"어서 오십시오."

"방 있나?"

"두 분이십니까?"

손 노인이 고개를 끄덕이자 점소이는 두 사람을 객잔의 이층으로 안내했다.

"방세는 하루 스물닷 문입니다. 이층에서 식사하시려면 식사비에 닷 문 더 내셔야 하고요, 욕조는……."

일이 바쁜 탓인지 점소이는 계단을 오르면서 빠르게 이야기를 이어나갔다. 손 노인은 점소이의 빠른 말에 덩달아 방 삯을 서둘러 꺼냈다.

"여기 있네."

"서른 문이네요?"

"나머지는 됐네."

"그럴 수야 없죠. 여기 거스름돈입니다."

손 노인은 점소이가 건넨 돈을 받아들고는 고개를 끄덕이며 미소 지었다. 마치 젊은 사람이 참 기특하다는 듯한 표정이었다. 점소이를 보내고 문을 닫자 기다렸다는 듯 예향이 한 소리 했다.

"노인네 쫀쫀하기는. 닷 문 정도는 그냥 주고 말지……."

예향은 노인네 역정을 기대하며 준비하고 있었다. 하지만 손 노인은 예향의 말버릇을 탓하는 대신 동전과 함께 건네진 작은 종이를 펼치고 있었다.

"어?"

예향이 깜짝 놀라며 손 노인의 뒤로 돌아섰다. 손 노인은 그런 예향을 꼬리처럼 달고는 유등 앞으로 걸어갔다. 종이는 작았지만 그 안에 적힌 내용은 간단하지 않았다.

객잔은 함정. 귀혼각 살수들이 변복 중. 가패는 평음 서쪽 외곽 윤 대인의 장원에 있음. 윤 대인은…….

다급히 휘갈겨 쓴 듯한 글씨가 작은 종이 위에 빽빽하게도 적혀 있었다. 가패가 윤 대인이란 자의 집에서 무음유살을 잡기 위한 함정을 준비했던 일과 그들이 머물고 있는 객잔에 귀혼각의 살수들이 숨어들었다는 것. 그리고 손 노인과 예향을 이 객잔으로 불러들인 이유가 쪽지의 말미에 적혀 있었다.

…연유는 모르나 귀혼각에서도 양 무사의 목숨을 노리고 있음. **현명**히 판
단하기 바람.

예향은 어이가 없다는 듯한 표정으로 한숨을 내쉬다 침상에 주저앉았
다. 하지만 무엇이 생각났는지 금시 자리에서 튀어 올라 손 노인의 등 뒤
로 숨었다.

"쯧쯧, 내 뒤에 숨으면 무슨 수가 나냐?"

"뭐… 찔려도 노인네 살가죽만큼은 덜 찔리겠지."

"망할 년. 말하는 싸가지하고는……."

손 노인이 인상을 쓰자 예향이 배시시 웃으며 손 노인의 어깨를 주물
렀다. 하지만 그녀의 아양도 손 노인의 역정은 막아냈지만 심각한 표정
까지 풀어내지는 못했다.

"당장 어떻게 되지는 않을 거야. 말 그대로 그놈들이 노리는 건 한일
테니까."

"그럼 잘됐네. 빨리 여길 나가자. 가패가 어디 있는지 알았으니 한하
고 같이 바로 윤 대인인가 뭔가 하는 사람 집으로 가면 되겠네."

예향은 내려놓았던 봇짐을 다시 들면서 손 노인을 재촉했다. 하지만
들고 있던 종이를 바라보던 손 노인은 움직이질 않았다.

"왜?"

"잠깐 기다려 봐라. 여기 현명하게 판단하라고 써 있지 않느냐?"

"뭐?"

예향이 무슨 소리냐는 듯 되물었다. 한참 생각에 잠겨 있던 손 노인이
손에 들고 있던 종이를 유등의 불꽃 위로 가져가며 말했다.

"이 전서를 전한 사람 말이야. 분명히 한을 돕는 쪽 사람이야. 그런데

도 우리를 여기로 불러들였어, 귀혼각 살수들이 미리 기다리고 있었는데
도. 왜 그랬을까?"

예향은 답하지 못했다. 그녀의 시선은 불꽃이 번지는 종이 위에 가 있
었다.

"아무래도 자신이 없었을 게야, 어떤 것이 현명한 선택인지. 귀혼각
살수를 피해 가는 게 나은지, 아니면 그들과 직접 부딪치는 게 나은지.
책임을 떠넘긴 셈이지. 우리보고 알아서 하라는 뜻 같구나."

예향의 고운 이마에 내 천(川) 자가 그려지고 있었다. 분명 기회라면
기회다. 살수라는 자들은 찾아간다고 만날 수 있는 자들이 아니다. 그렇
게 쉬웠다면 가패가 미끼 노릇까지 하면서 청부를 하고, 거짓 소문을 낼
필요도 없었을 것이다. 그들이 먼저 움직였다. 이유는 알 수 없었지만 분
명 흘려보내기는 힘든 기회였다.

"우리가 찾던 놈들이 우리를 기다리고 있다. 아마도 미리 준비하고 있
으니 위험하긴 하겠지. 하지만 한이라면 어떻게 할까?"

"…뛰어들겠지."

물어볼 것도 없다. 그가 위험을 피해 돌아가는 일 따윈 상상이 안 된
다. 하물며 그 위험 속에서 원수가 기다리고 있음에야……

"하지만 여기에 그 능곡이란 놈이 있으리란 보장도 없잖아?"

"가패의 계획은 틀렸어. 저들이 먼저 움직였으니, 그쪽이 함정이란 것
쯤은 벌써 눈치챘다는 이야기다. 가패에게 간다고 해서 별다른 수가 나
는 것도 아니니……"

뾰족한 수가 없으니 그나마 가능성이 많은 쪽을 꼽아야 했다.

"흘흘, 예향아. 너 그놈 좋아하지?"

손 노인의 뜬금없는 질문에 예향은 대답하지 못했다. 그렇지 않아서가
아니라 차마 입으로 내뱉기 민망해서 말하지 못했다.

예향은 남자를 볼 줄 안다. 십수 년 기녀 생활 끝에 남은 거라곤, 상처뿐인 몸뚱이와 남자를 보는 눈뿐이었다. 그런 그녀의 기준에서 보면 한은 최상이다. 그는 위험한 길을 가고 있을 뿐, 본성이 위험한 이는 아니다. 오히려 그녀가 알고 있는 누구보다 순수하다. 그래서 그의 혈로를 따르는 거다. 그의 복수 역시 순수하니까.

'복수는 원한 맺은 자의 정당한 권리. 그를 욕하는 자들이 잘못된 거야. 원한은 결코 홀로 생기지 않으니까.'

하지만 그의 강함을 흠모하는 것은 아니다. 사내로서의 능력에 반한 것도 아니다. 물론 처음엔 욕정이었다. 하지만 이제는 아니다. 두려움을 모르는 늠름한 기상과 하늘이라도 떠받칠 듯 기골이 장대한 사내. 하지만 여인의 나신 앞에서도 초연할 수 있고, 사랑이라는 글 한 자에도 한숨 쉴 줄 아는 사내. 그는 야수의 모습을 한 어린아이. 그녀에게 있어선 천하에 둘도 없을 멋진 사내다.

'좋아하냐고? 아니, 난 그를 원해. 가지고 싶어. 그게 내 사랑이야.'

예향의 눈빛은 충분한 대답이 되고도 남았다.

불길에 모두 먹혀 버린 종이가 바닥에 떨어졌고, 까맣게 변해 버린 흔적은 손 노인의 발끝에서 부서져 버렸다.

"이건 한이 판단할 일이야. 그러니 누군가는 그에게 알려야지. 아무리 생각해도 나보단 네가 가는 게 낫겠다."

이 얘길 하고 싶어서 그런 낯부끄러운 이야길 꺼냈던 건가? 손 노인은 예향을 바라보며 웃었다.

"흘흘, 그 친구 성격에 오지 않고는 못 배기겠지. 넌 가패에게 가 있어라. 여기 일 끝나면 함께 갈 테니."

"지랄……."

기어이 욕설이 나오고 말았다. 하지만 마주쳐 주는 목소리는 없었다.

한의 성격도 알지만 예향의 성격은 더 잘 아는 손 노인이었다.

"현명하게 판단하라며? 그게 현명한 거야? 사리 분별도 못하는 걸 보니 노인네 망령이 났나 보네. 빨리 가, 한이 기다려."

예향은 언제 그랬냐는 듯 웃고 있었다. 이번에는 손 노인이 성을 낼 차례였다.

"이것아! 고집 피울 일이 아냐. 남으려면 살만큼 산 내가 남아야지……."

"살만큼 살았는데 왜 남아? 여기 일 끝나면 함께 온다며? 송장 돼서 오려고 했수? 나야말로 아무 일 없을 테니까 걱정 말고 가봐요."

"후우, 그럼 같이 가자."

"진짜로 노망이 난 거야? 여기 있는 살수들 다 끌고 가자고? 우리는 그냥 짐이나 되자고?"

예향의 말이 옳았다. 두 사람 모두 움직이면 살수들이 뒤따를 것이 뻔했다. 한은 성 밖 숲에 있다. 이야기를 전할 틈도 없이 살수들이 칼을 뽑아들 것이고, 자신들은 한이 보는 앞에서 피를 뿜게 될지도 모른다. 둘보다는 하나가 나았고, 그 하나가 되지 않기 위해 물러섬없이 눈을 부라리는 두 사람이었다.

"내가 남는 게 나아. 설마 힘없는 여자를 어쩌기야 하겠어? 혹시라도 나한테 칼 들이밀면 또 저번처럼 하지 뭐. 내가 그 사람 내자라고."

사내를 상대함에 아내라는 존재는 가장 효과적인 인질이다. 무모함과 현명함을 저울질하기 어려운 조건. 손 노인은 예향의 고집을 꺾기 위해 머리를 굴렸다. 하지만 이어진 예향의 한마디에 손 노인은 헛된 노력을 포기해야만 했다.

"그 사람을 위해 누군가 목숨을 걸어야 한다면… 그 자리 내가 욕심 부리면 안 될까?"

$$*\qquad*\qquad*$$

'살수들이 움직인다.'

객잔이 마주 보이는 전각의 처마 밑. 은잠과는 어울리지 않는 백포였지만, 사내의 백포는 처마 밑에 자리한 어둠 속으로 완전히 잠겨 들어 있었다. 객잔 옆 고목 위를 바라보던 백의복면인이 눈을 빛내고 있었다.

'뒤를 쫓는 모양이군.'

조금 전 객잔을 나선 노인이 살수를 불러낸 것일 게다. 백의복면인은 살수의 뒤를 쫓을지 객잔을 계속 주시해야 할지를 고민했다. 노인의 뒤를 쫓은 살수는 객잔 안에 변복하고 있는 다른 살수들과는 격이 달랐다. 아마도 귀혼각에서도 일급으로 분류되는 자일 것이다.

'아직 하나가 남아 있다. 유인할 작정인가?'

백의복면인이 확인한 일급살수는 둘. 하나는 노인의 뒤를 따랐지만, 다른 하나는 고목 위를 지키고 있었다. 만약 살귀를 치기 위해 떠난 것이라면 하나가 남아 있을 이유가 없었다.

'훗, 역시 유인하기 위해 움직인 것이었군. 인질까지 잡을 생각인가?'

노인이 사라지고 난 얼마 후, 객잔의 이층에서 작은 소란이 일었다. 물론 일층의 왁자지껄한 소음 탓에 그것을 눈치챈 이는 아무도 없었지만, 백의복면인이 몸을 숨기고 있던 처마는 객잔 이층의 창문과 마주 보이는 자리였다.

'제법이군. 반항조차 않는 걸 보니, 이미 이렇게 될 줄 알고 있다는 건가?'

여인은 사내들이 들이닥쳤음에도 반항하지 않았다. 창문과 문을 통해 은밀히 침투한 살수들이 다 민망할 지경이었다. 여인은 담담히 그들의

손에 제압된 채로 어디론가 끌려갔다. 그들이 향할 곳은 십중팔구 귀혼
각에서 파놓은 함정이 있는 곳이리라.

'이렇게 되면 여기 있을 이유가 없군. 귀혼각이 어디에 함정을 만들어
놓았는지는 이미 알고 있으니, 미리 가서 기다리는 편이……'

몸을 뒤로 빼려던 백의복면인의 신형이 일순간 굳었다. 그의 시선은
객잔이 아닌 저자에 향해 있었다, 사람들 사이를 피해 걸음을 옮기던 한
노도사에게.

'고수?!'

백의복면인의 눈에 이채가 떠올랐다. 평음은 강호의 주목을 받지 못하
는 작은 마을. 그런 마을에 나타난 노도사는 복면인의 시선을 끌기에 충
분했다.

'송문검(松紋劍)?

도인(道人)이라 하여 다 같은 도인이 아니었다. 그들 나름대로 문파도
있었고, 그 문파는 또다시 여러 유파로 나뉘어 있었다. 같은 도리를 가지
고 달리 해석하는 자들이기에 각파를 대표하는 표식을 몸에 지녀 자신의
문파를 분명히 하는 것이 보통이었다. 저자를 따라 걷던 노도사는 한 자
루 장검을 들고 있었고, 백의복면인의 시선은 그 장검의 검집에 새겨져
있던 한 그루 소나무에 고정되어 있었다. 검집과 검배에 소나무를 문양
을 새기는 문파는 천하에 오직 한 곳뿐이었다.

'무당파가 이곳엔 무슨 일로?

백의복면인의 시선이 저자를 따라 걸음을 옮기던 노도사의 뒤를 쫓았다.
남색 도복과 백염이 잘 어울리던 노도사. 그는 무당파의 장로 운경자였다.

第四十章

무음유살 능곡

전날의 난리 덕인지, 윤 대인의 장원 곳곳엔 전에 없던 횃불들이 자리를 차지한 채 주변을 환히 밝히고 있었다. 장원의 일꾼들로 보이는 사내들이 내원 밖의 담벼락을 따라 번을 서고 있었다. 몇몇은 목소리를 낮춘 채 이야기를 나누기도 했지만, 대부분은 하품을 하거나 눈을 억지로 껌벅이며 밀려오는 잠을 쫓고 있었다.

"우리 주인 나리는 다 좋은데 너무 소심해서 탈이야."

"그런 소리 말아. 아, 자네 같으면 안 그러겠는가? 자기 집 안방까지 넘어들어 왔는데?"

"쩝, 하긴. 근데 운(雲) 무사 실력도 보통이 아니었네? 어깨 힘주고 거들먹거리는 꼴이 영 보기 싫었는데."

"그라라고 고용한 사람이니 이번에 밥값을 한 거지. 뭐, 대단하긴 하다고 하더구먼. 엊저녁 죽어나간 놈이 무음유살이라고, 살수들 중에서도 아주 무서운 작자였다나 봐."

"그래?"

사내의 말에 호기심이 동했는지 다른 사내 하나가 귀를 쫑긋 세우며 한 걸음 다가섰다.

"그 귀혼각이라고, 살수들이 우글우글거리는 곳이 있다더구먼. 무음유살도 거기에 몸담고 있는데, 솜씨가 워낙 귀신같아서 거기서도 손꼽힌다 하더라고."

"오오, 그런 놈을 운 무사가 잡았단 말이여?"

어느새 횃불 아래로 모인 사내만 넷이 되었다. 야심한 밤에 잠 설치며 나선 것도 억울한데, 멍하니 하늘만 보며 시간을 보내자니 갑갑하기도 했을 것이다. 사내들의 수다는 제법 길게 이어지고 있었다. 운표(雲票)라는 무사에 대한 칭찬이 대부분이었지만, 살수가 또 오면 어쩌나 하는 걱정도 적지 않았다. 많은 이야기가 오가고 있었지만, 어둠 속에 웅크리고 있던 눈동자는 더 들을 이야기가 없었는지 자신이 흘러들었던 어둠을 타고 미끄러지듯 사라져 버렸다.

내실은 조용했다. 침상에 올라올 때만해도 보기 민망할 정도로 떨어대던 윤 대인이었지만, 어느새 잠들었는지 지금은 작게 코까지 골아대고 있었다. 어제 그 난리를 치르고도 태평하게 잠에 드는 것을 보면, 이 사람도 보통내기는 아니라는 생각이 들었다.

'한을 돕는 이들은 대체 어떤 자들일까? 어떤 힘을 가지면 한 고을의 유지를 살수를 끌어들이는 미끼로 만들 수가 있지?'

가패는 주변의 기척을 살피면서도 생각을 멈출 수가 없었다.

한을 돕는 자들은 결코 작은 단체가 아니다. 한의 원수를 귀신같이 찾아내는 수완도 그렇거니와 남경에서 거선을 몰고 나타나 자신들을 구해준 일, 윤 대인을 회유해 자신들을 돕게 만든 일까지. 그들이 보여준 일

련의 움직임들이 오히려 그들의 존재를 더욱 의심케 만들고 있었다.

'철 문사라는 사람. 애써 기운을 감추고 있었지만, 분명 내가 잴 수 없을 만큼 강한 고수였다. 그런 사람들이 뭐가 아쉬워 한을 돕고 있는 것일까? 그들의 정체가 과연 무엇일까?'

세상에는 무수히 많은 방회와 방파가 존재한다. 강호만 해도 구파일방을 필두로 이루 헤아릴 수 없을 만큼 많은 문파가 존재한다. 상계는 또 어떤가? 쌀, 소금, 포목, 약재, 목재, 주류. 천하에 존재하는 상품의 품목마다 방회가 존재한다 해도 과언이 아니다. 하다못해 기녀와 거지들의 방회까지 존재하는 세상이니, 그들 중 한을 돕는 이가 어느 곳인지 짐작해 낸다는 것은 불가능한 일일지도 몰랐다.

'한의 과거를 모르니, 그 무공의 연원만이라도 알 수 있다면…….'

한의 무공은 그 원류를 짐작하기가 매우 까다로웠다. 일정한 초식이 있는 것도 아니었고, 움직임에 특징이 있는 것도 아니었다. 베고, 찌르고, 가르는 것이 그가 보여주는 움직임의 전부. 그가 뿌리는 가공할 검기 역시 그 움직임의 연장에 지나지 않았다. 천하의 무공을 모두 꿰뚫고 있다는 손 노인마저도 고개를 저은 일이다.

'하늘에서 뚝 떨어진 고수라 이거지. 그리고 하필이면 떨어진 자리가 무창이었고. 후후'

불과 두어 달 전의 일임에도 몇 년은 거슬러 오른 느낌이었다. 그만큼 짧은 시간 동안 많은 일이 있었다. 흑룡왕으로 살았던 무창에서의 오 년이 지루했다 느껴질 정도로, 지난 몇 달간 정말 치열하게 달려왔다. 그 치열함이 가패를 일깨웠다.

'이제는 나 혼자서도 달릴 수 있겠어. 네 복수의 끝이… 내 복수의 시작이다.'

가패는 가만히 눈을 감았다. 과거의 기억들이 되살아나 그의 심장을 두드렸지만, 가패는 그 벌어진 기억의 틈새를 억지로 봉합해 버렸다. 아직은 때가 아니라 말하며 원한의 통곡을 달랬다.

내실은 또다시 침묵에 잠겼다. 가패는 마음을 가다듬으며 주변의 기척에 귀를 기울이고 있었다. 하지만 그가 기다리던 살수의 기척은 그가 느낄 수 없을 만큼 은밀히 다가오고 있었다.

＊　　　＊　　　＊

조심성없는 바스락거림이 일며 잠들어 있던 숲을 깨웠다. 잡목들을 헤치며 걷던 손 노인이 멈춘 곳은 숲의 중앙에 만들어져 있던 제법 넓은 분지였다. 주변을 두리번거리던 손 노인이 작은 목소리로 한을 찾았다.

"이보게, 어디 있는가?"

대답이 없었다. 분명 이곳에서 기다리기로 하였건만, 분지에선 한의 그림자도 찾을 수가 없었다. 홀로 두고 온 예향의 걱정에 손 노인의 목소리가 조금씩 커졌다.

"이봐. 어디 있나? 큰일났어."

손 노인은 주위를 두리번거리며 한을 찾았지만 풀벌레 울음소리마저도 손 노인을 외면하고 있었다. 분지는 기이하게 조용했다.

'일부러 나오지 않고 있구나. 이런……'

무언가를 깨달은 손 노인이 숲을 향해 내달리기 시작했다. 하지만 갑작스러운 움직임은 손 노인뿐이 아니었다.

슈슈슉!

어둠 속에서 날려진 탈수표(脫手鏢) 두 개가 손 노인의 뒷등을 향해 날아들고 있었다. 오 장여의 거리를 날아든 탈수표가 손 노인의 등에 꽂히려던 순간, 나무 위에서 떨어진 한줄기 검기가 탈수표들을 쳐냈다.

채챙!

그 소리에 놀란 손 노인이 머리를 붙잡으며 땅을 뒹굴었다. 급히 고개를 든 손 노인은 자신의 앞을 막아선 팔 척 장신의 사내를 볼 수 있었다.

"예향이 위험해!"

얼마나 급했는지 손 노인은 외마디 고함을 지르고 말았다. 하지만 한은 고개를 돌리지 않았다. 어둠의 저편에서 한 사람이 걸어나오고 있었다.

"그 여자의 이름이 예향이었나 보군."

목소리는 젊었다. 하지만 얼굴을 확인해 나이를 짐작할 수는 없었다. 달무리가 져 하늘이 어두웠던 탓도 있었지만, 그보단 사내의 얼굴을 가린 하얀 귀면(鬼面)을 꿰뚫어볼 수가 없었기 때문이었다.

'귀혼각.'

설명해 줄 필요도 없었다. 보기에도 섬뜩한 귀면탈은 자연스레 귀혼각이라는 이름을 떠올리게 만들고 있었으니. 귀혼각의 살수가 제 발로 모습을 드러낸 것이었다.

"너무 갑작스레 찾아와 당황했나 보군."

귀면살수는 천천히 걸어오며 한의 신색을 훑어보고 있었다. 얼굴을 볼 수는 없었지만, 한은 그가 웃고 있다고 느꼈다. 한의 묵색 거검이 고개를 쳐들자 귀면살수는 걸음을 멈추며 말했다.

"이런, 방금 저 노인이 한 말 못 들었나?"

기고만장함의 정체가 예향에게 있었던가? 한의 거검이 멈추자 귀면살수는 만족한 듯한 목소리로 말했다.

"괜찮은 여자더군. 그냥 죽여 버리려고 했는데 아까워서 참았어. 지금쯤 내 동료들이랑 재미나게 놀고 있을 거야."

손 노인이 일그러진 표정 그대로 자리에서 일어섰다. 격장지계인 것을 모르는 건 아니지만, 조소로 넘기기엔 도가 지나쳤다. 한의 표정이 싸늘히 굳어가고 있었다.

“이런, 그 여자가 자네 마누라였나? 미안해서 어쩌지? 난 저 노인네 마누라인 줄 알았지.”

귀면살수의 비웃음이 한의 고막을 파고들고 있었다. 한의 거검이 다시 한 번 꿈틀거렸다.

“이러면 곤란하지. 여자는 아직 죽지 않았다고. 설마 정조를 잃었다고 내팽개칠 생각인가?”

귀면살수는 이 상황을 즐기는 것 같았다. 무창살귀라는, 귀혼각에서도 위험함이 최고로 평가된 절정고수가 자신의 비아냥거림에도 손가락 하나 까딱하지 못하는 이 상황을.

‘속에선 열불이 날거다. 화를 돋우는 건 이 정도면 충분해.’

귀면살수가 천천히 뒷걸음질치며 말했다.

“네가 무음유살을 찾는다고 들었다. 그와 어떤 관계였는지는 모르지만 상대를 잘못 골랐어. 그는 혼자가 아니야.”

오 장… 육 장… 칠 장. 귀면살수는 살귀와 충분히 거리를 벌리며 말을 잇고 있었다.

‘이 정도면 되겠지.’

살귀의 모습이 손가락 한 마디만큼 작아졌다. 이젠 살귀에게서 달아날 시간이었다.

“무음유살을 만나고 싶다면 평음 서쪽의 모래사장으로 와라. 여자도 그곳에서 돌려주지.”

마지막 목소리는 분지의 밖에서 들려오고 있었다. 손 노인이 두어 발자국 나서봤지만, 이미 귀면살수의 모습은 점으로 화해가고 있었다. 한은 그의 뒤를 쫓지 않았다.

‘네 주둥이가 지고 간 빚은… 그곳에서 갚아주마.’

살수가 사라진 방향을 바라보던 한이 고개를 돌렸다. 힘없이 주저앉아 있는 손 노인의 모습이 보였다.

“내가 남았어야 했는데… 내가 남았어야 했는데…….”

손 노인은 넋이 나간 사람처럼 중얼거리고 있었다. 설마 했었는데, 걱정했던 그 만에 하나가 현실이 되고 말았다.

“미안하네…….”

어차피 둘 중 하나는 남아야 했었다. 그래서 미안했다. 자신이 그곳에 남았으면 예향도 똑같이 미안해했을 것이기에 미안했다. 한은 그런 손 노인을 바라보며 작게 한숨 지었다. 그 한숨 소리가 손 노인의 가슴을 힘껏 짓눌러 왔다.

손 노인은 고개도 들지 못했다. 한의 얼굴을 볼 면목도, 하늘을 볼 염치도 남아 있지 않았다. 그런 손 노인의 어깨를 잡는 커다란 손이 있었다. 그 손은 손 노인의 어깨를 가볍게 두드리고는 그를 일으켜 세웠나.

누가 누구를 탓할 것인가. 그 모두가 그를 위함이었던 것을.

*　　　*　　　*

풀썩!

소음에 눈을 뜬 가패가 재빨리 금침을 걷고 일어섰다. 하지만 내실의 풍경 중에 달라진 것은 아무것도 없었다. 다만 달라진 것이 있다면,

“윤 대인이 남색을 즐기는 줄은 몰랐군.”

나지막한 목소리. 가패는 목젖에 닿아 있는 차가운 기운에 놀라 고개도 돌리질 못했다.

‘어떻게?’

침상의 옆에는 한 사람이 쓰러져 있었다. 생사 여부는 알 수 없었지만, 옷가지를 보니 내실 밖에서 번을 서던 윤 대인의 무사 운표가 분명했다. 문이 열리는 소리도 듣지 못했고, 운표가 제압당하는 기척도 느끼지 못했다. 귀신이 곡할 노릇이었다.

"윤 대인의 혈도를 좀 짚어주겠나? 이야기하는 데 방해가 되면 안 되니까 말이야."

흑의인은 시종일관 여유로웠다. 마치 자신 정도는 안중에도 없다는 듯한 태도였고, 실제로도 가패의 목숨은 흑의인에 손끝에 달려 있었다. 가패는 조심스레 윤 대인의 뒷목 수혈을 짚었다. 이어진 것은 이야기가 아닌 심문이었다.

"이름이 뭔가?"

"…가패."

"그와 함께 다닌다던 이가 바로 당신이었군."

마치 한을 잘 알고 있다는 듯한 말투. 흑의인의 정체를 짐작한 가패는 천천히 입을 열었다.

"당신이… 능곡인가?"

대답이 없었다. 그것이 대답이었다.

"그는 어디 있나?"

"모른다."

이질적인 감촉이 목젖을 눌러왔다. 무의식적으로 몸을 뒤로 뺐지만, 한 뼘도 채 물러나질 못하고 내실 벽에 막혀 버렸다. 입 안에 침이 고였지만 삼킬 엄두도 나질 않았다.

"왜 이런 짓을 꾸민 건가?"

"당신을 끌어내기 위해서."

"절반은 성공했군."

설마 하는 마음이 있었다. 귀혼각의 살수 하나를 잡은 것이 어제였다. 죽은 살수의 실력은 그저 그런 수준, 마음 한편의 방심을 변명할 수 없었다. 하나 이자는 달랐다. 다시금 기회가 주어진다 해도 막을 수 있을 거란 확신이 서질 않았다. 능곡은 자신이 상상했던 그런 살수 나부랭이가 아니었다. 그는 진짜 살수였다.

"이제는 어떻게 해야 하지? 당신을 베고 숨어버려야 하나?"

"…그는 당신을 찾을 거다. 어디에 숨어 있든지 간에."

"후훗, 자신감이 지나치군."

"그대가 여섯 번째다. 일곱이나 여덟 번째가 될 순 있어도… 결국 그의 셈에서 벗어나지는 못할 거야."

검끝의 울림이 목을 타고 전해졌다. 무언가 흐르는 느낌이 나는 것을 보니 목을 살짝 베인 것 같았다.

"당신 말이 맞아. 언제까지 달아날 수만은 없지."

가패의 눈이 적지 않게 놀랐다. 앙천광소까지는 아니더라도 비웃음 정도는 각오하고 있었다. 한데 능곡은 가패의 말을 수긍했다. 생각지 못했던 반응은 생각하지 않았던 물음을 하게 만들었다.

"왜 그랬던 건가?"

어떤 답을 원하는 질문인지는 가패 자신도 몰랐다. 그저 궁금했을 뿐이었다. 한과 관련한 모든 것이. 그때 기대하지 않았던 대답이 돌아왔다.

"나도 궁금해… 우리가 왜 그랬는지……."

가패는 목젖에 검이 올라와 있는 상태로 귀를 쫑긋 세웠다. 어쩌면 한에 대한 작은 단서라도 얻을 수 있을지 모른다는 기대감이, 자신이 처한 상황까지도 망각하게 만들어 버렸다.

"우린 모두 지쳐 있었어. 아니, 피폐해져 있었다고 해야겠지. 그 틈바구니를 노린 거야. 누군가가……."

“이용… 당했다는 건가?”

“모르지. 이용당한 건지… 아니면 우리가 이겨내지 못했던 건지…….”

무언가를 짐작하기엔 턱없이 부족한 이야기. 하지만 한의 원한이 생각보다 복잡하게 얽혀 있음은 짐작할 수 있었다.

“억울해하는 것 같군.”

“그렇게 물어보는 걸 보니, 당신은 아무것도 모르는 군. 죽어도 알고는 죽어야겠다는 건가?”

가패는 검을 타고 전해지는 살기를 느낄 수 있었다.

‘젠장…….’

가패는 유엽도를 힘껏 움켜쥐었다. 하지만 문제는 그의 손을 덮고 있는 금침이었다. 금침을 걷어내고 도를 휘두르기 전, 그 앞으로 자신의 머리가 떨어질 것이 분명했으니까. 물론 모험을 해볼 수도 있었지만, 다행스럽게도 지금은 아니었다. 심문이 이어졌다.

“내가 귀혼각에 있다는 건 어떻게 알았지?”

“나 말고도 그를 도와주는 사람이 있다. 그 사람이 알려줬지.”

“그는 누구인가?”

“물어봤지만 대답해 주지 않더군.”

물러설 곳도 없는데 검으로 눌러오니 죽을 맛이었다. 가패는 인상을 구기며 말했다.

“차라리 베고 떠나라. 그는 멀지 않은 곳에 있을 거다. 하루라도 더 살아 있고 싶다면 서둘러 떠나야 하지 않나?”

“…그럴 생각이었다면 이곳에 오지도 않았어.”

목을 누르는 압박은 가셨지만 가패의 눈에 어렸던 놀람은 가시질 않았다. 놀람은 그것뿐만이 아니었다. 능곡은 가패의 목에서 천천히 검을 거두고 있었다.

"그에게 전해. 더 이상 달아나지 않겠다고. 그녀에게 진 빚이라면 얼마든지 갚아주겠다고. 하지만… 그녀에게 빚진 자가 우리만은 아닐 거라고……."

능곡은 천천히 뒷걸음치며 창문으로 향했다. 가패 역시 금침 안의 유엽도를 움켜쥐며 서서히 몸을 일으켰다. 창문을 열자 차가운 바람이 내실로 날아들었고, 그 바람보다 빠른 번쩍임이 가패의 눈앞으로 날아들었다.

"헙!"

가패는 반사적으로 몸을 뒤집으며 침상 아래로 몸을 숨겼다. 그 순간 비단 폭 찢어지는 소리와 함께, 몸을 낮춘 가패의 머리 위로 뜨거운 핏방울이 쏟아져 내렸다.

'이런?! 윤 대인!'

가패가 황급히 일어섰지만 내실 어니에도 능곡의 모습은 보이질 않았다. 그런 가패의 모습을 비웃기라도 하는 듯, 몸통과 분리된 윤 대인의 머리가 그를 바라보며 웃고 있었다. 당황해하던 가패의 귓가로 한줄기 전음이 들려왔다.

"공과 사는 구분해야지. 청부는 완수했다."

열린 창틈으로 날아든 전음이 가패의 심정을 무겁게 만들고 있었다. 비릿한 혈향이 내실을 떠돌고 있었지만, 주인 잃은 장원은 그 사실을 모른 채 밤을 밝히고 있었다.

*　　　*　　　*

강에서 불어오는 바람은 차가웠고, 강변으로 이어진 갈대밭은 길고 높았다. 갈댓잎 몸부림치는 소리만이 인적없는 강변을 가득 메우고 있었지만, 그 소리에 몸을 숨기고 있던 살수들은 강변의 평범함과 어울려 긴장을 풀지 못했다.

'상대는 하나. 달빛도 없으니 눈에 보일 리 없고, 갈대 소리가 요란하니 기척을 느낄 수도 없다. 제아무리 고수라 하더라도 필승을 점칠 수 있을 만큼 우리가 유리하다.'

지세를 얻는 것은 필승의 선결 조건이요, 이런 소란스러운 어둠이야말로 살수들에게 있어선 최고의 지세라 할 수 있었다. 이제 그들이 할 일은 호흡을 길게 늘여 기척을 지우는 것과 방심한 상대의 등에 검을 찔러 넣는 것뿐이었다.

'왔다!'

땅으로 전해지는 다급한 울림에 살수들은 저마다 병기를 움켜쥐며 움직일 채비를 했다. 울림은 깊었고 보폭은 넓었다. 팔 척 장신의 거한, 그들이 전해들은 청부 대상이 틀림없었다.

'삼 장, 이 장, 일 장… 지금이다!'

갈대 숲의 한편이 갈라지며 두 개의 검광이 관도 위를 갈랐다. 아니, 가르려고 했다.

푸확!

검을 뿌리며 튀어 오르던 살수는 화끈한 통증을 느끼며 관도 위를 굴렀다. 하늘과 땅이 다섯 번이나 뒤바뀌었다. 억울한 시선은 자신의 죽음을 믿지 못하겠다는 듯, 머리를 잃고 쓰러진 자신의 몸통을 바라보며 눈을 감지 못했다. 그것이 시작이었다.

'갈대 숲에 다섯. 땅속에 하나.'

두 사람의 목을 벤 한의 검이 관도 위를 가르며 지나갔다. 그의 앞으로 다시 두 사람의 살수가 날아들 때쯤, 검이 가른 땅속에서 붉은 피가 배어 나왔다. 한은 바닥을 차고 오르며 두 자루의 검을 쳐냈지만, 그사이 그의 등을 향해 십여 자루의 탈수표가 날아들고 있었다. 한은 등 뒤에 눈이라도 달린 듯, 허공에서 몸을 회전시키며 검을 휘둘렀다. 검에 막힌 탈수표보다 검풍에 휘말려 방향을 잃은 탈수표가 배는 많았다. 십여 자루의 탈수표가 허공으로 비산했지만, 한의 각법(脚法)에 튕겨져 나간 두 자루의 탈수표는 날아들던 것보다 더욱 빠르게 주인에게 되돌아갔다.

"크악!"

미간과 목 줄기에 탈수표가 박힌 살수 둘이 갈대 숲으로 날아가 잠잠해졌다. 그 모습에 놀란 살수들이 다급히 검을 휘두르며 한에게 쇄도했지만, 지세의 묘를 잃어버린 살수들에게 남은 것은 아무것도 없었다.

"끄르륵……."

두 명의 살수가 피를 뿌리며 쓰러지자, 관도 위에서 더 이상 한에게 이빨을 드러내는 것은 없었다. 한의 눈이 잠시 갈대 숲의 한곳을 바라봤지만, 이내 시선을 거두고 관도 위를 다시 내달리기 시작했다. 그의 모습이 완전히 사라지고 나서야, 한의 시선이 닿았던 갈대들 틈에서 살아남은 살수 하나가 일어섰다.

"귀식대법이… 통하지 않았다. 보이지도 않고, 들을 수도 없었을 텐데……."

갈대들의 스산한 몸부림과 함께 진한 피비린내가 자욱하게 퍼지고 있었다. 관도로 걸어나온 살수는 서둘러 동료의 시신을 거두기 시작했다. 살행의 실패보다 흔적을 남기는 것을 더욱 엄히 다스리는 문규에 충실한 행동이었다.

"저자도 처리할까요?"

"그냥 두어라. 어차피 저들은 어둠에 기대어 사는 자들. 오늘 일이 저

들의 입을 통해 전해지지는 않을 것이다. 이곳만 정리한다 하여 될 일도
아니고."

멀리 떨어져 장내를 바라보던 단사덕이 고개를 저었다. 귀혼각의 매복
은 철저히 준비된 것이었다. 그들의 행사가 고작 이급살수 몇으로 끝나
리란 보장이 없었으니, 괜히 나서 수고할 필요가 없었다.

'그나저나 저들의 행동을 어찌 판단해야 하는가? 그토록 은밀히 행동
하였건만, 한의 움직임을 어찌 알고 선수를 쳤단 말인가? 그보다 그가 능
곡을 노리는 것을 어떻게 알았단 말인가? 그들은 어디까지 알고 있는 것
이란 말인가?

일이 복잡해져 버렸다. 귀혼각의 움직임은 전혀 예상하지 못했다. 이
렇게 되면 윤 대인을 내세운 함정은 무용지물이나 다름없었다. 저들이
한을 노리고 있다면, 그가 누구를 노리는지도 알고 있을 테니까. 게다가
그들은 기다리는 것이 아니라 선수를 치고 나섰다. 자신들이 모르는 무
엇인가가 있었다.

'그들이 준비하고 있다면 길보다 흉이 많다.'

단사덕은 서둘러 한의 뒤를 쫓아가려 했다. 그때 그들을 향해 다가오
는 기척이 있었다.

"음? 넌 이산(二産)이 아니냐?"

"제자 이산, 사부님을 뵈옵니다."

왕일이란 이름으로 가패를 돕던 이산이 단사덕에게 다가와 인사를 올
렸다. 곁에 있던 오구도 이산에게 읍했다.

"오랜만입니다, 사형."

"그래, 너도 오랜만이다. 잠시만, 인사는 나중에……."

이산의 표정은 딱딱하게 굳어 있었다. 평소와 다른 모습에 단사덕이
물었다.

"가패와 함께 있어야 할 네가 이곳엔 어쩐 일이냐?"

"무음유살이 움직였습니다. 다행히 가패는 무사하지만, 윤 대인이 무음유살의 손에 죽었습니다. 손 노인은 무사히 윤 대인의 장원에 도착했지만, 예향이 귀혼각 살수들의 손에 납치당했답니다."

"뭣이?!"

단사덕은 그제야 한의 움직임을 이해할 수 있었다. 평음 밖 숲에서 귀면을 쓴 살수가 한과 만난 까닭이 그것 때문이었던가? 결국 귀혼각은 예향을 인질로 그를 불러들인 것이고, 한은 함정인 것을 알면서도 서둘러 발길을 재촉하고 있었던 것이다. 하지만 문제는 그것만이 아니었다.

"그리고……."

"그리고?"

"…소림과 무당의 제자들이 평음에 당도했답니다."

단사덕은 자신의 이마를 짚었다. 기어코 우려하던 일이 터지고 말았다. 그들은 결국 한과 조우하기로 결심한 것이었다.

'그토록 조심했거늘…….'

하나같이 급히 조치해야 할 일이었지만, 어디부터 손을 써야 할지 막막하기만 할 뿐이었다. 하지만 고민하고 있을 시간이 없었다.

"평음에 풀어놓았던 제자를 모두 불러 모아라. 절대 평음에 개방의 흔적을 남겨서는 안 된다. 가패와 손 노인은 일단 장원에 머물게 해라. 예향은 어디로 데려갔느냐?"

"종적은 놓쳤지만, 필경 귀혼각이 함정을 파놓은 곳으로 데려갔을 것입니다."

"그 함정이 어디란 말이냐?"

"손 노인의 말로는 강변 서쪽의 모래사장이라 했습니다. 여기서 십 리 정도 떨어진 곳입니다."

　무언가를 결심한 듯 단사덕은 고개를 깊이 끄덕였다. 아무래도 그녀를 구하는 일에 직접 나설 생각인 듯싶었다.

　"너희는 내 지시대로 서둘러 움직이도록 해라. 나는 그곳으로 먼저 가 있을 것이니."

　"사부님, 드릴 말씀이 있습니다."

　"또 무엇이냐?"

　마음이 조급했던 탓에 단사덕의 물음엔 짜증스러움이 가득했다. 하지만 소리없이 전해진 제자의 목소리는 그의 표정을 바꾸어놓기에 충분했다.

　"그것이… 사실이더냐?"

　"분명 그렇게 들었습니다."

　사부의 물음에 이산은 고개를 끄덕이며 답했다. 옆에 있던 오구가 의아해하며 이산을 바라보았다. 얼마나 중요한 내용이기에 자신에게조차 숨기며 전음으로 말해야만 했을까? 하나 굳어진 사부의 표정은 어떠한 질문도 허락하지 않았다.

　"그것은 내가 알아서 할 터이니, 너는 누구에게도 그 이야기를 발설해서는 아니 될 것이다. 알겠느냐?"

　"예, 사부님."

　단사덕은 엄히 명한 채 자리를 떠났고, 오구 역시 사부를 따라 자리를 떠나는 사형에게 아무것도 묻지 못한 채 신형을 날렸다. 호기심을 충족시키는 것은 오늘밤을 무사히 넘긴 후에 할 일. 지금은 평음에서 개방의 이름을 지우는 것이 급선무였다.

＊　　　　＊　　　　＊

“벌써 적송 숲에?”

“생각보다 빠르게 움직이고 있습니다. 하지만 적송 숲에 투입한 인원도 적지 않으니…….”

귀혼각주의 물음에 홍 선생이 섭선을 접으며 답했다. 계획을 준비한 홍 선생은 대수롭지 않다는 듯 말했지만, 손가락 끝으로 서탁을 두드리던 귀혼각주는 달리 생각하고 있었다.

“적송 숲엔 누가 있지?”

“귀면살수인 엄괴(嚴傀)와 흑면살수 스물, 그리고…….”

“백사평(白沙平)엔?”

“남은 귀면살수 넷과 지둔술(地遁術)에 능한 흑면살수 열이 준비하고 있습니다.”

“그 다음엔?”

“예?”

섭선으로 손바닥을 두드리던 동작이 멈췄다. 그 다음이라니? 귀혼각 살수의 태반이 투입된 함정이다. 그것도 일급살수를 상하게 하지 않으려는 배려 때문이었지, 그렇지 않았다면 이 중 절반만 가지고도 살귀를 상대할 수 있었다. 그런데 다음이라니?

“예상보다 배는 빠르군. 흑면살수 여덟이면 한걸음 정도는 늦출 수 있을 거라 생각했는데, 그자는 한 호흡에 지나쳐 버렸어. 그걸로는 그자의 무공을 가늠할 수가 없지. 가늠할 여유도 주지 않은 셈이니까.”

“그자가 아무리 고수라 해도 적송 숲은 빠져나오기 어려울 겁니다. 귀면살수와 흑면살수, 그리고 적송 숲의 조화라면 구파의 장문인이라도…….”

“크큭.”

귀면탈이 웃었다. 홍 선생은 귀혼각주의 조소에 안색을 굳혔다. 그것은 자신이 수립한 계획을 비웃는 것이었고, 계획이 성공하지 못할 것이라는 예지였다.

"자네 구파의 장문인을 본 적이 있나?"

"…없습니다."

"그러니 그런 소릴 하는 거지. 그들이 어떤 자들인지 모르니 그런 소리가 잘도 나오는 거야."

"하지만 귀면살수 개개인의 실력은……."

"이봐. 우리는 죽이는 것에 능한 자들이지 싸우는 것에 능한 자들이 아니야."

귀혼각에 몸담은 이후 지겹도록 들어온 말. 홍 선생 자신도 살수들에게 입버릇처럼 하는 말이었다. 한데 귀혼각주의 입에서 나온 그 말은, 같은 말이면서도 사뭇 다른 느낌이었다.

"살행의 성공은 조건의 완성에 있지. 시간, 장소, 일기 변화. 심지어 청부 대상의 심리까지도 조건에 포함되지. 자네 말대로 그 모든 조건이 완벽히 부합한다면 귀면살수가 아니라 백면서생이라도 구파의 장문인을 죽일 수 있을 거야. 모든 것이 완벽하다면."

홍 선생은 그의 말에 수긍했다. 하지만 반박하고도 싶었다. 자신이 수립한 계획은 그러한 조건에 완전히 부합하고 있었다. 적송의 향기는 살수들의 냄새를 지울 것이고, 우거진 가지는 그들의 그림자를 삼킬 것이다. 달무리까지 져 세상이 암흑 천지이니 이보다 더 완벽한 조건은 찾을 수가 없었다.

백사평은 또 어떠한가? 사방이 무른 모래사장이니 지둔술을 펼치기엔 최적의 장소. 게다가 살수 중에서도 일급으로 분류되는 귀면살수가 셋이나 준비하고 있다. 이보다 더 완벽한 계책이 어디 있을까 싶었지만, 귀혼각주는 홍 선생의 생각에 고개를 저었다.

"살수가 왜 숨어서 상대를 노리는 줄 아나?"

"그야……."

"청부 대상보다 약하기 때문이야. 청부 대상보다 강하다면 숨어서 노릴 필요가 없지. 그냥 베어버리면 그만이니까."

"지금 계획으로도 충분히 그자를 벨 수 있습니다."

"그래. 계획대로라면 그렇지."

귀혼각주가 자리에서 일어섰다. 오 척의 단구. 하지만 그 작은 몸에서 뿜어지는 기도는 홍 선생의 머리를 조아리게 만들기 충분했다.

"내 눈으로 직접 봐야겠어. 자네의 계획을 의심하는 게 아니라, 그자를 의심하는 거야. 고수를 잰다는 건… 생각보다 그리 쉬운 일이 아니거든."

*　　　*　　　*

짙은 솔향이 한의 전신을 휘감고 있었다. 숲 안은 코끝조차 보이지 않을 정도로 어두웠고, 적송의 자극적인 냄새는 오감을 마비시켜 버릴 정도로 지독했다. 사람은커녕 날짐승, 들짐승의 기척도 구분하기 어려울 듯싶었다.

'무색(無色), 무음(無音), 무취(無臭). 이 숲 전체가 모든 기척을 숨겨 주고 있다.'

한의 걸음은 조심스러웠다. 마음은 이미 숲을 넘어 백사평으로 향해 있었지만, 몸이·마음을 따라 가려면 이 기분 나쁜 숲을 가로질러야 했다. 평평한 관도의 이어짐이 없었다면 방향 감각을 잃어버렸을 만큼 숲은 적막과 고요함 그 자체였다.

'호흡이 느껴지지 않는다. 정말 아무도 없는 것인가?

십여 장을 아무 일 없이 전진하자 그런 생각이 불쑥 찾아들었다. 마음의 긴장이 조금씩 흐트러지고 있었고, 은밀한 공격은 그 틈을 기다리고 있었다.

투둑!

미세한 소음에 한의 오른쪽 귀가 쫑긋 세워졌다.

슈슈슉!

흐릿한 파공성이 숲을 가로지르며 한에게 날아들었다. 하지만 그것이 한에게 도달할 때쯤, 이미 한의 검은 크게 원을 그리고 있었다.

티디딩!

한의 검에 튕겨 나간 비차(飛叉)[1]들이 사방으로 튕겨 나갔다. 검을 때린 경력이 약한 것을 보니 기관으로 쏘아낸 것 같았다. 미리 대응이 가능케 해준 소음은 아마도 기관을 작동시키는 소리였을 테고. 물론 이런 기관 따위는 아무런 위험이 되질 않았다. 하지만 그것이 수십 수백일 때는 이야기가 다르다.

'연환?!'

오른쪽의 비차가 튕겨 나가는 순간, 이미 그의 좌측에서도 파공성이 울리고 있었다. 한은 넓은 검배로 좌측을 보호하며 몸을 낮췄다. 대부분의 철전(鐵箭)[2]은 한의 머리 위를 스치고 지나갔지만, 두어 대가 검배에 튕겨 허공으로 치솟았다. 한은 다급히 바닥을 차며 앞으로 달려나가려 했다. 그러자 기다렸다는 듯 바닥이 솟아오르며 한의 진로를 가로막았다.

'낭아박(狼牙拍)[3]?'

사방 반 장 정도의 크기로 솟아오른 바닥엔 수백 개의 작은 철전이 박혀 있었다. 제아무리 한이라 하더라도 맨몸으로 부딪칠 수는 없었다. 낭아박을 피해 바닥을 차고 오르자 그의 발밑으로 수십 개의 철전과 비차가 날아들었다. 간발의 차이로 위험을 벗어났지만, 머리 위로 떨어진 자인망(刺寅罔)4)은 어느새 지척까지 다다라 있었다.

쫘아악!

묵검의 위력은 상상 이상이었다. 대호도 가둔다던 자인망이 종잇장 찢어지듯 갈라지고 있었고, 그 모습에 놀란 두 명의 흑면살수가 그만 차고 기척을 흘리고 말았다. 바닥을 솟구치던 한이 그 틈을 놓칠 리 없었다.

쉬이익!

"크아악!"

적송을 밟고 다시 한 번 도약한 한의 검이 나무 위에 숨어 있던 살수들을 일수에 베어냈다. 한의 뒤를 따라 두 개의 시신이 바닥으로 떨어져 내렸다.

'송진… 그랬군.'

살수들에게서 뿜어진 피보라 속에 송진 냄새가 진득하게 묻어 있었다. 살수들은 기척을 숨기기 위해 전신에 송진을 처바른 것이었다. 하지만 살수의 시신을 구경하고 있을 틈이 없었다. 사방에서 쏟아진 암기들은 동료의 시신에도 아랑곳하지 않고 한을 향해 날아들었다.

푹푹!

수십 개의 암기가 한의 잔영을 뚫고 살수들의 시신 위로 박혀들고 있었다. 암기의 폭우 속에서 이리저리 몸을 피하던 한의 눈에 은은한 살기가 피어오르고 있었다.

‘이런 식의 싸움이라면… 원하는 바다.’

비릿한 피 냄새가 그를 자극한 것일까? 한의 입가에 잔인한 미소가 걸리고 있었다. 그리고 그 미소만큼이나 그의 행동 역시 잔인했다.

‘아니?! 어떻게 저럴 수가…….’

기관을 잡아당기던 살수의 눈에 놀람과 두려움이 일고 있었다.

한은 암기의 폭우 속으로 달려들고 있었다, 죽은 살수의 시신을 방패로 삼으며.

*　　　*　　　*

“뭐라고요? 떠났다고요?”

“막무가내였소. 늙은이 힘으론 어찌해 볼 수가 없었소.”

이산은 이마를 짚으며 자리에 주저앉았다. 손 노인 역시 한숨을 내쉬며 고개를 저었다. 윤 대인의 장원은 여기저기서 곡소리가 울리고 있었지만, 두 사람이 자리한 별원엔 무거운 침묵만이 흐르고 있었다.

“백사평으로 갔습니까?”

“아마도 그럴 거요. 예향이라도 어찌해 보겠노라고 했으니.”

“미치겠군. 거기가 어딘 줄 알고…….”

아무리 머리를 굴려도 뾰족한 수가 생각나지 않았다. 뒤따라가 잡기엔 시간이 촉박했고, 그냥 내버려 두자니 사부의 명이 그를 재촉했다.

“하는 수 없습니다. 일단 손 옹은 여기에 계십시오. 절대 이곳을 벗어나서는 안 됩니다.”

이산은 대답도 듣지 않은 채 밖으로 향했다.

‘말을 타고 갔으면 관도를 따라 움직일 것이니, 지름길로 간다면…….’

가능성이 없는 것은 아니었다. 자신의 사부는 개방제일경공인 표풍추마 단사덕이었다. 당연히 이산의 가장 큰 장기도 경공일 수밖에 없었다. 이산은 장원에 있던 개방 제자에게 몇 가지를 당부하고는 곧바로 신형을 날렸다.

하지만 이산의 발끝이 장원의 담을 차고 날아오르던 그 시각, 소림과 무당의 제자들 역시 가패의 뒤를 따라 경공을 펼치고 있었다.

"저 사람이 틀림없소?"

"분명하오. 흑룡왕 가패. 그와 함께 움직이던 인물이오."

임옥룡은 조광호의 전음에 고개를 끄덕이며 발을 굴렀다. 대지를 박차는 기세가 굳건하면서도 바람과 동화된 듯 표홀히 움직이는 열한 명의 사내와 한 번의 발 굴음으로 사오 장씩 뻗어나가는 가벼운 몸놀림의 사내 일곱. 소림과 무당의 추적대 전원이 소림의 불영선하보(佛影仙霞步)와 무당의 유운신법(流雲身法)를 펼치며 가패의 뒤를 쫓고 있었다.

"어디를 저리 급히 가는 걸까?"

"네가 보기에도 다급한 것처럼 보이냐?"

"그래, 똥줄 여러 번 타 들어갔을 것 같다."

청옥의 대답에 조광호는 피식 웃고 말았다. 청옥의 말처럼 가패는 경공으로 쫓기 버거울 만큼 말을 채찍질하고 있었다. 그가 달려온 거리만도 벌써 이십여 리. 무엇 때문에 저리 급히 말을 달리는 것인지를 모르니, 그것을 알아내기 위해서라도 조용히 뒤를 따르는 수밖에 없었다. 그때 조광호가 다급히 손을 들며 몸을 숨겼고, 뒤따르던 사내들 역시 일사불란하게 그의 뒤를 따랐다. 말을 멈춘 가패가 내려서고 있었다.

"저기?!"

소림의 제자 중 하나가 조광호에게 전음을 보냈다.

넓은 모래사장 위에 한 무더기의 모닥불이 타오르고 있었다. 모닥불의 빛이 어둠을 몰아낸 덕에 주변의 풍경도 확실히 볼 수가 있었다. 모래사장의 고운 모래들과 주변에 자리한 갈대밭과… 나무 기둥에 묶여 있던 여인의 모습까지도.

第四十一章

백사평(白沙平)

"크어억!"

　살수는 죽으면서도 소리를 내지 않는다는 소문은 헛소문이었다. 한의 검에 가슴이 베어진 살수는 듣기 거북한 비명을 지르며 바닥을 굴렀다. 한은 고슴도치가 되어버린 시신을 집어던지곤 판자로 만들어진 기관 뒤로 몸을 숨겼다. 소리를 쫓은 것인지 수십 개의 철전이 기관 장치에 꽂혔다. 하지만 한의 움직임이 멈추자 철전 역시 더 이상 날아들지 않았다.

　'어둠은 서로에게 똑같이 불리하다. 먼저 발견하는 자가 이긴다.'

　한은 검을 고쳐 잡으며 자리를 박찼다. 가슴이 반쯤 갈라진 시신을 잡은 한은 한 치의 머뭇거림 없이 관도 위로 시신을 집어던졌다. 관도 위로 그림자가 날아들자 십여 개의 철전 역시 기다렸다는 듯 파공성을 내며 날아들었다.

　'저곳!'

　시신의 뒤로 뛰어든 한은 날아드는 철전들을 뛰어넘으며 맞은편 숲으로 신형을 날렸다.

"케에엑!"

철전이 쏟아지던 어둠 속에서 또 하나의 비명이 울렸다.

적송의 높은 가지 위에서 그 모습을 내려다보는 귀면이 있었다. 입술을 깨문 귀면살수의 시선이 한의 잔영을 쫓았다.

'시체를 방패로 삼다니… 진정 살귀(殺鬼)…….'

강호의 도의고 나발이고 없었다. 저 무자비한 살귀는 자신들의 위치를 파악하기 위해 동료의 시신을 걸레짝처럼 내던지고 있었다. 섬뜩한 파육음은 동료의 시신을 찢는 소리였고, 소름끼치는 비명은 동료를 향해 암기를 쏘아댄 대가였다.

살수들은 다음 시신이 날아드는 것을 기다리며 숨을 죽였다. 두 번이나 당했으니, 그 다음 암기가 퍼부어질 곳은 동료의 시신이 아니라, 그 뒤를 따르는 살귀를 노릴 것이다. 하나 세 번째 시신은 없었다. 대신 숲을 가로지르는 빠른 움직임이 살수들의 이목을 잡아끌었다.

'뒤를 노릴 셈인가?'

잔뜩 긴장한 살수들이 손에 쥔 암기를 만지작거리며 움직임이 가까워지기를 기다리고 있었다. 살귀는 순식간에 거리를 좁혀오고 있었지만 살수들은 조용히 때를 기다렸다. 그리고,

슈슈슉!

허공을 박차고 날아오른 살귀를 향해 십여 개의 탈수표가 일직선을 그었다. 분명하게 들려온 파육음에 살수들은 쾌재를 불렀다.

쿵!

고슴도치가 된 살귀가 바닥에 처박히며 나뒹굴었다. 살수들의 눈에 득의의 빛이 떠올랐고, 몇몇은 살귀의 시신을 확인하기 위해 몸을 일으키려 했다. 하지만 그들은 잊고 있었다, 그가 살귀라는 사실을.

쉬이익!

어디서 날아왔는지는 알 수 없었지만, 누가 던진 것인지는 분명했다. 비차에 목줄이 꿰뚫린 두 명의 살수가 비명도 지르지 못한 채 바닥으로 무너졌다. 그 모습을 본 다른 살수들이 다급히 몸을 숨겼지만, 등줄기를 타고 내리는 식은땀은 어쩔 수가 없었다.

'어디야? 대체 어디에 숨은 거야.'

주객이 전도되었다. 그 어디에서도 살귀의 기척은 느껴지지 않았다. 어둠은 살귀와 살수에게 평등한 제약을 가져다주고 있었다. 숲에 퍼지는 피비린내 덕에 예민한 후각은 오히려 장애가 되어가고 있었다. 남은 것은 기감과 청각뿐. 살수들은 마음을 진정시키며 긴장을 두 귀로 몰았다. 그때,

우드득!

살수들은 알고 있다. 사람의 목뼈가 부러지면 어떤 소리가 나는지. 살수들의 귓가로 누군가의 목뼈 부러지는 소리가 선명하게 들려왔다. 어떻게 찾았는지는 모르지만, 어둠 속의 살귀가 동료의 목을 비틀어 버린 것이었다. 게다가 소리는 꼬리를 물고 이어졌다.

우두둑!

'또 당했다?!'

살수들은 당황해하고 있었다. 소리가 들려온 곳은 분명 동료가 자리하고 있던 곳. 살귀는 자신들의 이목까지 속이며 동료들을 하나하나 처리해 가고 있었던 것이다.

'땀 냄새?! 살귀는 땀 냄새를 맡은 거다!'

살수들의 이마엔 식은땀이 송골송골 맺혀 있었다. 땀에 젖은 뒷등 역시 옷과 착 달라붙어 있었다. 송진으로도 지울 수 없는 인간의 냄새. 그 냄새가 살귀를 불러들이고 있었다. 몸을 숨길 수 없는 살수는 더 이상 살

귀의 상대가 될 수 없었다.

'안 돼. 이대로 있다가는…….'

살수 하나가 천천히 뒷걸음질치고 있었다. 살귀를 유인해야겠다는 희생정신 따위는 없었다. 그저 살고 싶었을 뿐이었다. 그가 죽게 된 것도 그저 운이 없었을 뿐이다.

툭!

발끝에 나뭇가지가 부러졌다. 작은 실수였지만 대가는 비쌌다.

촤악!

그와 가까이 있던 살수의 시선이 소리를 따라 움직였다. 그리고 그는 자신의 눈을 의심해야만 했다. 살귀의 잔영은 흐릿하게나마 볼 수 있었지만, 목을 베고 지나간 그것은 맹세코 볼 수 없었다. 마치 살귀의 헛손질에 목이 떨어져 내린 것만 같았다. 동료를 벤 살귀가 이번엔 자신을 향해 달려오고 있었다. 아니, 날아오고 있었다.

'이런 젠장!'

살수는 다급히 검을 꺼내며 뒤로 물러섰다. 살귀와의 거리가 순식간에 좁혀졌고, 그제야 동료의 목을 벤 것이 어둠과 구별하지 못할 만큼 어두운 검은색의 검이라는 것을 깨달을 수 있었다.

챙!

날카로운 소성이 숲을 울렸다. 검을 뽑아들었던 살수는 서너 걸음이나 더 뒷걸음질치고 나서야 자기 대신 살귀의 앞을 막아선 이를 볼 수 있었다.

'귀면?'

한은 검을 늘어뜨리고 자신의 앞을 막아선 자를 바라보고 있었다. 그대로 검을 휘둘러 베어버릴 수도 있었지만, 그의 얼굴을 가린 귀면탈이 그의 검을 멈추게 했다.

"모두 물러나라!"

귀면탈 속에서 뾰족한 외침이 터져 나왔다. 한은 또 한 번 놀랐다. 목소리의 주인은 여자였다.

귀면의 여인은 아무래도 이 숲의 살수 중 가장 지위가 높은 듯했다, 그녀의 외침에 어느새 몸을 드러낸 십여 명의 살수가 한 걸음씩 물러섰으니.

"이 싸움은 우리가 졌어요. 이대로 물러날 테니… 보내주세요."

당돌하다 여겨질 만큼, 귀면여인의 목소리는 무덤덤하기 짝이 없었다. 하지만 한은 그 목소리 아래의 미세한 떨림을 느낄 수가 있었다. 여자는 두려워하고 있었다.

'홍 선생의 숫자 놀음에 놀아났어. 일급살수 여섯이면 승산이 구 할이라고? 이자를 직접 보고 나서도 그따위 소리가 나올지 두고 보지.'

판단은 적송 위에서 이미 끝났다. 결과는 필패. 숲에서 살아나갈 수 있는 사람이 단 한 사람이라면, 그것은 살수가 아닌 실귀일 것이다. 상처 정도는 낼 수 있을지도 모르지만, 잘하면 팔 하나 정도는 어찌할 수도 있겠지만, 그러기 위해 자신을 포함한 남은 열두 사람의 목숨 모두를 길 수는 없었다.

살수들은 귀면살수의 갑작스런 말에 놀람을 감추지 못했다. 하지만 누구도 앞에 나서며 명을 거역한 귀면살수를 탓하지 못했다. 아홉이 죽었다. 그것도 절반은 살귀의 암습에 당했다. 그들은 살귀에게 있어서 만큼은 살수가 아니었다. 그저 사냥감일 뿐이었다.

"살귀가 검을 들면 모두 산개해서 흩어진다. 내가 최대한 막아볼 테니 모두 본 각으로 귀환하도록."

귀면여인이 다급히 전음을 보냈다. 가라앉은 살귀의 눈빛에선 아무것도 읽어낼 수가 없었다. 그저 마주하는 것만으로도 벅찼다.

살귀가 그냥 검을 휘둘러도 할 말이 없었다. 지금 이 순간 그는 강자였고 자신들은 약자니까. 살귀가 한 걸음을 떼어놓았고, 그 작은 동작만으로도 귀면여인은 심장이 덜컥 내려앉는 경험을 해야 했다.

'물러… 나는 건가?'

뜻밖에도 살귀는 물러났다. 살수들이 터준 길을 따라 천천히 걸음을 옮기며 숲 밖으로 향했다. 검을 갈무리하고, 등을 훤히 내 보인 채.

'저것이… 강자의 오만함인가?'

흑면살수 중 아홉이 죽었지만 그래도 아직 열하나가 남아 있었고, 자신은 살수 중에서도 일급으로 분류되는 귀면살수다. 이 인원만 가지고도 작은 문파 하나쯤은 하룻밤 새에 멸문시킬 수도 있었지만, 살귀의 안중으로 들어서기엔 부족함이 많은 모양이다.

빈틈은 셀 수없이 많았다. 하지만 검을 휘두르고 싶은 충동은 일지 않았다. 목숨은 누구에게나 소중한 법. 살수들은 멀어지는 살귀를 그저 바라볼 수밖에 없었다.

'자만(自慢)인가요, 자비(慈悲)인가요?'

귀면여인의 소리없는 물음이 한의 뒷모습을 바라보고 있었다.

'…인과(因果)없는 싸움을 피하고 싶었을 뿐이다. 난… 살인마가 아니니까.'

한의 소리없는 대답에 적송 숲은 침묵했고, 귀면여인의 마음 한편으로 서늘한 바람이 스쳐 지나갔다. 살귀와의 싸움이 남긴 것은 아무것도 없었다.

*　　　*　　　*

"저 사내, 무슨 꿍꿍일까?"

청옥의 전음에 조광호는 고개를 가로저었다. 그들의 궁금증을 자아내게 만든 사내는 모래사장 경계의 둔덕에 납작 엎드린 채 미동도 하지 않고 있었다.

"처음에는 여자를 구할 줄 알았는데, 주변을 염탐하기만 했고, 그 후에는 근 일각 동안이나 저 자리에 엎드려 꼼짝도 하지 않고 있어."

"그냥 있지는 않았지. 칼을 뽑아 옆에 놔뒀어."

"뭘 기다리고 있는 걸까?"

청옥과 조광호는 관도를 사이에 두고 가패를 지켜보고 있었다. 다른 사람들은 그들의 손짓을 기다리고 있었지만, 조광호조차 그 순간이 언제인지 알지 못했다.

백사평의 정적은 평범한 늦여름의 한적함과는 거리가 멀었다. 주인없는 모닥불이 그랬고, 나무 기둥에 묶인 여인의 모습이 그랬다. 거리가 너무 멀어 확인할 수는 없었지만, 머리를 산발한 채 늘어져 있던 여인은 살귀와 동행하던 이가 분명했다.

'저 여인은 분명 인질이고, 인질을 홀로 놓아두는 법은 없다. 가까운 곳에 여인을 감시하는 칼이 숨겨져 있다. 가패도 그걸 알기에 섣불리 나서지 못하는 거고.'

조광호의 눈은 가패와 그 너머의 예항을 번갈아 바라보고 있었다. 어찌 된 영문인지는 알 수 없었지만, 누군가 그들을 핍박하고 있는 것만은 분명했다. 조광호의 뇌리에 가장 먼저 떠오른 이름은 모용세가였다.

'아니다. 아직 그들이 평음에 당도했다는 소문은 듣지 못했다. 그리고 모용세가도 엄연한 명문정파. 이런 야밤에 여자를 미끼로 쓰는 짓 따윌 할 리가 없다.'

정파가 달리 정파라 불리는 것이 아니었다. 가식이라 해도 그 행동에는 분명한 격식과 절도가 있는 법이었다. 백사평의 모습은 그런 명문정파의 모습과는 어울리지 않았다.

'그렇다면?!'

조광호의 머릿속으로 어지럽게 널려져 있던 조각들이 맞추어지고 있었다. 살귀의 행보와 그 걸음이 멈춘 평음. 그가 평음을 찾은 까닭. 그리고 인질. 그 맞추어진 조각들이 하나의 답을 만들어냈고, 조광호의 시선은 그 답을 확인하기 위해 백사평으로 향했다.

'반도가 그를 부르고 있는 것이다. 저 모래사장 어딘가에서……'

조광호의 눈에 불꽃이 일고 있었다. 만약 청옥의 부름이 없었다면 어딘가에 숨어 있을 반도를 찾아내기 위해 백사평으로 달려나갔을지도 모른다.

"광호야, 저기."

조광호의 시선이 청옥의 시선을 따랐고, 고정된 두 개의 시선은 모래사장을 가로지르며 나타난 그에게서 떨어지질 못했다. 그때 청옥의 귓가로 조광호의 전음이 들려왔다.

"모두… 준비하라고 해."

'왔구나.'

가패는 한의 모습을 확인하고 나서야 작게 한숨을 내쉴 수 있었다. 예상보다 많이 늦었지만, 그가 게으름을 피웠을 리는 없었다.

'몇 명이나 베고 왔기에 이렇게 늦은 거냐?'

귀혼각의 살수들이 그를 곱게 놓아주었을 리 없었다. 하지만 아무려면 어떤가. 그가 백사평에 도착했으니 그것으로 족했다.

'반나절만 일찍 오지 그랬냐. 그랬다면 예향이 저 고생을 할 일도 없었을 테고, 너도 여섯 번째 목숨을 거둘 수 있었을 텐데……'

이미 다 지나간 일. 짧은 푸념을 접은 가패가 천천히 몸을 일으켰다.

몸을 낮춘 가패가 둔덕을 따라 움직이기 시작했다. 가패의 등 뒤로 한의 모습이 조금씩 멀어지고 있었다.

'서둘러라. 내가… 예향을 베는 일이 일어나지 않도록.'

가패의 모습은 이내 어둠 속으로 사라져 버렸다. 다행히도 그를 눈여겨보는 이는 없었다. 백사평으로 향한 시선들 중 감히 무창살귀에게서 눈을 뗄 담을 가진 자는 없었으니.

"주접스럽긴. 설마 자네가 여자를 잡아오라 시킨 것은 아니겠지?"

"그럴 리가요. 누구인지 몰라도 후에 엄히 책임을 묻겠습니다."

"그건 알아서하고, 저자가 무창살귀인가 보군."

"…이관도 뚫렸군요."

귀혼각주의 무심한 한마디에 홍 선생은 굳은 목소리로 답했다.

갈대밭 너머로 백사평의 모습이 한눈에 보였다. 소선에서 내린 두 사람은 갈대밭의 소란과 황하의 물살에 기척을 숨긴 채 백사평을 바라보고 있었다.

"쯧쯧, 아까운 살수들만 버렸어. 장방(張邦)의 비도술은 제법 괜찮았는데."

"면목없습니다."

크게 탓하지는 않았지만 홍 선생이 느끼는 책임은 작지 않았다. 흑면살수 스물에 귀면살수인 장방까지 보냈다. 살귀가 백사평에 나타났다면 그들 모두 죽었다고 봐야 했다. 그들에게 내린 명은 필사(必死). 살귀가 되었든 그들 자신이 되었든 명은 수행되었을 테니까.

그때 그들 곁으로 다가와 시립하고 있던 흑면살수 하나가 조심스레 입을 열었다.

"저……"

"무슨 일인가?"

홍 선생의 물음에도 흑면살수는 우물쭈물하며 말을 잇지 못했다. 하지만 귀혼각주의 시선에도 입을 다물고 있을 수는 없었다.

"…이관에 간 귀면살수는 장방이 아닙니다."

"뭣이?!"

홍 선생의 눈꼬리가 치켜 올라갔다. 계획은 자신이 수립하였지만 명은 분명 귀혼각주가 내린 것이었다. 명을 제멋대로 어겼다면 항명이나 다름없는 일. 홍 선생은 인상을 구기며 흑면살수를 다그쳤다.

"허락없이 저 여인을 붙잡아온 것만도 추후 징계를 내릴 참인데, 어찌 명을 어기고 제멋대로 자리를 바꾸었단 말인가? 도대체 장방과 자리를 바꾼 자가 누구란……."

"…령령(玲伶) 아가씨가……."

홍 선생의 눈이 놀람으로 크게 떠졌다. 얼마나 황망했는지 일시지간 말을 잇지 못할 정도였다. 하나 그는 귀혼각의 모사였다. 이내 정신을 수습한 홍 선생이 귀혼각주를 찾았다.

"가… 각주, 너무 심려하지 마십시오. 아직 확인된 것은 아니니… 자네는 뭐 하는가! 어서 가서 이관의 상황을 알아보지 않고!"

홍 선생의 다급한 지시에 흑면살수는 기다렸다는 듯 자리를 떠났다. 홍 선생은 안절부절못하며 귀혼각주의 심기 변화를 살폈다. 침묵은 짧았다.

"못된 것."

"가, 각주."

"…말이나 하고 떠날 것이지……."

귀혼각주의 신색은 평온해 보였다. 눈물도 없었고 분노도 없었다. 하나 그것이 폭풍 전야의 고요라는 것을 홍 선생은 알고 있었다. 그 폭풍의 시선이 백사평의 살귀에게 향해 있었다.

"찾아와."

"……."

"머리카락 한 올도 빠짐없이 찾아와."

"…알겠습니다."

귀혼각주의 목소리는 차고 냉정했다. 어찌 그럴 수 있을까 의심스러울 정도로 매정하게만 느껴졌다. 하나 홍 선생은 그의 내심을 의심하지 않았다. 청부는 사라졌다. 귀혼각주도 없었다. 모든 것이 사라진 자리엔 자식의 원한을 짊어진 아비의 분노만이 남아 있을 뿐이었다.

"내 딸아이의 흔적이라면… 터럭 하나 남기지 말고 다 찾아와. 그리고… 저놈을 위해 만들었던 관은 부숴 버려. 이 땅 위에… 저놈의 흔적을 남기지 않겠어."

*　　　*　　　*

겹쳐 쌓아 올려진 장작의 한편이 무너지며 수천 개의 불똥이 허공으로 날아올랐다. 마치 암천의 별이라도 되겠다는 듯 솟구친 불똥들이었지만, 결국 한 호흡의 광휘만을 남긴 채 허공 속으로 사라져 버렸다.

화염의 영역은 제법 넓었다. 고작 한 무더기의 장작더미에 불과했지만, 그것이 밀어낸 어둠은 사방 삼 장에 달했다. 암흑천지에서의 삼 장은 티끌이나 다름없었지만, 예향을 찾아온 한에겐 티끌일 수 없었다.

'이런 모습인 줄 알았다면… 그들을 살려두지 않았을 거야.'

한은 시력이 좋다. 무공이라는 것을 익힌 이후 배는 더 좋아진 것 같았다. 아직 손길이 닿으려면 이십여 장은 더 나아가야 했지만, 그의 눈은 바람에 나부끼는 예향의 머리카락 한 올까지 모두 바라볼 수 있었다.

단정했던 머리는 어지러이 풀어져 흩날리고 있었고, 찢어진 의복의 틈으로 하얀 속살이 내비치고 있었다. 하지만 그런 것은 아무래도 좋았다. 불꽃이 용솟음칠 때마다 열기에 놀란 예향의 몸뚱이가 간간이 꿈틀거리고 있었다. 살아 있으니 그걸로 족했다.

'걱정 마. 금방 구해줄게. 그리고… 갚아줄게.'

한은 묵검을 잡은 손에 힘을 주며 전신을 일깨웠다. 예향을 가로막고 선 것들이 느껴지고 있었다. 어디에 있는지, 몇이나 되는지는 알 수 없었지만, 그것의 존재만큼은 분명히 느껴졌다.

'빨리 나와라. 그녀가 아파하잖아.'

백사평 위로 남겨지는 족적이 조금씩 얕아지고 있었다. 십 장의 거리를 남겨두었을 땐 바람에도 지워질 만큼 그 흔적이 얕아졌다. 모래사장을 누르는 기척이 얇아질수록, 모래 속에 몸을 숨기고 있던 살수들의 긴장은 더욱 깊어지고 있었다.

'경신(輕身)을 하고 있군. 하나 허공을 답보하지 않는 이상, 네 기척을 완전히 지우는 것은 불가능해.'

엄괴(嚴傀)는 지면에서 전해지는 미약한 떨림을 느끼며 잠들어 있던 육체를 깨웠다.

인간이 만들어내는 기척은 다종다양하다. 움직임이 만들어내는 소리와 진동, 사람 특유의 냄새, 운기하며 발생하는 기운의 파장. 이 모든 것이 기척이다.

기척을 지우는 방법 역시 여러 가지다. 마음을 다스리면 체내로 발산되는 기운도 다스릴 수 있고, 호흡 역시 그 늦고 빠름을 조절할 수 있다. 심법이 그것을 가능하게 한다. 상승무공을 배우기 위해선 심법을 배워야 한다. 마음을 다스린 후에야 상승의 경지에 이를 수 있기 때문이다. 심법의 최고 경지인 부동심을 얻게 되면 눈앞에 있는 바위와 나를 구별할 수 없다. 인간으로서의 기척을 완전히 지울 수 있는 것이다.

내력 운용에 따라 몸을 가볍게도, 무겁게도 할 수 있다. 경신이라 함은 몸을 가볍게 한다는 뜻이다. 호흡을 늘이는 것과 함께 기척을 지우는 가장 보편적인 방법 중 하나다. 몸놀림이 가벼워지면 지면을 통해 전해지는 기척을 줄일 수 있다. 경신의 상승경지에 이르면 발을 구르지 않고도 허공을 걸을 수 있다. 무당의 제운종(梯雲縱)이나 화산의 암향표(暗香飄) 같은 상승의 경신술은 바람의 결을 따라 움직이는 것도 가능하게 한다. 개방의 비천무영(飛天無影)같이 하늘을 날면서 그림자를 남기지 않을 수도 있다는 뜻이다.

한 역시 마음을 다스리는 법을 배웠고, 기척을 지우는 법 역시 알고 있다. 다만 그가 이룬 성취에 비해 정신의 수양이 깊지 않아 탁월하다랄 만한 효과를 보지 못했을 뿐이다.

'그래도 대단하군. 키가 팔 척에 이른다고 했으니 못해도 이백 근(100kg)은 족히 나갈 텐데, 땅의 울림은 고작해야 어린아이 걸음 정도로 미미하지 않은가?'

엄괴는 물론이고 모래사장 아래 몸을 숨기고 있던 십여 명의 흑면살수 모두 놀람을 금치 못했다. 이 정도라면 살수인 자신들과 비교해도 손색이 없을 정도였다.

'하지만 아무리 실력이 뛰어난 고수라 해도 둔형십살진(遁形什殺陣)에 들어오면 그걸로 끝이다.'

살수들은 눈을 감은 채로 살귀의 진동을 느끼고 있었다. 열 명이 이루는 대진 속으로 살귀가 걸어 들어오고 있었다. 입에 물린 대롱을 타고 미약한 긴장이 지면으로 뿜어지고 있었지만, 그 옆을 스치던 한은 그것을 느끼지 못했다. 백사평의 모닥불은 보기 좋으라고 피워놓은 것이 아니었다. 모닥불의 열기는 살수들의 예상대로 지면 위의 공기를 어지럽게 흩어놓고 있었다. 조심스럽긴 했지만, 살귀는 둔형십살진 안으로 들어서고 있었다.

'보이지 않는다. 보이지 않는다?!'

걸음을 떼던 한이 멈춰 섰고, 그때를 기다리고 있었다는 듯 뿜어 올려진 모래가루가 한을 향해 날아들었다.

촤아악!

한은 왼팔로 얼굴을 가리면서도 청각과 기감을 집중시켰다. 분명한 기척들이 땅으로 솟구쳐 올랐고, 머리 위로 쏟아지던 모래 비 사이로 다섯 자루의 장검이 날아들었다.

쉬익! 쉭!

채챙!

의외의 공격이었고 제법 빠른 공세였지만 한의 짐작을 벗어나지 못한 공격이었기에 대단하다라 말할 수 없었다. 한은 그들을 베기 위해 검을 고쳐 잡았다. 한데,

'아래?'

미세하게 움직이는 지반의 변화. 미리 보고 있었어도 감지하지 못했을 만큼 잔잔한 모래 결이 한을 향해 꿈틀거리고 있었다. 한의 두 눈은 무언가를 다짐한 듯한 이채를 발했고, 살수들의 예상대로 몸을 허공으로 띄우며 검을 휘둘렀다.

'걸렸다!'

허공에서 떨어져 내리던 다섯 살수는 살귀의 검이 휘둘리는 것을 보자마자 허리를 뒤로 꺾으며 공중제비를 넘었다. 마치 한을 중심으로 꽃망울이 터지는 듯한 모양의 일사불란한 움직임이었다. 검이 휘둘린 자리에 살수들은 없었고, 한의 신형은 어느새 살수들보다도 조금 높은 곳에 위치하고 있었다. 재빠르게 몸을 뒤집은 살수들이 그 꽃의 꽃대를 꺾기 위

해 검을 휘둘렀다. 거리는 좁았고 달아날 틈도 없어 보였다. 게다가,

푸확! 슈슈슉!

한이 도약했던 자리가 폭발하듯 열리며 다섯 자루의 검이 하늘로 솟구쳤다. 검은 허공에 떠 있던 한을 향해 날아들고 있었다.

사방을 조이는 다섯 자루의 검과 퇴로를 차단한 또 다른 검들. 게다가 몸까지 허공에 떠 있어 운신조차 불가능했다. 제아무리 고수라 하더라도 두 곳을 모두 방어하기란 불가능하다. 절체절명의 순간, 살수들은 공격의 성공을 의심하지 않았다. 하나,

'허엇?! 어찌…….'

백사평을 바라보던 시선들 모두 살귀의 움직임에 놀라고 있었다. 살귀의 신형이 공중의 살수들과 비켜서는 순간 뒤집히고 있었다. 마치 물구나무를 서는 듯한 자세, 살귀의 시선은 눈 아래의 살수들을 굽어보고 있었다.

촤라라락!

거꾸로 몸을 세운 살귀가 자신의 발등을 찍고는 낙하하기 시작했다.

솟구칠 때는 빛나지 않았던 묵검이 웅혼한 떨림을 머금고 한의 손짓을 따라 춤추기 시작했다.

"크아악!"

"커억!"

허공에 떠 있던 살수 다섯이 검조차 마주치지 못한 채 열 개의 조각이 되어 모래사장으로 떨어져 내렸다. 검을 휘두른 한 자신도 양분된 살수들의 시신을 보며 놀람을 금치 못했다. 그 역시 묵검의 진정한 위력을 짐작하지 못했던 결과였다. 하나 놀라고 있을 겨를이 없었고, 또 놀란 시선과는 별개로 그의 검은 본능적으로 다른 먹이를 향해 날아들었다. 검이 검을 베고 있었다.

"끄르륵!"

한이 바닥을 밟자 그의 주위로 다섯 구의 시신이 뒤늦게 떨어져 내렸다. 다행히 이번에는 손속에 사정을 두어 몸이 양단되는 일은 없었다. 그저 목숨만을 거두었을 뿐이다.

'둔형십살이 저리 쉽게 파훼되다니…….'

홍 선생의 눈은 경악하고 있었다. 귀혼각주 역시 놀라고 있었지만, 둔형십살을 만든 장본인인 홍 선생의 놀람엔 비할 바가 못 되었다.

'오로지 한 사람만을 상대하기 위한 진세. 사방을 차단하고 거기에 일묘의 수를 배치한 이중의 검진이었건만…….'

놀람은 쉬이 가라앉지 않았다. 그때 홍 선생의 입에서 가벼운 탄성이 흘러나왔다.

"아아……."

그를 탄성 짓게 한 것은 피로 얼룩진 모래사장을 뚫고 나온 두 줄기의 섬광이었다.

"쌍비은영(雙匕隱影)이 성공했군."

귀혼각주의 음성엔 만족스러움이 담겨 있었다. 귀혼각주와 홍 선생의 시선이 가 닿은 자리. 살귀의 두 어깨에서 피분수가 솟구쳐 올랐다.

'방심했군.'

고통보다도 방심했다는 자괴감이 먼저 밀려왔다. 열 명의 살수를 베어내고 착지하기 무섭게 또 다른 공격이 이어졌다. 하나 이번에는 그들의 기척을 잡아내지 못했다. 만약 미세한 파공성에 몸을 돌리지 않았다면 날아든 그것은 심장에 박혔을지도 몰랐다.

'처음 보는 병기.'

양 어깨에 틀어박힌 그것은 세 가닥의 은사였다. 은사 끝에 달려 있을 무언가는 어깨 깊숙이 박혀, 모습조차 보이지 않았다. 그 세 가닥 은사는 한 뼘쯤 되는 곳에서 꼬아져 길게 이어져 있었다. 그 두 가닥의 은사 끝엔 낯익은 귀면이 서 있었다.

"아깝게 됐군. 심장에 틀어박혔다면 고통없이 죽었을 텐데……."

두 사람의 목소리가 하나처럼 들렸다. 체구도 비슷했고, 목소리도 비슷했다. 두 가닥의 은사를 잡고 서 있는 모습까지도 똑 같았다.

"으으!"

한의 입에서 작은 신음 소리가 들려왔다. 은사가 팽팽히 당겨지고 있었지만 어깨에 박힌 그것은 빠지질 않았다. 고통도 고통이었지만 은사 끝의 무언가가 근육을 잡아당기고 있는 듯 도무지 힘을 줄 수가 없었다.

'팔에서 힘이 빠져나간다. 내력의 흐름도 순탄치 않고……'

한의 눈이 매섭게 떠지며 두 명의 귀면살수를 차례로 직시했다. 하지만 귀면살수들은 요동하지 않았다, 승기는 사신들의 손에 쥐어져 있었으므로. 그때 그들과 조금 떨어진 곳에서 모래가 뿜어지며 한 사람이 모습을 드러냈다. 그의 얼굴에도 새하얀 귀면이 씌워져 있었다.

"결국 잡았군. 무창살귀."

새로이 모습을 드러낸 귀면살수가 잔인한 웃음을 흘리며 서 있었다. 그의 양손엔 손잡이 없는 비도 네 자루가 들려 있었다. 적송 숲에서 한과 부딪쳤어야 할 귀면살수 장방이었다.

"잘도 여기까지 왔군. 무덤 자리를 찾아서 말이야."

장방이 걸음을 옮기며 이죽거렸다. 그리고 그의 걸음이 떨어지기 무섭게 하얀 빛살이 한에게 날아들었다.

'크흑!'

비도는 간발의 차이로 한의 목을 스쳐 지나갔다. 한의 얼굴이 고통으로 일그러졌다. 목에 난 혈선 때문이 아니었다. 비도를 피하기 위해 몸을 비틀자 왼쪽 어깨에서 한움큼의 피가 쏟아져 나왔다. 느슨해졌던 은사는 또다시 팽팽하게 당겨졌다. 한이 입술을 깨물며 검을 고쳐 잡았다. 그때 한줄기 전음이 들려왔다.

“뽑지 말아요! 당신 어깨에 박힌 것은 은영자(隱影刺)라는 기형 유성추(流星錐). 은영자는 살을 뚫고 들어가 한 치 반이나 되는 날을 펼쳐요. 가슴에 박히면 심장을 찢고, 배에 박히면 장기를 찢는 물건. 은영자를 뽑으면 당신의 팔 근육도 함께 찢어질 거예요.”

낯설면서도 낯익은 목소리. 한은 자신에게 전음을 보낸 여인이 적송숲에서 놓아주었던 귀면의 여인이라는 것을 깨달았다.

‘…보답이라는 건가?

한은 목소리의 주인을 찾는 어리석은 짓은 하지 않았다. 그의 눈은 자신의 두 어깨에 향해 있었고, 전음을 들은 사실을 모르는 장방은 또다시 걸음을 옮기며 한을 조롱했다.

“고이 죽기는 싫은 모양이군.”

장방은 한에게 다가가면서도 쌍비은영에게 전음을 보내는 것을 잊지 않았다.

“그대로 잡고 있어. 저자가 여기까지 왔다면 령령이는 이미 죽은 거야. 내 손으로 저놈을 죽이지 못하면… 각주 손에 내가 죽어.”

고집을 피운 것은 령령이었지만, 그렇다고 책임을 피할 수는 없었다. 각주가 자신의 딸을 얼마나 끔찍하게 아끼는지 알기에, 딸의 죽음에 대해 어떤 책임을 물을지도 눈에 선했다. 살고 싶다면 자신의 손으로 살귀를 없애야 했다.

‘은영자를 고이 빼낼 방법은 없어. 내가 도와줄 수도 없고… 더 이상 도와서도 안 돼.’

수하들과 함께 어둠 속에서 백사평을 바라보던 령령이 입술을 깨물었다. 그녀의 손엔 귀면탈이 들려 있었다. 고작 열몇 살이나 되었을까? 아직은 앳되어 보이는 얼굴이었지만 충분히 아름답다 말할 수 있는 외모였다.

"아가씨, 살아 계셨군요?!"

한 흑면살수가 동료들의 신호를 받고 찾아왔다. 귀혼각주의 명으로 적송 숲으로 향하던 그 살수였다. 령령은 가만히 고개를 끄덕이며 아는 체를 했다.

"각주님의 걱정이 이만저만이 아니십니다. 어서 각주님께로……."

"아니요, 조금만 더 여기 있겠어요."

"예?"

흑의살수가 되물었지만 령령은 답하지 않았다. 그녀의 눈동자는 백사평에 고정되어 떠날 줄을 몰랐다. 그때 장방의 손에서 또 하나의 빛살이 발출되고 있었다.

"크으……."

한은 고통스러운 신음과 함께 한쪽 무릎을 끓었다. 양 어깨를 타고 흐른 피가 바닥을 적시고 있었지만, 장방의 비수가 할퀸 복부에서 흐르는 피보다는 많지 않았다. 고개를 숙였던 한의 시선이 장방에게 향했다. 그 서늘한 눈동자에 장방이 움찔했지만, 걸음을 멈춘 것은 아주 잠시뿐이었다.

"잡아먹기라도 하겠다는 눈빛이군. 그럼 어서 달려들어. 난 여기 있으니까."

장방의 귀면이 작게 흔들렸다. 비웃고 있는 것이 분명했지만, 한은 말 없이 바라만 볼 뿐이었다.

'후후, 어서 달려들어라. 네가 달려드는 그때가 네가 죽는 순간이다.'

살귀가 달려들면 그의 두 어깨는 자연히 망가져 버린다. 두 팔을 잃은 고수는 이미 고수가 아니다. 하지만 은비쌍영이 먼저 그의 팔을 망가뜨린다면 살귀를 잡은 공은 은비쌍영의 것이 된다. 놈이 움직이는 그 순간이 장방이 나설 순간이었다.

장방의 내심이야 어떻든 한의 가슴은 분노로 끓어오르고 있었다. 장방의 이죽거림은 단지 그의 결심을 재촉했을 뿐이었다.

'왼팔을… 버린다.'

"기다려."

"언제까지? 저러다 죽어!"

청옥의 외침에도 조광호는 고개를 저었다. 청옥은 조광호가 무슨 생각을 하는지 알 수가 없었다. 살귀와 거리를 좁히자고 하더니, 말을 달리던 가패를 발견하곤 아예 뒤를 밟았다. 그렇게 당장이라도 살귀에게 달려갈 것처럼 굴던 조광호였는데, 이젠 살귀의 위급함을 보면서도 나서지 못하게 하고 있었다.

"너 도대체 무슨 생각을 하고 있는 거야, 이러려면 여기는 뭐 하러 온 거야?!"

"지금은 나서봤자 소용없어."

"지금이 가장 좋을 때야!"

본산에서 살귀와 접촉치 못하게 한 건 그의 배후가 의심스럽기 때문이었다. 하나 이대로 살귀가 죽기라도 한다면 배후는커녕 다른 반도들의 종적마저도 쫓을 수가 없게 된다.

시기는 적절했다. 살귀는 위기를 맞이하고 있었고, 자신들은 그를 도울 수가 있었다. 자신들은 열여덟 명이다. 그것도 그저 그런 문파의 자손들이 아닌 소림과 무당이라는 거대 문파의 진전을 이은 자들이다. 살귀의 위기는 한 손이 열 손을 감당하지 못한 것뿐, 자신들이 나선다면 열 손을 스무 손으로 덮어버릴 수 있었다. 한데 가장 열성적으로 나섰던 조광호가 되려 나설 수가 없다고 말하니 답답한 노릇이었다.

"우리 존재가 노출되는 게 정히 걸리면 복면이라도 하자. 은혜를 주고받자는 게 아니라……."

"나도 저 사람을 돕고 싶다. 하지만… 안 돼."

"도대체 왜?!"

조광호는 청옥을 바라보지 않았다. 눈을 돌리기엔 장내의 상황이 그리 좋지 않았다. 귀면탈을 뒤집어쓴 자의 세 번째 비도에 살귀의 왼쪽 허벅지가 길게 베어져 나갔고, 조광호의 미간 역시 살귀만큼이나 고통스럽게 일그러지고 있었다.

"이들 중엔… 반도가 없어."

조광호의 전음에 청옥의 주먹이 불끈 쥐어졌다. 하지만 쥐어졌던 주먹은 이내 힘없이 풀리고 말았다. 조광호의 말이 맞았다. 그들에게 내려신 명은 반도의 추적이었지, 살귀를 돕는 것이 아니었다. 그때 축 처진 청옥의 어깨 뒤로 조광호의 전음이 들려왔다.

"어째서 나타나지 않는 거지?"

"뭐? 누구?"

뜬금없는 물음에 청옥이 되물었지만, 조광호는 마음속으로 대답을 삭혔다.

'그의 배후. 그를 돕는다면… 지금쯤 나타나야 하는 것 아닌가?'

조광호의 생각처럼 단사덕 역시 고민에 빠져 있었다. 물론 그 고민의 원인이 자신에게 있다는 사실은 꿈에도 알 수 없었지만.

'미치겠군.'

단사덕은 백사평의 다른 한곳에서 발을 구르고 있었다. 령령과 몇몇 흑면살수들의 존재를 확인했기 때문이 아니었다. 관도 너머의 숲에 웅크리고 있던 소림과 무당의 제자들이 그의 결정을 어렵게 만들고 있었다.

'분명 저 두 가닥 은사에 금제를 당한 거야. 그렇지 않고서야⋯⋯.'

당장이라도 달려나가 한을 도와주고 싶었다. 하지만 소림과 무당의 제자들 앞에서 개방의 무공을 펼쳐 보일 수는 없는 일. 단사덕은 이러지도 못하고 저러지도 못한 채 가슴만 졸이고 있었다. 그때 그의 발밑에서 목소리들이 들려왔다.

"각주님의 걱정이 이만저만이 아니십니다. 어서 각주님께로⋯⋯."

"아니요, 조금만 더 여기 있겠어요."

여자의 목소리. 그리고 사내는 분명 각주라 했다. 단사덕이 몸을 숨기고 있던 나무 아래로 십여 명의 복면인이 몸을 숨기고 있었다.

'각주라 하면 귀혼각주를 이름일 테고⋯⋯.'

한의 위험도 위험이었지만, 발아래의 목소리가 아무래도 마음에 걸렸다. 그때 단사덕의 귀를 잡아끄는 목소리가 들려왔다.

"아가씨, 각주님이 걱정하십니다."

"괜찮아요. 아버지껜 조금 이따가 직접 갈 테니⋯⋯."

단사덕의 눈에 이채가 떠올랐다.

'귀혼각주의⋯ 딸?'

의외의 장소에서 만난 의외의 인물. 단사덕의 머리가 빠르게 회전하기 시작했다. 그리고 생각이 정리되자 한 치의 머뭇거림도 없이 발아래로 몸을 날렸다. 귀혼각주의 딸은 하늘이 주신 기회였다.

한의 삼 장 앞까지 다가간 장방이 마지막 비도를 까딱거리고 있었다. 이 정도면 충분했다. 피도 흘릴 만큼 흘렸고, 기운도 뺄 만큼 뺐다. 귀혼각주도 이 모습을 보았을 거다. 이 정도로 고통스럽게 요리했다면, 자신에게 내려질 책임에서 조금이나마 자유로울 수 있을 것이다.

"꽉 잡고 있어. 이번엔 심장을 도려낼 테니까."

장방의 전음에 두 개의 은사가 팽팽히 당겨졌다.

어깨를 뜯어내는 고통에 하마터면 검을 놓칠 뻔했다. 한은 이를 악물며 기회를 엿보고 있었다. 그리고,

"까아악!"

백사평으로 여인의 날카로운 비명이 울려 퍼졌다. 한의 눈이 번뜩인 것은 그때였다.

'협?!'

한의 왼쪽 어깨를 제압하고 있던 귀면살수가 갑작스런 당김에 놀라 은사를 잡아챘다. 하지만 손을 타고 전해지던 긴장이 커다란 반탄력과 함께 한순간 풀리며 뒤로 두 걸음이나 물러서고 말았다.

촤아악!

백사평 위로 생살이 찢어지는 소리가 메아리쳤다. 그 소리에 놀란 장방이 다시 살귀를 찾았을 땐, 이미 너무 늦고 말았다.

휘이잉! 사악!

왼팔의 고통을 잊은 채 한은 우측으로 몸을 날렸다. 어깨에 박힌 은사가 느슨해지자 오른팔 역시 자유로워졌다. 한은 너덜거리는 왼팔을 이끈 채 검을 휘둘러 오른쪽 어깨를 잡고 있던 은사를 잘라내 버렸다.

'천잠사로 만든 은사가?!'

한의 오른쪽 어깨를 제압하고 있던 쌍비은영의 손으로 끊어진 은사가 되돌아왔다. 하지만 한은 쌍비은영를 쫓지 않았다. 은사가 끊어진 그 순간 바닥을 차고 날아 장방에게 쇄도했다.

"안 돼!"

놀란 장방이 마지막 비수를 한에게 던졌지만, 묵검은 단 한 번의 휘둘림으로 비수와 장방을 단번에 베어버렸다.

쩌저적!

오른쪽 옆구리에서부터 왼쪽 어깨까지 길게 이어진 혈선. 놀란 눈으로 한을 바라보던 장방의 상체가 이내 무너지듯 흘러내렸다. 상체가 바닥으로 처박힌 후 하체가 앞으로 고꾸라졌고, 그 균열의 틈으로 비릿한 피내음과 함께 온갖 내장들이 쏟아져 나왔다. 장방의 시선이 자신을 죽음으로 인도한 비명의 주인을 찾고 있었다.

'령령… 네가 살아 있는 줄 알았다면… 나서지… 않았을 것을……'

장방의 허망한 시선에서 생기가 사라지고 있었다. 하나 사람들의 시선은 이미 장방의 참혹한 시신을 외면하고 있었다.

'한발… 늦은 건가?

령령의 목을 붙잡고 백사평으로 나오던 단사덕의 표정이 일그러지고 있었다. 물론 령령에게서 빼앗은 귀면탈은 그런 단사덕의 표정을 완전히 감춰놓고 있었다. 하지만 한을 향해 걸음을 옮기던 단사덕의 손끝은 미세한 떨림을 멈추지 않고 있었다.

반 토막이 난 시체의 옆에서, 한은 한쪽 무릎을 꿇은 채 거친 숨을 몰아쉬고 있었다. 왼팔의 고통이 생각보다 훨씬 심했다. 베어지는 고통과는 차원이 달랐다. 살점이 통째로 뜯겨져 나가는 고통을 어찌 설명해야 할까?

'많이도… 떨어져 나갔군……'

축 처진 왼쪽 어깨. 주먹 하나만큼 사라진 어깨의 붉은 속살 사이로 허연 뼈가 보기 흉하게 삐져나와 있었다. 하지만 한은 아쉬워하지 않았다. 제법 비싼 대가였지만, 목숨에 비할 바는 아니었으니.

"조금만… 더 기다리지 그랬나."

노인의 전음에 한의 고개가 천천히 들렸다. 검은 야행복을 입은 여인과 그 뒤에 서 있는 귀면탈. 하지만 한은 그 귀면탈의 주인이 누구인지 이미 알고 있었다.

'근처에 있는지… 몰랐습니다.'

단사덕은 시선을 돌려 한의 어깨를 외면했다. 회생불능. 살점이야 돋으면 된다지만, 잘라진 근육은 치유가 불가능했다. 무인에게 있어 팔을 잃는다는 것은… 절망적인 것이었다.

'자네…….'

한을 바라보던 단사덕의 눈이 크게 떠지고 있었다. 일전에는 가패가, 지금은 단사덕이. 아무래도 한의 미소에는 사람을 놀라게 하는 힘이 있는 것 같았다.

'난… 괜찮습니다.'

'많이… 변했구먼.'

미소? 애초에 감정이란 것을 읽을 수 없던 사내였다. 무창살귀의 미소는 그래서 아름다웠다. 단사덕의 손에 잡혀 있던 령령까지 그리 느낄 정도였으니 충분히 아름답다 할 수 있었다.

'…우릴 놓아준 것은… 자비였군요.'

령령의 입가에 씁쓸함이 번졌다. 자신이 살수라는 것이 원망스러웠다. 자신의 아비가 살수문인 귀혼각의 각주라는 것이 원망스러웠다. 살수에겐 자비라는 것이 없었다. 그래서 이렇게 아름다운 미소는 지을 수가 없었다.

"지혈부터 하게. 그리고… 서둘러 이곳을 빠져나가세."

단사덕의 전음에 지혈을 마친 한이 일어섰다. 어깨의 상처는 보기 참담할 지경이었지만, 더 이상 피를 뿜어내지는 않았다. 이마에선 비 오듯

땀이 흐르고 현기증에 중심도 제대로 잡지 못했지만, 한은 묵검을 지팡
이 삼으며 자리에서 일어섰다.

　살귀가 일어서고 있었지만 쌍비은영는 다가서지도 못했다. 한 팔을 내
던지면서 장방을 가른 살귀도 두려웠지만, 그보다는 인질로 잡혀 있던
각주의 딸 령령이 문제였다.

　지친 몸을 일으킨 한이 예향에게 걸어가고 있었지만, 장내의 누구도
한의 앞을 막아서지 못했다. 갈대 숲에서 튀어나온 귀혼각주 역시 그의
앞을 막지는 못했다. 그가 막아선 것은 살귀가 아닌 예향의 앞이었다.

　"젠장, 저놈에 귀면은 끝도 없이 나오는군."

　귀혼각주의 등장에 청옥이 혀를 찼다. 하지만 조광호의 시선은 귀혼각
주가 아닌 단사덕에게 머물러 있었다. 그를 유심히 바라보던 조광호가
물었다.

　"분명 저자는 살귀를 습격한 무리의 일원이 아니다. 아마도 그를 돕고
있는 곳의 일원이겠지. 한데 적의 가면을 빼앗으면서까지 진면목을 숨겼
다. 왜 그랬을까?"

　"얼굴을 감춰야 할 사정이 있겠지."

　"예를 들면?"

　"이 어두운 밤에도 얼굴을 들지 못할 만큼 추남이거나, 아니면……."

　"아니면?"

　조광호의 반문에 청옥이 자못 심각한 표정으로 대답했다.

　"…세상에 얼굴이 널리 알려진 인물이거나."

　원하던 대답이 나왔기에 더 이상 반문하지 않았다. 하나 그것으로 끝
이 아니었다. 대답은 또 다른 질문으로 이어졌다.

　'분명 강호의 인물이다. 본 실력을 내보이진 않았지만, 저 여인이 다

른 귀면을 쓴 자들과 엇비슷하다면 여인을 생포한 것만으로도 경시할 수 없다. 분명… 천하에 얼굴이 널리 알려진 고수다.'

간단한 추론은 결코 간단하지 않은 결과를 도출했다. 만약 저 귀면의 사내가 자신이 생각하는 정도의 고수라면, 살귀의 배후에 있는 단체 역시 결코 녹록치 않다는 이야기가 된다.

'어쩌면… 본산에선 이미 어디인지 짐작하고 있을지도……'

이야기의 앞뒤가 맞으려면 그래야 했다. 살귀와의 접촉을 금한다는 명은 무조건이라 해도 과언이 아닐 만큼 단호했다. 그들이 살귀와 만나선 안 되는 이유. 살귀의 배후가 그만큼 의외의 곳이라면 본산의 명은 자연스레 수긍할 수가 있게 된다.

'소림과 무당의 행보를 주저시킬 정도의 문파라……'

조광호의 눈이 다시금 의문의 사내에게로 향했다.

그런 조광호의 시선을 아는지 모르는지, 단사덕은 한의 옆으로 걸음을 옮기며 귀혼각주를 노려보고 있었다.

"여자를 놓아라."

귀면 속의 음성은 차고 낮았다. 하지만 단사덕의 눈빛은 작은 요동조차 없었다.

"그쪽에서 먼저 데려갔으니 먼저 풀어주는 게 당연한 이치 아닌가?"

단사덕의 대꾸에 귀혼각주의 눈빛이 잠시 흔들렸다.

"그 아이를 풀어주면… 여자를 풀어주겠다."

"말귀를 못 알아듣는군. 그쪽이 먼저, 이쪽은 그 다음이다."

단사덕으로서는 아쉬울 것이 없었다. 예향은 살귀의 일행이지만 손에 잡힌 여인은 귀혼각주의 딸이다. 귀혼각주의 신호에 수십의 흑면살수가 주변을 포위하고 있었지만, 단사덕의 눈엔 같잖은 수작일 뿐이었다.

"허세는 부릴 만큼 부리지 않았나?"

"허세인지 아닌지는 두고 보면 알 일."

귀혼각주의 속은 타 들어가고 있었지만 어쩔 수 없었다. 한 치라도 약한 모습을 보였다간 딸아이의 안전은 보장할 수가 없었다. 령령이 자신의 딸이라는 사실을 밝혀서도 안 된다. 최대한 상황을 우세하게 만들려면 이를 악물어야만 했다. 하지만 귀혼각주가 상대하던 인물은 대개방의 장로였다.

"귀혼각주, 딸의 목숨을 가지고도 장난을 칠 수 있다니… 배포가 좋은 건가, 아니면 부정이 부족한 것인가?"

귀면탈 속의 인상이 와락 구겨졌다. 상대는 이미 자신의 정체는 물론, 령령과 자신의 관계마저도 알고 있었다. 그렇다고 쉽게 물러날 수도 없었다.

"그 아이를 풀어다오. 약속은… 반드시 지킨다."

"누가 할 소리? 물러나라. 귀혼각주의 딸 따위에겐 관심없다. 우린 저 여인만 데려가면 돼. 그리고… 건방지게 말 함부로 놓지 마라."

단사덕의 말에 귀혼각주는 물론 그들이 하는 양을 지켜보던 한마저도 헛웃음을 흘릴 뻔했다. 아무리 기분이 나빴기로서니, 이 상황에서 어찌 저런 이야기를 할 수 있을까?

"각주, 그의 말대로 하십시오. 지금은 물러설 때입니다."

귀혼각주의 곁으로 문사건을 쓴 사내가 다가서며 말했다. 섭선으로 얼굴을 가리고 있었지만, 섭선 너머로 보이는 눈매가 제법 날카로웠다.

"우리가 먼저 십 장 밖으로 물러나겠습니다. 우리가 물러나면 그때 그 여인을 놓아주십시오. 어떻습니까?"

"좋아."

홍 선생의 제안에 단사덕이 고개를 끄덕였다. 단사덕을 노려보던 귀혼각주가 천천히 걸음을 옮겼다. 그가 걸음을 옮기자 주변을 포위하고 있던 쌍비은영과 혹면살수들이 포위망을 넓히며 뒤로 물러섰다.

그들이 멀어지고 나자 단사덕도 령령의 혈도를 해혈했다. 몸이 자유로워진 령령이 서너 걸음을 달려나가다 멈춰 섰다. 복잡한 시선으로 잠시 한을 바라봤지만, 이내 신형을 날려 귀혼각주의 품으로 돌아갔다.

"령령아."

귀혼각주가 령령을 품에 안으며 불렀지만, 아비의 가슴에 고개를 파묻은 령령은 아무 말도 하지 않았다. 그녀가 되돌아오자 뒤로 물러섰던 살수들이 제각각 병기를 꼬나 쥐었다. 단사덕은 그런 살수들을 노려보며 뒤돌아섰고, 한은 묵검에 몸을 의지한 채 모닥불 지나쳐 예향에게로 다가섰다.

"청부는 완수될 겁니다."

홍 선생의 목소리에 령령은 물론 귀혼각주마저도 시선을 돌렸다. 홍 선생은 기대감 가득한 시선으로 한을 바라보고 있었다.

원한과 음모

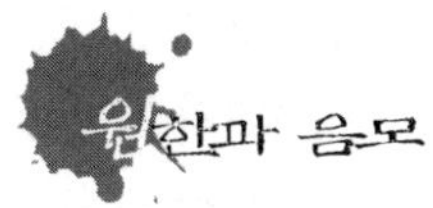

　'**역**시 남경에서 헤어지는 편이 나았어. 그랬더라면… 이런 꼴은 당하지 않았을 거 아니야!'

　얼마나 고초가 심했는지, 그 난리통에도 예향은 정신을 차리지 못하고 있었다. 예향의 앞으로 걸어간 한이 묵검을 모래사장에 박아 넣었다. 그리고 예향의 구속을 풀기 위해 오른손을 들었다. 고개를 숙이고 있던 예향이 꿈틀거린 것은 그때였다.

　슈슉!

　"끄으으!"

　한은 뒷걸음질치며 예향에게서 멀어지고 있었다. 놀란 단사덕이 고개를 돌렸다. 그곳엔 목을 감싸 쥔 채 고통스러워하는 한과 그 모습을 바라보며 미소 짓는 예향이 있었다. 미소 짓던 예향은 스스로 구속마저 풀어버리곤 등 뒤로 숨겨져 있던 비수를 꺼내어 한의 머리 위로 세차게 휘둘렀다.

“안 돼!”

“안 돼!”

두 마디의 높고 낮은 목소리가 백사평에 울렸다. 백사평을 가로지르던 여인이 울며 소리치고 있었지만, 그녀의 목소리가 닿기엔 한은 너무나 멀리 떨어져 있었다. 단사덕 역시 다급히 몸을 날렸지만, 표풍추마의 건 각으로도 한의 목덜미로 떨어지던 비수는 막지 못했다.

푸우욱!!

령령은 고개를 돌려 버렸다. 하나 백사장을 가르며 들려온 파육음에 령령의 귀가 쫑긋 세워졌다. 소리가 달랐다. 비수가 살을 뚫을 때 나는 소리가 아니었다.

“저자는……?!”

령령의 시선이 홍 선생의 목소리를 따라 움직였다. 살귀는 무릎을 꿇 어 앉아 있었고, 그 앞엔 비수를 쥔 여인이 서 있었다. 그들의 시간은 정 지되어 있는 듯 보였다. 그리고 그 시간을 정지시킨 것은 여인의 배를 꿰 뚫은 한 자루의 유엽도였다.

“가패!”

한의 옆으로 내려앉은 단사덕이 반갑게 소리쳤다. 하지만 거칠게 유엽 도를 뽑아낸 가패가 그보다 다급하게 소리쳤다.

“한의 목에 비침이 박혔소!”

단사덕은 그 소리에 놀라 다급히 한의 앞으로 무릎을 꿇었다. 목 주위 는 벌써 벌겋게 부어오르고 있었다.

‘독?!’

단사덕의 눈빛이 굳었다. 푸르게 변질되던 목덜미는 독의 독성이 얼마 나 강한지를 보여주고 있었다. 아마도 한이 가까이 다가갔을 때 입으로 쏘아낸 것 같았다. 그때 백사장을 가로지른 여인이 한의 옆으로 주저앉았다.

"안 돼… 한아! 정신 차려!"

눈물을 흘리며 달려온 여인은 다름 아닌 예향이었다. 묻고 싶은 것이 많았지만 경황이 없었다. 비침이 박힌 곳은 한의 왼쪽 목덜미 부분, 피가 멎었던 어깨의 상처에서 이유 모를 악취가 풍겨 나오기 시작했다.

"부시독이로군."

예향의 뒤로 낯선 목소리가 들려왔고, 그 순간 단사덕의 어깨가 움찔거렸다. 가패의 시선이 목소리의 임자를 찾았다. 그곳엔 도포를 입은 노도사가 서 있었다. 예향과 함께 온 사람은 바로 운경자였다.

"다행이군요. 죽기 전에 비침을 성공시킨 모양입니다."

"그럼… 저 여인으로 가장했던 게 귀접(鬼蝶)이었단 말인가?"

귀면살수 중 유일한 여자였던 귀접. 여자의 몸으로 일급의 살수가 될 수 있었을 만큼 그녀의 재주는 비상했다. 특하나 변상변복에 딕월해 많은 사내들이 침상 위에서 부인이 쏜 비침에 맞아 절명해야만 했다. 비록 마지막 일격을 성공시키지 못하고 죽어야 했지만.

순조로웠다고는 할 수 없었지만, 어찌 되었든 모든 일이 마무리되고 있었다. 장방의 죽음이 안타깝기는 했지만, 무창살귀를 잡는데 귀면살수 하나가 희생된 것은 그리 큰 손해라 할 수 없었다.

그러했기에 홍 선생은 자신을 쏘아보는 령령의 눈빛에 의아해했다. 청부는 성공했고 령령도 위험에서 벗어났다. 그녀가 자신을 노려볼 이유가 없었다.

"왜……?"

홍 선생만큼이나 귀혼각주도 의아해했다. 하지만 뒤이은 령령의 행동은 의아함을 당혹감으로 바꾸어놓았다.

"어딜 가는 것이냐?!"

귀혼각주의 일갈에 령령의 발걸음이 멈췄다. 하지만 아비의 물음에 대답하진 않았다.

"살수가… 사람다운 짓을 하면 잘못된 건가요?"

령령의 물음에 귀혼각주는 대답하지 못했다. 다시금 멀어지는 자식을 잡지도 못했다. 사람 죽이는 살수로 자라온 자식이 사람다운 짓을 하겠다고 했다. 연유를 알 수는 없었지만, 그 의지를 막을 수가 없었다.

"이 장로가… 틀림없소."

조광호의 부름에 달려온 임옥룡이 얼떨떨한 목소리로 전음을 보냈다. 이미 열여덟 명의 사내 모두가 몰려들어 있었다. 무당파의 제자들은 하나같이 놀란 표정으로 장내를 지켜보고 있었다.

'우연이 아니다. 본산에선 이미 움직이고 있었던 거다.'

조광호는 운경자의 등장을 반기고 있었다. 본산은 그들의 움직임을 좌시하지 않고 있었다. 다만 사안이 사안인 만큼 조심하고 있었을 뿐이다. 광양검 운경 진인이라면 검공으로 일가를 이룬 절정고수다. 그런 인물이 직접 나섰을 정도라면 살귀의 배후에 대해 어느 정도 윤곽을 확인했다는 뜻이다.

"모두 준비하시오, 사문의 존장께서 직접 손을 쓰시게 할 수는 없으니."

조광호의 전음에 소림과 무당의 속가제자들은 눈을 빛냈다. 기다림의 끝이 다가오고 있었다.

"이걸 먹이세요. 해약입니다."

유엽도가 겨눠지고 있음에도 령령은 망설임없이 품에서 단환을 꺼내어 건넸다. 한의 명문혈로 진기를 불어넣던 운경자가 고개를 들었다.

"시주는 누구신가?"

령령의 눈에 놀람이 일었다. 내력을 이체하면서 입을 연다는 것은 여간 위험한 일이 아닐 수 없었다. 이 한 가지만 가지고도 운경자의 무공이 얼마나 지고한지를 알 수 있었다. 하나 무공은 무공이고 질문은 질문이었다.

"저분을 해하려 했었던 사람입니다. 염치없게도 목숨을 구걸받은 사람이기도 하고요."

한발 물러서 있던 단사덕이 가패에게 고개짓을 했다. 미심쩍었지만 지금은 그런 것을 가릴 때가 아니었다. 운경자의 내력이 지고하기는 했지만, 내력으로 독기를 몰아내는 것은 한두 시진으로 될 일이 아니었다. 게다가,

'그런 거였나?'

단사덕은 사람들의 이목을 흩뜨리기 위해, 사로잡은 령령에게 크게 비명을 지르라 명령했었다. 한데 령령은 의외로 그의 말에 잘 따랐고, 백사장으로 나오는 외중에도 반항 한 번 하지 않았다. 체념과는 달렸다. 그녀는 단사덕의 행동에 동조하다시피 했다. 역시 그 이면에는 그만한 사연이 있었다.

단환을 건네받은 가패가 다시 한 번 단사덕과 운경자를 바라보았다. 단사덕은 고개를 끄덕여 그것을 허락했고, 운경자는 한의 고개를 뒤로 젖혀주며 자리를 잡았다.

"이리 줘."

가패의 손에서 단환을 낚아챈 예향은 그것을 서슴없이 입으로 가져갔고, 으깬 단환을 먹이기 위해 주저 없이 한과 입술을 포갰다.

꾸루룩!

녹아내린 단환이 한의 목을 타고 흘러 넘어갔다. 운경자는 한의 명문혈을 누른 상태로 진기를 유도했다. 푸르게 부어올랐던 어깨가 조금씩 가라앉고 있었고, 그의 전신에선 악취 섞인 땀이 끊임없이 흘러나오고 있었다. 해독의 증거였다.

"고비는 넘긴 것 같군."

한의 명문혈에서 손을 뗀 운경자가 그를 눕히기 위해 자리를 찾았다. 그의 손에서 한을 넘겨받은 것은 예향이었다.

"이리 주세요. 제가 안고 있겠어요."

예향의 말에 운경자는 조심스레 그를 넘겨주었다. 예향은 자신의 무릎에 한의 고개를 베개하고 자리를 잡았다. 한 손으론 쉬지 않고 한의 머리를 쓰다듬고 다른 한 손으론 흐르는 눈물을 닦아내고 있었다.

"미안해… 이게 아닌데… 이런 게 아니었는데……."

더 이상 무슨 말을 할 수 있을까. 모든 것이 자신의 탓이었다. 누가 뭐래도 자신의 탓이었다. 그녀의 탓이 아니었음에도 그녀의 탓일 수밖에 없었다. 변명 대신 흐르는 눈물이었기에 괜찮다 다독여 줄 수도 없었다.

더는 듣지 못하겠다는 듯, 가패는 고개를 돌리고 있었다. 고개 돌린 자리엔 고개를 숙이고 있는 령령이 서 있었다.

"고맙다는 말을 듣고 싶은가?"

가패의 냉정한 말에 령령의 어깨가 움찔거렸다. 단사덕의 표정도 가패만큼이나 딱딱히 굳어 있었지만, 적어도 그는 한 갑자를 넘게 살아온 사람이었다.

"그만 물러가시게. 이후의 일은 이 사람의 마음에 달린 일."

령령은 고개를 끄덕일 수밖에 없었다. 그들의 입장에선 병 주고 약 주는 셈이었다. 무슨 염치로 자리를 차지하고 있을 수 있을까. 령령은 고개를 깊이 숙여 보이곤 자리를 떠났다.

령령이 그들과 멀어지자 또다시 냉랭한 기운이 감돌기 시작했다.

"각주."

홍 선생은 귀혼각주를 재촉했다. 령령의 행동은 이해할 수 없었지만 각주의 딸이니 넘어갈 수밖에 없었다. 하지만 살귀는 이대로 보낼 수 없었다.

십만 냥이 아까운 것이 아니다. 귀면살수를 다섯이나 투입한 이유가 무엇이었는가? 자신들의 존재를 천하에 과시하기 위함이었다. 감히 귀혼각을 수족처럼 부리려는 자들에게 경고하기 위함이었다. 손해를 본 만큼 기회를 잡아야 했다. 귀면살수 하나와 흑면살수 수십을 잃었지만 이대로 살귀를 잡는다면 손해라 할 수 없었다. 아니다. 무창살귀의 악명에 비하자면 큰 이익이었다. 이런 고수를 잡는 일은 결코 쉬운 일이 아니었다. 기회가 왔으니 잡기만 하면 되는 일이었다.

"상내는 셋뿐입니다."

귀혼각주는 대답이 없었다. 만약 홍 선생이 귀혼각주의 얼굴을 보았다면 결단을 재촉하는 일 따윈 하지 않았을 것이다. 만일 귀혼각주가 어떤 전음을 듣고 있었는지를 알았다면, 그가 먼저 귀혼각주의 팔을 잡아끌며 이 자리를 떠났을 것이다.

"나 운경자라는 사람일세."

홍 선생의 말이 맞았다.

상대는 셋뿐이었다. 하지만 그 셋 중 하나가 무당파의 장로라면 셋은 셋이 아니다. 살귀와 싸울 수는 있어도 대무당파와 싸울 수는 없었다.

"…돌아간다."

귀혼각주가 등을 돌리자 장내에 있던 모든 사람들이 연유를 몰라 당황해했다. 하나 각주가 등을 돌린 이상 수하들이 남아 있을 이유가 없었다.

그때 백사평 밖으로 걸음을 옮기던 귀혼각주의 신형이 멈춰 섰다.

"아니, 자네는?"

홍 선생이 한발 나서며 물었다. 하나 사내는 대답도 없이 홍 선생을 지나쳐 귀혼각주의 앞으로 걸어갔다.

"왜 왔나?"

"왜 말하지 않았습니까?"

귀혼각주가 묻자 사내가 되물었다.

"다 끝났네."

"제가 이 싸움의 끝입니다."

"청부는 돌려보내기로 했네."

"저 친구는 돌아가지 않을 겁니다."

사내의 시선이 귀혼각주의 어깨너머로 향했다. 그의 시선을 느낀 것일까? 잠들어 있던 한의 손가락 끝이 경련하듯 까딱거리고 있었다, 마치 자신의 검을 달라는 듯이.

사내는 귀혼각주에게 가볍게 고개를 끄덕여 보이곤 백사평을 향해 걸음을 옮겼다. 귀혼각주가 그의 옷깃을 잡기 위해 손을 뻗었지만, 그가 남긴 혼잣말은 그 손길을 정중히 떨쳐 내고 있었다.

"우리에게 돌아갈 곳 따윈 없습니다. 나나… 저 친구나……."

*　　　　*　　　　*

"오랜만입니다."

운경자의 전음에 단사덕은 인상을 찌푸리며 한숨을 내쉬었다.

'눈치 하나는 알아줘야겠군.'

소림과 무당의 제자들도 걱정이었지만, 그래도 그들 정도는 빼앗은 귀면탈로 속일 수가 있었다. 하지만 상대가 무당파의 장로라면 어설픈 눈속임으론 무마하지 못한다.

'아무리 그래도 일문의 장로가 직접 나서다니……'

운경자가 나섰다는 것은 큰 의미를 지닌다. 그는 대무당파의 장로다. 그가 평소 강호행을 자주 한다는 것은 알지만 소림과 무당의 제자들마저 움직인 이상, 그의 이번 행차를 단순한 강호행이라 생각할 수는 없었다. 분명한 목적을 가진 행차이고 그 목적이 한이라 한다면, 장로라는 신분은 무당의 결심이 결코 예사롭지 않다는 반증이 된다.

그나마 다행이라면 그가 다른 사람이 아닌 운경자라는 것이다. 운경자는 자신의 동생인 단사의의 친우였고, 단사덕 자신과도 제법 친분이 있었다. 사연이 사연인 이상, 무당파 수뇌 중 누군가와 만나야 한다면 친분이 있는 운경자가 나았다.

"이야기는 나중에 하세. 지금은 이 사람의 상세가 급하니."

단사덕은 짧은 선음을 남기고는 한을 일으켜 세웠다. 할 말은 많았지만 길게 이야기할 시간이 없었다. 독기는 몰아냈다고 하지만 싸움 와중에 입은 상처가 남아 있었다. 허벅지와 복부의 자상은 그리 깊지 않았지만, 문제는 뭉텅 떨어져 나간 왼쪽 어깨였다.

'근육이 상했어. 서두르지 않으면……'

한시가 급했다. 잘못하면 팔을 잃을 수도 있다. 단사덕의 행동에 가패가 그를 업기 위해 다가섰다. 하지만 정신을 잃은 줄 알았던 한이 천천히 눈을 뜨며 그의 등을 가볍게 밀었다.

"왜?"

가패의 물음에 한은 가만히 손을 들어 자신의 검을 가리켰다. 기식이 엄엄한 상황에서도 검을 먼저 찾다니. 하지만 그의 고집을 아는 가패였기에 실랑이를 벌이는 대신 서둘러 그의 검을 뽑아왔다.

“됐지? 이젠 업혀.”

예향이 아이를 달래듯 한을 토닥였다. 하지만 한은 고개를 저으며 스스로 일어섰다. 가패와 예향이 그를 부축하기 위해 다가섰지만, 그는 떠나기 위해 일어선 것이 아니었다. 한의 시선이 백사평의 어둠 너머로 향해 있었다. 단사덕의 고개가 그 뒤를 따랐고, 운경자 역시 자리에서 일어서며 그들의 시선을 쫓았다. 그 시선들 끝에 어둠을 헤치며 다가오는 그가 있었다.

‘막능여……’

몽롱한 정신에도 그의 모습만은 또렷했다. 어지러움에 다리가 휘청거렸지만, 원수가 보는 앞에서 주저앉을 수는 없었다. 어깨에서부터 이어진 통증이 뒷골을 당겨왔지만, 그럼에도 불구하고 한은 미소를 짓고 있었다.

가패가 그를 알아보곤 고개를 돌렸다. 한의 미소를 확인한 가패가 인상을 구기며 말했다.

“멍청한 짓 할 생각 마라.”

가패가 한의 앞을 가로막으며 유엽도를 고쳐 쥐었다. 이 답답한 인간이 무슨 생각을 하고 있는지 모를 수가 없었다. 예향 역시 분위기를 짐작하곤 한의 팔을 붙들었다.

“안 돼! 너 그러다 죽어! 일단 상처부터 치료하고……”

예향도 한의 무모함을 막아섰다. 하지만 한은 그들의 목소리를 듣지 못했다.

‘이제… 둘이 남는다.’

한은 천천히 몸 안의 공력을 일주천시켰다. 상처가 컸지만 공력의 손실은 거의 없었다. 출혈이 심했지만 아직은 버틸 만했다. 독기로 인해 무뎌졌던 감각도 되돌아오고 있었고, 어깨의 고통도 참을 수 있었다. 아직은 싸울 수 있었고, 설령 싸울 수 없더라도 싸워야 했다.

"검 내려놔. 저자 보통이 아니다. 네 실력을 모르는 건 아니지만, 지금 그 꼴로 나섰다간……."

"이러지마, 제발……."

가패와 예향이 그의 앞을 막아섰고, 단사덕의 손이 말없이 한의 어깨를 잡았다. 그때 그들의 앞을 지나치는 그림자가 있었다.

"아직 볼일이 남은 겐가?"

운경자는 자신들을 향해 걸어오는 귀면살수를 바라보며 고개를 갸웃거렸다. 살귀는 저자와 싸울 생각인 듯했지만, 단사덕은 더 이상 이자들과 마주칠 생각이 없는 듯 보였다.

물론 이해할 수 있었다. 가패는 실력이 모자라 보였고, 살귀는 상처가 깊었다. 단사덕은 자신의 신분을 숨기고자 다음을 기약하는 걸 거다. 그래서 나섰다. 저들의 실랑이가 끝나길 기다리느니 자신이 나서서 막는 편이 낫다 생각했다. 하지만 한발 나서던 운경자는 단사덕의 전음에 걸음을 멈춰야 했다.

"물러서시게. 그는 이 사내의 손님일세."

*　　　*　　　*

"이게… 당신이 말하던 계획인가요?"

"너무 성내지 마시오. 아직 그가 죽은 것은 아니잖소? 설마 정말 그가 죽는 것을 바란 것이오?"

모용상아는 용호의 말에 대꾸하지 않았다. 그녀의 눈에는 오로지 한의 뜯겨 나간 어깨와 지친 걸음만이 들릴 뿐이었다.

'…볼 수가 없어. 가슴이 아파서 볼 수가 없어. 하지만… 눈을 뗄 수

가 없어. 그에게서… 눈을 뗄 수가 없어.'

모용상아의 뺨으로 작은 물방울이 떨어져 내렸다. 그 물방울은 자신의 어깨를 붙잡고 있던 모용상아의 옷소매로 스미며 사라졌다. 모용상아의 손톱이 자신의 왼쪽 어깨를 파고들고 있었다.

'내가 귀혼각을 잘못 봤군. 그것도 두 가지씩이나……'

용호는 자신의 실책을 인정했다. 십만 냥이면 충분할 줄 알았다. 하지만 부족했다. 귀혼각을 끌어내는 데에는 성공했지만, 그들의 자존심을 잠재우기엔 부족했다. 아마도 능곡을 희생시키지 않고 살귀를 잡으려 한 것일 게다. 결과적으로는 실패하고 말았지만.

귀혼각 자체도 잘못 봤다. 유능한 살수집단이라고는 생각했지만 이 정도로 실력이 뛰어날 줄은 몰랐다. 살귀를 상대하기 위해 그들이 움직이고 있다는 소리를 들었을 때도 웃으며 넘겼다. 이란격석(以卵擊石). 그들의 실력으로는 살귀를 상대하기 힘들다 생각했다. 물론 그들은 살귀를 죽이지 못했다. 하지만 그들이 남긴 상처는 결코 간과할 수 없었다. 어쩌면 자신의 계획에 커다란 차질이 생길 수도 있었다. 변수는 또 있었다.

'운경자라고 했던가? 결국 무당이 개입하고 말았군. 한의 뒤를 봐주던 자들도 계산하지 못했어. 설마 직접 모습을 드러낼 줄은……'

너무 쉽게 생각했다. 아니다. 그들이 뛰어난 것이다. 그들이 자신이 부리는 수족들의 시야를 벗어날 수 있을 만큼 뛰어난 것이 문제였다. 하지만 걱정할 것은 없었다, 아직 끝난 것은 아니었으니.

"저자가 무음유살 능곡입니다."

"빨리도 나타나는군. 준비는 모두 끝났는가?"

"예."

"배는?"

"대기하고 있습니다."

작게 고개를 끄덕인 용호가 모용상아에게 말했다.

"갑시다. 슬슬 그를 맞이할 준비를 해야지요."

*　　　*　　　*

'설마?'

살귀에게 향하던 걸음이 조금씩 느려지고 있었다. 피에 전 살귀 때문은 아니었다. 그 옆에 서 있던 가패나 귀면을 뒤집어쓴 사내 때문도 아니었다.

'사백(師伯)…….'

느려지던 걸음은 결국 오 장여를 남겨두고 멈춰 서버렸다. 무음유살 능곡에서 무당의 파문제자로 돌아온 막능여. 그의 떨리던 두 눈은 사백인 운경자에게 향해 있었다. 세월이 무상하다 하지만 운경자의 모습은 하나도 변한 것이 없었다. 반도가 되어야 했던 삼 년 전, 아니, 무당산에서 마지막으로 보았던 십 년 전 모습 그대로였다.

'…정녕 매정한 하늘이구려.'

전신의 기운이 빠져나가며 아찔한 현기증에 두 다리가 휘청거렸다. 지난 시간들이 주마등처럼 스쳐 지나갔다. 무당산에서의 시간과 구양세가에서의 시간. 참혹했던 그날의 불길로 인해 뒤틀려 버린 지난 삼 년의 시간까지. 그 불길 속에 사그라져 버린 과거의 흔적이 막능여의 두 뺨을 타고 하염없이 흘러내렸다.

'피하기엔 너무 늦은 거겠지요. 결자해지라 했으니…….'

살귀의 손에 죽고자 했던 것은 아니었다. 그렇다고 살귀를 없앨 마음으로 온 것도 아니었다. 싸움의 결과 따윈 아무래도 좋았다. 중요한 건 더 이상 그를, 그날의 책임을 피하지 않겠다는 것이었다. 결과는 하늘에 맡길 뿐. 하지만 하늘은 막능여의 그 결심조차 허락하지 않은 듯했다. 원한의 책임을 다하기도 전, 사문에 누를 끼친 책임을 먼저 물어왔다.

'이대로 목숨을 끊어버린다면……'

막능여는 고개를 저었다. 구차하게 이어온 삼 년, 죽음을 생각해 본 일도 이루 셀 수 없이 많았다. 하나 죽지 못했다. 저지른 죄를 생각하면 열 번 죽어도 할 말이 없지만, 피눈물 나는 억울함이 무너지려던 의지를 일으켜 세웠다. 이대로 죽을 수는 없었다. 그것도 사문의 존장이 보는 앞에 서라면 더욱더.

'그래, 여기까지다. 늦었지만 이렇게라도 기회가 온 것을 감사히 여겨야 한다. 죄지은 내가… 무엇을 더 바랄 수 있을까.'

막능여는 고개를 들어 하늘을 바라보았다. 짙은 달무리 속에 숨어 있던 만월이 고개를 내밀어 그를 마주 보고 있었다. 백사평 위로 잘게 부서진 월광이 내려앉았다. 막능여를 위한 하늘의 마지막 배려였다.

한의 두 눈에서 차가운 살기가 뿜어지고 있었다. 묵검 역시 더 이상 기다릴 필요 없다는 듯 한의 살기와 공명했다. 그의 살기는 단사덕과 운경자마저도 놀라 반응했을 만큼 차갑고 강렬했다.

'살기에 원독(怨毒)이 차 있다. 골수까지 스민 원한이 신체와 정신 모두를 장악해 버렸구나. 이자에게 전해진 것이 진정 구천무예라면… 강호는 살귀가 아니라 살성(煞星)과 대적하게 될지도 모른다.'

살기도 기운이다. 기운을 뿜어내는 요량만 봐도 그 무공의 깊이를 어느 정도 가늠할 수 있다. 지금의 살귀는 말 그대로 상처를 입은 흉포한 맹수였다.

운경자는 마음속으로 도호를 읊조렸다. 운경자의 시선이 귀면탈을 쓴 사내에게로 향했다. 살귀의 분노가 향하고 있는 곳. 그곳엔 살귀의 원독을 끌어낼 수 있는 자가 있었다.

'누구인 게냐? 너는……'

다른 누가 있겠는가? 살귀가 정녕 구양세가의 원한을 이은자라면, 저 살기의 정체 역시 어렵지 않게 짐작할 수 있었다. 구양세가를 멸문시킨 여덟 반도 중의 하나. 호남의 도규원, 파양의 능영산, 그리고 덕홍에서 죽은 조휘. 무당의 반도 중 셋이 살귀의 손에 죽임을 당했다. 소림의 제자인 무진충과 뇌공량이 무창과 태호에서 죽었으니, 남은 반도는 모두 셋. 그중 무당의 반도는 단 한 사람뿐이었다. 외면할 수 없는 당혹스러운 예감이 운경자의 뇌리를 스쳤다.

'설마?!'

운경자의 시선이 막능여에게 향하던 그 순간, 한줄기 바람이 그의 옆을 스치고 날아올랐다. 한의 팔을 붙잡고 있던 가패와 예향이 황급히 손을 내뻗었지만 부질없는 짓이었다. 놀란 단사덕이 그의 뒤를 쫓기 위해 다급히 발을 굴렀다. 하지만,

"멈춰서시게!"

등 뒤로 멀어지는 한의 기운을 느끼면서도 단사덕은 운경자의 앞을 막지 않을 수 없었다.

"정녕… 개방이 살귀의 배후인 것입니까?"

운경자의 날카로운 시선에 단사덕의 눈빛 역시 싸늘히 굳었다.

"말을 함부로 하지 마시게!"

"그런 것이 아니라면 비켜서십시오."

"이건 저 사람의 싸움일세. 누구도 간섭할 수 없어!"

단사덕의 외침에 운경자는 송문검을 움켜쥐며 말했다.

"…죄지은 제자를 징치(懲治)하는 것 역시 누구도 간섭할 수 없는 일. 개방은 무당의 행사를 막아설 참입니까?"

귀면탈 속의 표정이 당혹감으로 물들었다. 타문파의 행사에 간섭하는 것은 그 문파의 존엄을 해치는 일이다. 아무리 작은 문파라 하더라도 내규가 있고 법도가 있는 법. 만약 누군가가 법도에 따른 행사를 간섭하려 한다면, 그 문파와 양립하지 않겠다는 뜻으로 간주된다. 문하의 제자를 벌하는 것은 온전히 그 문파의 규율에 따라야 하는 것. 그 어떤 문파도 외부의 간섭은 용납하지 않았다. 하물며 그 징치의 법을 행하려는 곳이 강호무림의 양대산맥인 무당파라면야.

"물러서십시오. 친우의 형에게 검을 겨누고 싶지는 않습니다."

운경자의 목소리는 단호했다. 무당산을 내려오며 다짐했던 것이 이리 발현될 줄은 운경자 자신도 몰랐다.

"…그 정도 사리 분별도 못한다면 장로라는 자리에 앉아 있을 염치가 없지요."

장문인의 면전에서 내뱉은 호언장담이었다. 이대로 살귀와 반도가 부딪친다면, 만에 하나 살귀의 손에 반도가 죽기라도 한다면.

"개방의 일은… 추후에 따지기로 하지요."

운경자는 굳은 신색을 펴지 않으며 걸음을 옮겼다. 주먹을 굳게 쥐고 있던 단사덕은 그의 앞을 막지 못했다. 다만,

"나서지 말게. 자네는… 자네의 제자들이 무슨 짓을 저질렀는지 알지 못해. 만약 이대로 자네가 나서 살귀를 막아선다면… 이후 소림과 무당이 겪어야 할 풍파가 결코 가볍지 않을 것이야."

운경자의 걸음이 멈춰 섰다. 그리고 노기 가득한 두 눈으로 단사덕을 쏘아봤다.

"지금 협박을 하는 것입니까?"

"아니, 충고를 하는 것일세. 자네가, 무당이 나서게 된다면 저들의 원한을 대신 짊어져야 하네. 그것이 어떤 의미인지… 자네는 아직 몰라."

운경자의 송문검이 부르르 떨렸다. 단사덕의 말은 본의를 짐작하기 어려웠다. 그사이 살귀와 귀면탈의 사내는 검광을 번뜩이며 어우러지고 있었다.

막능여의 검은 도도히 흐르는 강물과 같았다. 무당파 검공의 특징인 유수와 같은 흐름. 하지만 한과 맞서던 검은 유수와 같은 흐름 속에 거친 격랑을 숨기고 있었다.

"차핫!"

길게 이어지던 흐름이 끊어지며 짧고 파상적인 공세가 한의 전신 요혈을 노리며 날아들었다. 삼 년간 다듬어진 살수의 검. 도가의 흐름 속에 살문의 기예가 녹아들어 있었다.

채챙!

한의 검이 짧게 마주쳐 갔다. 허공에서 격돌한 두 사람이 거리를 두며 내려섰다.

"후……."

검을 늘어뜨린 막능여가 긴 숨을 내쉬며 말했다.

"삼 년 만에 이 정도의 성취를 얻을 수 있다니… 정말 놀라워. 네가 정말 내가 알고 있는 벙어리 한이 맞는지 의심스러울 정도로."

막능여의 말에 한은 인상을 찌푸렸다. 한은 검을 고쳐 잡으며 거리를 좁히는 것으로 대답을 대신했다.

"많이 조급해졌군. 무공이 인성마저 바꾼 것인가? 예전에 너는 이렇지 않았는데."

'예전의… 나?'

한의 미간이 좁혀졌다. 막능여는 검을 늘어뜨린 채 한을 바라보고 있었다. 검을 거둔 것은 아니었지만, 기습을 할 요량도 아닌 듯싶었다.

"어리석을 정도로 순박했지, 화낼 줄도 모르고 억울해할 줄도 모르는. 오죽했으면 너는 태어날 때부터 종이 될 운명으로 태어난 것이 아닐까란 생각을 했을 정도였으니까. 한데 우습게도 옛 동료들을 찾아 죽이는 이가 있다는 이야기를 들었을 때, 맨 처음 떠오른 얼굴이 바로 너였다. 혀가 뽑히는 고통 속에서도 그녀의 곁을 떠나지 않았을 만큼 너는 그녀에게 충실했지. 살귀라는 이름을 들었을 때, 나는 수긍할 수 있었다. 그녀의 원한을 짊어질 수 있는 건 오직 너뿐이란 생각이 들 정도로 너는 그녀의 충실한 종이었으니까. 물론 혹시나 하는 마음도 있었다. 그날, 다른 사람들은 몰랐지만, 나는 알고 있었다. 네가… 그곳에 있었다는 걸."

묵검 끝이 미세하게 꿈틀거렸다. 두 사람 사이에서 그날이라 불릴 수 있는 날은 오직 그때뿐이었다.

"여덟 명 중 가장 먼저 정신을 차린 사람이 바로 나였다. 다른 사람들을 깨우는 와중에 네 기척을 느낄 수 있었지. 병풍 뒤에 몸을 숨기고 있던 널."

그의 목소리는 작았지만 그에 못지않게 주변이 너무나 조용했다. 그의 자조는 운경자의 귀에도, 단사덕의 귀에도 들려왔다. 백사평에 있던 사람 모두가 그의 목소리를 들을 수 있었다.

"난 싸우려고 온 게 아니다. 물론 죽으려고 온 것도 아니다. 진실을… 그날의 진실을 말하고자 온 것이다. 세상도, 사문도… 심지어 너조차도 모르는 그날의 진실을."

'진… 실?'

기억이 났다. 뇌공량이 죽기 직전 남겼던 이야기. 하지만 그의 검을 거두기엔 너무나 허무맹랑했던 이야기. 막능여는 그것을 이야기하고 있었다.

"우린 예상치 못했던 환영을 받았다. 금옥기의 전서엔 분명 은밀히 찾아오라 하였건만, 급히 말을 타고 달려온 우리가 무안해할 만큼 큰 환대를 받았다. 술과 음식이 끝도 없이 날라져 들어왔다. 금옥기는 미안하다고 했다. 자신이 잘못 알고 있었다고. 그녀에겐 그것이 없다고. 기운이 탁 풀렸지. 하지만 그를 탓할 수는 없었다. 어차피 큰 기대를 하고 찾았던 것도 아니었으니까. 음식을 먹고 술을 마셨다. 그게… 우리가 저지른 잘못의 전부다. 음모 앞에서… 마음을 놓아버린 것이."

한과 막능여의 거리는 이 장. 세 걸음이면 목을 벨 수 있는 거리. 하지만 그 사이에 놓여진 진실의 벽이 한의 검을 막아서고 있었다.

'그래서… 너도 똑같은 소리를 지껄이려는 것이냐? 약에 취해 저지른 잘못이라고? 그래서 억울하다고?'

허무맹랑한 소리였다. 도저히 믿을 수가 없었다. 여덟 명이나 되는 사람이, 그것도 무당과 소림의 제자라는 자들이 약에 취해 여자를 겁간하고 서른 명이나 되는 사람을 도륙했다는 변명. 늘어줄 가치조차 없는 이야기였다. 하지만 한은 검을 들지 못했다. 어차피 구차한 변명. 유언이라 생각하고 들어주기로 했다.

"정신을 차린 우리는 공황 상태에 빠졌다. 장원은 시신들이 가득했다. 경이… 웃으며 우리를 맞이했던 그 아이는 겁간이 분명한 흔적을 남긴 채 죽어 있었다. 모든 것이 분명했고, 변명의 여지조차 없었지. 무고한 양민 서른과 사문이 보호하라 명한 이를 우리 손으로 무참히 짓밟은 셈이었다. 용서받을 방법이 없었다. 그래서… 죽으려고 했었다."

막능여의 목소리가 잠겼다. 한의 심장이 세차게 요동치고 있었지만, 막능여의 유언은 아직 끝나지 않았다.

　"그때 그가 말했지. 이대로 죽을 수는 없다고. 너무나 억울해 죽을 수가 없다고. 우린 그의 말에 공감했다. 우리가 의도했던 일이 아니었다. 우리는 그의 말을 따를 수밖에 없었다. 장원에 불을 질러 흔적을 지우고 후일을 도모하자던 그의 말을 따를 수밖에 없었다. 자신의 손으로 부모를 죽이고, 동료들의 손에 아내를 잃은 그의 말을 따를 수밖에 없었다."

　'금… 옥기. 이 모든 일을 주도한 이가 바로 그였단 말인가?'

　"그땐 그의 말이 옳다 생각했다. 진범을 찾아 우리 손으로 죄를 벗어야 한다는 그의 말이 옳다 생각했다. 세상의 추적을 피하기 위해선 천하로 흩어져야 하다는 말도 옳다고 생각했다. 그래서 그의 말을 따랐다. 시체들을 장원 안으로 몰아넣고 불을 질렀다. 구양경의 시신이 있던 전각에도 불을 질렀다. 네가 안에 있음을 알았지만… 어쩔 수 없었다."

　괜찮았다. 오히려 자신을 모른 척해준 것이 고마웠다. 구양경과 함께 불길 속에 남겨둬 준 것이 진심으로 고마웠다. 덕분에 반쯤 타버린 시신이나마… 그녀를 구해낼 수 있었으니까.

　"삼 년간 천하에 흩어져 살았다. 서로 연락조차 하지 않았다. 오 년 후. 정확히 오 년이 지난 후 다시 모이자고 약속했었다. 삼 년간 음지에서 백방으로 금가장의 진범을 수소문했다. 그런데 네가 나타난 거다. 구양경의 몸종이던 네가."

　'그래서? 무슨 말이 하고 싶은 거지?'

　한의 시선이 막능여에게 향했다. 길고 지루한 유언이었다. 그의 억울함은 느낄 수가 있었지만, 자신의 원한을 삭히기엔 턱없이 부족했다. 진범? 물론 그런 것이 있다면 잡아야겠지. 하지만 그것 역시 자신의 몫이다. 결코 구차하게 목숨을 부지한 원수의 변명이 될 수는 없었다.

　"이걸로 되었다. 내가 할 수 있는 건 이걸로 모두 끝났다."

그가 남긴 이야기는 한에게 전한 것이 아니었다. 자신을 뚫어져라 바라보고 있던 운경자의 표정이 변하는 것을 보았다. 그걸로 족했다. 자신의 억울함은 사문이 풀어줄 것이다.

막능여는 검을 고쳐 잡았다. 그리고 왼손을 들어 자신의 얼굴을 가리고 있던 귀면탈을 벗겨냈다.

"남은 것은 너와 나뿐. 복수를 원한다면… 피하지 않겠다."

달빛 아래로 드러난 막능여의 얼굴. 그 원수의 목 줄기로 참고 참았던 한의 묵검이 날아들었다.

'그랬었니? 그래서 그렇게…….'

예향의 두 주먹은 꼭 쥐어져 있었다.

'구양경, 참 예쁜 이름이구나.'

쥐어진 두 주먹 위로 눈물이 방울져 떨어졌다.

'많이 좋아했겠지. 네 원한이 싶은 것은 그만큼 애정이 깊었던 까닭이겠지.'

쥐어진 두 주먹에선 기운이 빠져나가고 있었지만, 눈물은 하염없이 떨어져 내리고 있었다.

'그 마음에 비집고 들어가려 했으니… 염치도 없는 년.'

고개를 든 예향의 눈은 웃고 있었다. 끝없이 눈물을 쏟아내고 있었지만, 그 두 눈은 밝게 웃고 있었다.

'네가 눈물 흘린 만큼의 대가를 원하는 거겠지? 그리고 네가 흘린 눈물이 모두 마를 쯤엔…….'

미소 짓던 예향은 결국 고개를 떨구고 말았다. 바라볼 수가 없었다. 더 이상 그를 보며 웃을 수가 없었다.

'그런 일이…….'

운경자는 눈을 감으며 연신 도호를 읊었다. 멸문한 구양세가와 금가장의 혈겁. 결국 무당과 소림은 그 치부의 굴레에서 자유로울 수가 없었다.

'음모가 있었다면 반드시 찾아내야 한다. 그들을 찾아내지 못하는 한, 소림과 무당의 액운은 걷히지 않는다.'

두 사람의 싸움을 지켜보던 운경자가 단사덕을 찾았다.

"개방은 언제부터 알고 있었던 겁니까?"

"…오래되었네."

"혹시… 구양문주가 살아 있습니까?"

"말해줄 수 없네."

구양문은 살아 있다. 구양세가는 멸문한 것이 아니었다. 작은 희망이 보였지만, 너무나 멀리 있었고, 너무나 작게 빛나고 있었다.

"정녕… 저 아이의 말처럼 음모가 있었던 것입니까?"

"모르네. 나도 평음에 와서 들은 이야기네."

"만약 저 아이의 말이 사실이라면 막아야 합니다."

"그럴 수 없네."

"정녕 이대로 무당과 척을 질 생각입니까? 소림도 이 사실을 안다면 앉아서 보고 있지만은 않을 것입니다. 이미 소림도 살귀의 배후에 개방이 있음을 의심하고 있습니다."

언젠가는 알게 될 것이라 짐작하고 있었지만, 빨라도 너무 빨리 들통난 셈이었다. 세상에 비밀이 없음을 누구보다도 잘 아는 단사덕이었다. 한의 복수가 끝나면 그들에게도 알릴 생각이었다. 하지만,

"저이를 막는다면 그 후엔 어쩔 작정인가?"

"음모의 배후를 찾아야지요. 제자들의 억울함을 풀어주어야지요."

"그럼 그 사실을 천하에 알릴 수가 있겠는가? 음모에 의해 구양세가가

멸문당했다는 것을. 비록 음모에 의한 것이긴 하지만 구양세가를 멸문시킨 이들이 무당과 소림의 제자들이라는 사실을."

운경자는 대답하지 못했다. 굳이 밝힐 필요는 없었다. 솔직히 말하면 가능한 오랫동안 숨기는 편이 나았다. 음모는 밝힌다. 하지만 그것은 어디까지나 구양세가가 멸문했다는 사실을 세상이 알게 되었을 때에 반박하기 위함이었다. 단사덕이 우려하던 것이 바로 그것이었다. 그들의 원한이 함구 속에 잊혀져 버리는 것.

"그럼 구양세가의 억울함은 어떻게 풀어줄 텐가?"

"그것은……."

차후의 일이라 말하고 싶었다. 일단 정의를 가리는 것이 급선무라 생각했다. 음모만 밝혀낸다면 무당과 소림이 짊어지고 있던 구양세가의 짐을 벗어던질 수 있다 생각했다. 물론 사죄와 보상이 뒤따라야 할 것이다. 하나 그조차도 음모를 밝혀낸 후에 논할 일이라 생각했다. 하지만 단사덕의 생각은 달랐다.

"아까 나에게 강호의 명분을 이야기했던가? 자네 말도 옳아. 자파의 반도를 어찌 남의 손에 맡길 수가 있겠는가. 그럼 저이가 가진 명분은 어찌 감당해 줄 것인가? 저이의 복수가 온당치 못하다 말할 수 있는가?"

"그건……."

"음모? 억울함? 그들의 억울함을 왜 저이가 짊어져야 하는가? 저들이 받은 고통 위에 어찌 그들의 고통마저 얹어주려고 하는가?"

운경자의 눈가가 부르르 떨려왔다. 화가 나고 분통이 터졌지만, 단사덕의 말에 반박할 수 없음이 가장 원통한 일이었다.

"피에는 피. 그것이 누구도 관여치 못하는 강호의 율법이네. 정히 무당과 소림이 나서겠다면, 그들의 원한도 함께 짊어지게. 물론… 그것이 얼마나 큰 대가를 치러야 하는 것인지 잘 알고 있으리라 믿네."

운경자는 대답하지 못했다.

왼손으로 허리춤을 꼭 붙들고 있었지만, 몸을 뒤틀 때마다 너덜거리며 움직임을 방해하고 있었다. 신형을 움직여 피할 수가 없으니, 막능여의 검이 향할 때마다 마주 검을 쳐내어 막을 수밖에 없었다.

'진퇴가 어려우니 기회를 잡기가 쉽지 않다. 내 검의 길이가 더 길다고는 하지만, 저자의 몸놀림이라면 충분히 내 검격을 빠져나갈 수 있다. 어깨만 다치지 않았어도……'

막능여의 검도 날카로웠지만, 한을 더욱 곤혹스럽게 만드는 것은 그의 신법이었다. 검기를 실어 일격을 날려볼 생각도 했지만, 막능여의 신법이라면 충분히 그 틈을 노릴 수도 있었다. 다행이라면 묵검의 길이가 길어 공세를 한발 앞서 차단할 수 있다는 것이었다.

'이런 잡기로는 상대하기 어려울 만큼 성장한 것이냐?'

막능여 역시 쉽게 선기를 잡지 못하고 있었다. 무인에게 균형은 무엇보다도 중요하다. 팔을 쓰지 못한다는 것은 생각보다 큰 제약이다. 특히나 빠르고 정교한 쾌검을 사용하는 자라면, 움직이는 와중에 허점이 드러나기 십상이었다. 한도 그것을 의식한 듯 검의 움직임을 더욱 크게 해 몸의 움직임을 대신하고 있었다. 반보만 움직이면 될 상황에서도 검을 크게 떨쳤고, 뛰어올라 피하면 될 공격도 허리를 숙여 맞이했다.

하지만 그러한 이점을 얻은 막능여임에도 승기를 잡기는 어려웠다. 검을 타고 전해지는 경력은 두려운 마음이 일 정도였고, 그런 무거운 검을 수숫대처럼 휘두르는 신력도 그의 접근을 허락하지 않았다.

쉬이익!

어느새 다가선 검이 한의 왼팔을 겨냥해 쏘아졌다. 몸을 비튼 한이 검을 휘둘렀지만, 막능여의 신형은 어느새 그의 검격을 벗어나 있었다. 몸이 온전했다면 그 뒤를 쫓아 몸을 날렸을 테지만 몸이 흔들릴 때마다 이어지는 왼팔의 고통은 한의 걸음을 떼지 못하게 만들고 있었다.

"크으!"

한의 얼굴이 고통으로 일그러졌지만, 막능여의 검은 집요하게도 이어지고 있었다. 이를 악문 한이 연달아 삼검을 쳐내며 막능여의 뒤를 쫓았다. 하지만 그의 신법을 따르기엔 역부족이었다.

공중제비를 넘은 막능여가 허공에서 물구나무를 서듯 땅으로 검을 뻗었다. 수직으로 내리 꽂힌 검이 활처럼 크게 구부러졌고, 막능여는 검끝을 튕겨 화살을 쏘듯 모래를 뿌렸다.

파파팟!

검끝에 튕겨진 모래가 한을 향해 뿌려졌다. 한은 날아오는 모래를 막기 위해 습관적으로 왼팔을 들었지만, 고통은 그의 팔을 놓아주질 않았다.

차라락!

한은 다급히 고개를 숙여 날아오는 모래를 피했다. 산발한 머리카락 사이로 모래알이 촘촘히 박혀들었다. 비겁한 수법이라 생각했지만, 욕만 내뱉고 있을 틈이 없었다. 한은 고개를 들기 무섭게 수중의 검을 쳐냈다.

'없다?!'

당연히 이어질 줄 알았던 공세가 없었다. 허공을 베어낸 검이 긴 궤적을 그리고 있었지만, 그 앞에 있어야 할 막능여의 신형이 보이질 않았다.

'뒤?!'

놀란 한이 다급히 몸을 돌렸지만 한발 늦고 말았다. 은밀히 다가온 막능여의 검이 자신의 등을 길게 베고 지나갔다.

찌이이익!

한은 다급히 뒤로 물러서며 검을 휘둘렀다. 하나 뒤이은 공세는 없었다. 막능여는 피 묻은 검을 늘어뜨린 채 한을 바라보고 있었다.

"이 정도였나? 고작 이 정도의 무공으로 복수를 운운했던 것이었나?"

'내가 정상이었다면…….'

"내가 비겁하다고 생각하겠지. 너는 상처를 입었고, 나는 멀쩡하니까. 그래서? 그래서 뭐가 어쨌다는 것이냐? 설마 너는 네가 언제나 온전한 상태로 싸울 수 있을 거라 생각했던 거냐? 설마 네가 상처 입고 지쳐 있는 이 좋은 기회를 내가 놓쳐 버릴 거라 생각했던 거냐?"

'뭐라고?'

한의 눈에 불길이 당겨지고 있었다. 막능여는 그런 한의 분노에 기름을 들이붓고 있었다.

"네가 나의 목숨을 원하는 것처럼, 나도 너의 목숨을 원한다. 복수? 원한? 나에게 죗값을 받아내고 싶다면 나를 쓰러뜨려라. 잊지 마라. 네가 빚을 받아내야 할 상대는 허수아비가 아니다."

막능여는 자신의 발 앞으로 검을 크게 떨쳐 냈다.

"복수를 하고 싶다면… 살아남아라."

말이 끝남과 동시에 막능여의 신형이 허공으로 날아올랐다. 검에 맺힌 새파란 기운이 교교한 월광과 어우러지며 밝게 빛나고 있었다.

'살아남으라고?'

허공에서 떨어져 내리는 빛무리를 바라보며 한은 이를 악물었다. 한의 묵검이 그의 마음에 동조하며 은은한 검명을 울리고 있었다.

'복수가 끝나기 전까진… 결코.'

한의 눈에서 살광이 터져 나왔다. 이전과는 비교할 수조차 없는 한기가 막능여의 전신을 휘감았다. 막능여는 그의 분노를 전신으로 느끼며 빛무리 속에서 미소 지었다.

‘이걸로… 되었다.’

막능여가 눈을 감던 그 순간, 이를 악문 한이 전력을 다해 검을 휘둘렀다. 묵검에서 뿜어진 어두운 기운이 밝은 빛무리를 역류하며 솟아올랐다. 두 개의 운명이 맞부딪치고 있었지만, 하늘이 허락한 것은 오직 하나뿐이었다.

第四十三章

주화입마(走火入魔)

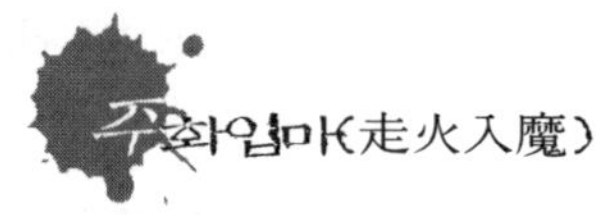

검신을 타 내린 핏방울이 마주선 두 사람 사이로 점점이 떨어져 내리고 있었다. 두 자루의 검은 서로를 향해 엇갈려 있었다. 한 자루는 목적했던 가슴을 쪼개어냈지만, 다른 한 자루는 심장에서 한 뼘이나 비켜서며 겨드랑이 사이를 빠져나가 있었다. 검을 쥔 자는 둘이었으나, 승자로 허락된 이는 단 한 사람뿐이었다. 하지만 결과에 승복하지 못한 것은 죽음을 목전에 두고 있던 막능여가 아니었다.

'왜?'

한은 묻지 않을 수 없었다. 왜 마지막 순간에 검을 비틀었는지. 어째서 검에 실렸던 내력을 거두었는지. 그의 시선을 느꼈는지 막능여가 고개를 들었다. 이를 악문 막능여의 입에선 핏물이 흘러내리고 있었다.

"이제… 된 거지? 이걸로… 쿨럭!"

억지로 미소를 지으려던 막능여가 거칠게 기침을 했다. 몸이 흔들린 탓에 갈라진 가슴에서 피가 울컥 뿜어졌지만, 막능여는 고통을 참으며 가쁜 숨을 내쉬고 있었다.

"그런 눈으로… 보지 마라. 어차피… 죽는 건 나였어."

그의 말이 옳았다. 이 싸움에서 죽는 것은 분명 막능여였다. 하지만 한 역시 무탈하게 그를 제압했으리라 장담할 순 없었다. 만약 그가 내력을 거두지 않고 그대로 검을 휘둘렀다면, 최악의 경우 양패구상(兩敗俱傷)했을 지도 모른다.

'왜? …도대체 왜?'

마음 한편에선 원수에게 빚을 졌다는 생각에 불같이 화가 치밀어 올랐다. 하지만 마음의 다른 한편에선 알 수 없는 불안함이 일며 분노를 잠식해 가고 있었다. 그리고 그 불안함의 실체가 막능여의 입을 통해 모습을 드러내고 있었다.

"…어쩔 수 없었어… 이미 삼 년 전에… 이렇게 되었어야 할 일… 후회는… 삼 년으로… 족해……."

'후… 회?'

"괴로웠다… 우리가 저지른… 모든 것이 꿈이었길… 자고 나면… 아무 일도 없었던 것처럼… 그렇게 되길 빌었다… 매일… 삼 년 동안……."

'나 역시 같은 소원을 빌었다. 이 모든 것이… 꿈이길.'

이해할 수 있었다. 막능여의 말이 거짓이 아님도 느낄 수 있었다. 그리고 한은 자신이 원수의 마음을 이해하고 있다는 사실에 놀라고 말았다.

"언젠가… 이런 날이… 올 거라 생각… 했어… 어떻게든… 풀어야 할 인연… 여기에 와서… 널 보고 나서야… 깨달았다… 내가… 아직… 죗값을 치르지… 않았다는 걸……."

'그래… 너는 죗값을 치른 거야. 그것뿐이야.'

한은 애써 그의 말에 동조하고 있었다. 빚을 졌다는 생각을 잊기 위해, 원수에게 일검의 양보를 받은 기억을 지우기 위해. 하지만 생각하면 할수록 마음속의 요동은 더욱 거세어질 뿐이었다. 세상 모두를 속일 수는 있었지만, 자기 자신 만은 속일 수가 없었다.

"그래도… 이것만은… 알아다오… 우리가 원해서… 지은 죄가… 아니었다는 걸… 우리 역시… 누군가의 빚을… 남겨두고… 떠나는 것이라는 걸……."

'뭐… 라고?'

"…절대… 죽지 마라… 너는… 죽어선 안 돼… 이 굴레가 끝날 때까진… 절대로……."

'죽지… 말라고?'

"…잊지… 마라… 우리가… 이 굴레의 끝이… 결코… 아님을……."

'그게… 무슨 뜻인가?'

"…나 역시… 우리 역시… 너의 복수가… 끝나길… 바라고 있음을… 부탁… 한다……."

'그게… 무슨?'

막능여의 눈에서 생기가 빠져나가고 있었다. 죽음을 목전에 둔 그였지만, 그의 마지막을 붙들고 있던 건 미련이 아니었다.

"…죽는다는 거… 생각보다… 편하군… 이럴 줄 알았으면… 삼 년 전에……."

'아니야… 넌 이렇게 죽어선 안 돼! 죽음의 고통 속에서 몸부림 쳐야만 해! 난 너에게 평온함을 허락하지 않았어!'

"…미안하다… 그녀를… 빼앗아서……."

'…아니야…….'

부릅뜬 두 눈이 원수의 마지막을 바라보고 있었다. 억세게 다물려진 한의 이 사이에선 핏물이 배어 나오고 있었다. 엇갈리고 있었다. 슬픔과 원한과 복수. 그를 혈로로 이끌었던 것들이, 그의 원한을 지탱하던 그것들이 조금씩 자리를 이탈해 가고 있었다. 원수가 자신의 죽음으로 남기고 간 것은…

"…가서… 사죄할게… 이젠… 보내줘……."

'이건 아니야… 이건 아니라고!'

막능여의 입에서 마지막 숨이 내쉬어지고 있었다. 영혼이 빠져나가며 그의 얼굴에 미소를 그려놓았다. 검을 타고 전해지던 심장의 박동도 느껴지지 않았다. 막능여는 죽었다. 평온한 미소를 지은 채. 그의 미소를 바라보던 한의 눈에서 무언가가 반짝였다.

"으아아아!!"

두 눈을 질끈 감은 한이 거친 포효와 함께 검을 뽑아냈다. 검이 빠지자 지탱할 곳 잃은 막능여의 시신이 혈우(血雨)를 뿌리며 쓰러졌다. 붉고 뜨거운 피가 한의 머리 위로 내려앉았다.

'으으… 난… 난…….'

욕지기가 치밀어 올랐다. 뱃속부터 들끓어오르는 역한 감정에 전신의 진기가 폭발할 듯 날뛰기 시작했다.

'…난… 잘못하지 않았어.'

'…옳지도 않았지.'

머릿속에서 울리는 두 개의 목소리가 한의 정신을 옥죄고 있었다. 머리를 적신 막능여의 피가 이마를 타고 내려와 한의 눈가에 맺혔다.

'…죽여야 했어… 그럴 수밖에 없었어.'

'그건 그 역시 마찬가지. 하지만 그는 그러지 않았지.'

눈가에 맺혔던 핏물이 눈물이 되어 한의 뺨을 타고 내렸다. 한의 손을 벗어난 묵검이 생기 잃은 시체처럼 모래 바닥을 굴렀다.

‘그녀는… 저들의 손에 죽었어.’

‘하지만 저들이 원한 것은 아니었지. 너는 네가 정한 사명을 완수해 기쁠지 모르지만 그녀는 너의 어리석음을 기뻐해 주지 않을 거야.’

‘…그 사람도 그랬어… 나에겐… 죄가 없다고.’

‘그리고 이렇게 말했지. 너에게 죄가 없듯, 저들에게도 죄가 없다고. 크크, 아니, 그 반대로 말했던가?’

한은 황옥산의 기억을 꺼내어 또 다른 자신에게 들이밀었다. 하나 또 하나의 자신은 조소를 날리며 허물어져 가던 마음을 더욱 잔인하게 후벼 파고 있었다. 그 고통에 눈 뜬 한의 눈동자가 초점을 잃어가고 있었다.

‘난… 그녀의 복수를 해야 해.’

‘복수? 어리석은 자야. 넌 너 자신에게까지 거짓을 지껄일 테냐? 넌 그녀의 복수를 해온 것이 아니야. 그녀가 사라진 빈자리를 그들의 피로 채워왔을 뿐이지. 넘봐선 안 될 주인의 속살을 탐하듯이 게걸스럽 게……. 크크크.’

몸에서 기력이 빠져나가고 있었지만, 한의 의식은 날뛰는 진기를 붙잡지 못했다. 두 개의 단전이 소용돌이치며 전신세맥으로 막대한 진기를 흘려보내고 있었지만, 그 파탄을 막아야 할 한의 정신은 이미 방향을 잃어버린 지 오래였다.

‘…그녀가… 바라는…….’

‘너의 탐욕을 원한 속에 감추려 하지 마라. 넌 이미 알고 있었어. 저들이 원한의 끝이 아님을. 하지만 외면해 버렸지. 왜 그랬을까?’

‘…그녀는…….’

‘네 분노가 탐욕이 아니라면 증명해라. 그들을 죽여 네가 얻은 것이 무엇인지, 그녀가 얻은 것이 무엇인지.’

반박해야 했다. 그렇지 않다고 소리를 질렀어야 했다. 하지만 고통 속에 내팽개쳐진 그의 정신은 변명조차 하지 못했다. 어지러웠다. 사고가 뒤엉키고, 기억이 단절되고 있었다. 날뛰던 진기가 개방된 세맥을 타고 그의 전신을 뒤틀고 있었다. 균형을 잃어버린 그의 신형이 바닥으로 처박히고 있었다.

'난……'

고꾸라지던 몸을 받치는 손길이 있었지만, 한은 그 손길조차 느끼지 못했다. 마치 허공을 부유하는 듯한 묘한 느낌. 하나 그의 정신이 백지가 되어가는 것과는 반대로, 그의 육체는 격렬한 경련과 함께 붕괴되어 가고 있었다. 주화입마(走火入魔)였다.

*   *   *

"다 끝났군."

팔짱을 끼고 백사평을 내려다보던 용호가 옅게 미소를 지었다. 우려한 것과는 달리 운경자도 귀면탈의 사내도 한의 싸움을 막지 않았다. 변수는 대세를 거스르지 못했다.

"무창살귀의 강호행은 이것으로 종지부를 찍게 되었군."

"이곳에 계셨군요."

"음? 자네가 여긴 어쩐 일인가?"

용호는 뜻밖의 목소리에 고개를 돌렸다. 어둠 속에서 백의인과 함께 나타난 사내가 고개를 조아리며 말했다.

"어르신의 심려가 이만저만이 아니십니다."

"다 끝났네."

"그렇습니까?"

사내의 얼굴이 활짝 피었다. 용호는 그런 사내의 반응에 흡족해하며 백사평으로 시선을 돌렸다.

"이제 마지막 수순만 밟으면 돼."

"저는 아직도 대인의 계획을 이해할 수가 없습니다."

"음?"

사내의 말에 용호가 고개를 돌렸다. 사내의 시선은 백사평 위의 살귀를 바라보고 있었다.

"저자 말입니다. 굳이 살려두어 후환을 남길 필요가……."

"재미있지 않나?"

"예?"

사내의 반문에 용호는 미소를 지었다. 사내를 조롱하는 것도 같았고, 순수하게 즐거워하는 것도 같았다. 어떤 이유에서든 그는 진심으로 흡족해하고 있었다.

"아니야. 두고 보면 알 걸세. 살귀가 사라지며 남긴 풍파가 얼마나 거친 것인지."

용호는 사내의 찡그린 표정에도 아랑곳하지 않고 모든 계획을 머릿속으로 그려보고 있었다. 그때 함께 온 백의인이 입을 열었다.

"그들이 오고 있답니다."

"알았네. 그럼 마무리를 부탁하네."

"예."

용호는 사내와 함께 어둠 속으로 사라졌다. 백의인은 그들이 모습이 떠날 때까지 자리를 지켰다. 그들의 모습이 완전히 사라질 때쯤, 백사평 위에서 처절한 짐승의 포효가 들려왔다. 하지만 용호는 그 울음소리를 듣지 못했다. 그리고 그것이야말로 그에게 있어 가장 큰 변수였음은 끝내 알지 못했다.

＊　　　＊　　　＊

'왜 막지 않으셨습니까?'

조광호의 시선엔 원망스러움이 가득했다. 믿었던 운경자마저도 끝내 반도의 죽음을 방관했다. 지난 삼 년의 시간이 허무하게만 느껴졌고, 표정을 보아하니 다른 사람들의 감정도 그와 별반 다르지 않은 듯했다.

"이걸로 무당의 추적은 끝난 셈이군."

청옥의 말이 옳았다. 무당의 네 반도 모두 살귀의 손에 처단되었다. 함께 자리해 있던 무당파의 장로조차 살귀의 행동을 제지하지 않았다. 이것으로 무당파의 의중은 분명해졌다.

'그렇다면 소림은?'

무당파가 구양세가의 원한을 인정한 이상, 소림 역시 그들과 달리 행동하기가 어려울 것이다. 반도의 추적은 흐지부지 끝나게 될 공산이 컸다. 그때 낯선 괴성이 들려왔다.

"으아아아!"

갑작스레 들려온 울부짖음에 사람들의 시선이 백사평으로 향했다. 그곳엔 검마저 내팽개친 살귀가 미친 듯이 괴성을 질러대고 있었다. 그를 향해 다급히 몸을 날리는 운경 진인과 귀면괴인의 모습도 보였다. 괴성을 지르던 살귀는 이내 잠잠해졌다. 하지만 그것이 끝이 아니었다. 삼십여 장이나 떨어져 있던 조광호의 눈에도 보일 만큼 살귀는 격렬히 경련하고 있었다.

'무슨 일이지?'

조광호는 호기심과 우려가 섞인 눈빛으로 백사평을 바라보고 있었다. 귀면괴인이 고꾸라지던 살귀를 받아 안았다. 마음 같아서는 당장 달려가 어찌 된 영문인지 알아보고 싶었지만, 멀리서 들려오던 말발굽 소리가 그런 호기심에 찬물을 끼얹고 있었다.

"어서 가부좌를!"

다급한 외침과 함께 운경자가 한의 명문혈에 장심을 가져가 진기를 불어넣었다. 그를 바로 세운 단사덕은 운경자와 공조하며 한의 단전에 손을 얹었다.

"갑자기 주화입마라니… 이게 어떻게 된 일이란 말인가?"

단사덕과 운경자가 날뛰는 진기를 잡기 위해 기력을 다하고 있었다. 이미 단전은 물론이고 세맥까지 열려 버린 상태. 이대로 두었다간 폭주하는 진기가 역류해 단전과 전신요혈을 파괴해 버릴지도 몰랐다. 단사덕은 다급히 한의 단전을 진정시켰고, 운경자 역시 입을 굳게 다문 채 폭주하던 한의 기운을 유도하고 있었다.

'놀랍구나! 고작 서른도 안 되어 보이는 이의 내력이 나와 대등한 지경까지 올라서 있단 말인가?'

운경자와 단사덕의 뇌리에 동시에 떠오른 생각이었다. 게다가,

'어찌 단전의 흐름이 두 갈래란 말인가? 이 사람은 단전이 두 개라도 된다는 말인가?'

놀라움을 넘어 경악할 만한 일이었다. 인간의 단전은 하나다. 간혹 도가 계열의 문파들 중 단전을 상중하로 나누어 부르는 곳도 있기는 했다. 하나 그것 역시 어디까지나 주천의 흐름은 벗어나지 못한다. 한데 한의 몸에 흐르는 진기의 흐름은 뚜렷한 구분을 가지고 있었다. 참으로 기사(奇事)라 하지 않을 수 없었다.

하나 놀라워만 하고 있을 여유가 없었다. 진기를 유도해 주화입마를 벗어나게 하려면 피시술자보다 갑절은 고강한 내력을 지녀야 했다. 한데 한의 내력이 그들과 비등한 지경이었으니, 그들로서는 한을 구하기 위해

내력의 바닥까지 긁어내야 할 참이었다.

　그들이 무엇을 하는지 짐작한 가패는, 혹여 방해가 될까 입을 굳게 다물고 있었다. 하지만 한을 바라보던 예향은 발을 동동 구르며 안절부절 못하고 있었다.

　"어떻게 해……."

　눈물까지 글썽이는 모습이 안타까웠지만, 지금 그들의 운기행공을 방해해선 곤란했다. 가패가 예향을 진정시키기 위해 한걸음 다가서고 있었다. 그때 관도가 이어져 있던 어둠 너머에서 흐릿한 말발굽 소리가 들려오기 시작했다. 가패의 고개가 소리를 따라 움직였다.

　"저건 뭐야?"

　예향의 물음에도 가패는 대답해 줄 수가 없었다. 별빛처럼 반짝이던 불빛이 어둠 속에서 하나둘 늘어나고 있었다. 그 불빛은 금시 수백으로 불어났다. 하지만 어둠이 너무나 깊었기에 그 불빛들이 삼십여 장 정도 떨어진 둔턱에 다다랐을 때쯤에야 가패는 그 불빛들의 정체를 확인할 수 있었다.

　"젠장, 관군이다."

　가패의 목소리는 작았지만, 한의 상세를 살피느라 여념이 없던 운경자와 단사덕의 이목을 잡아끌기엔 그것으로도 충분했다.

　군마만 이십여 기에 이르고 그 뒤를 따르는 장병만 수백이 넘었다. 관도를 따라 달려온 관군들은 잠시도 지체하지 않고 백사평으로 들어서고 있었다.

　"무창살귀를 찾아라. 그리고 함께한 자들 역시 모두 포박하라!"

　선두의 군관이 목청을 높였다. 명령이 하달되자 군마들의 좌우로 병사들이 내달리기 시작했다. 어림잡아도 이백은 넘을 듯싶었다. 물론 너른 백사평을 가득 메우기엔 부족했지만, 고작 다섯 사람을 포위하기엔 차고 넘쳤다. 관군들이 달려들고 있었지만 단사덕과 운경자는 자리를 박차지 못하고 있었다. 만약 지금 진기를 거두어 버린다면, 한은 폭주하는 내력으로 생명을 잃게 될 것이다. 하나 가패와 예향이 이백이 넘는 관군을 막아내는 기적을 바랄 수도 없었다. 그때 관군의 앞으로 십여 명의 그림자가 날아들고 있었다.

"웬 놈들이냐?!"

마상의 무관이 일갈했지만, 날아든 괴인들은 아무런 대꾸도 하지 않고 관군들의 앞을 막아서 있었다. 수백 자루의 창검 앞에 홀연히 모습을 드러낸 그들은 소림과 무당의 추적대였다. 그들의 눈빛은 이백의 관군을 앞에 두고도 초연했다. 물론 관군들 중에 그것을 알아볼 이는 없었다.

"얼굴에 복면을 한 것을 보니 행실이 떳떳치 못한 자들이 분명하고, 도당을 이루어 관군의 앞을 가로막은 것을 보니 국법을 따르지 않는 자들이 분명하다. 저들도 무창살귀와 함께 포박해라!"

무관의 외침과 함께 장창을 든 병사들이 대열을 이루며 포위망을 좁혀 들기 시작했다. 관군이 한 걸음 내딛자 소림과 무당의 제자들 역시 한 발 물러서며 그들의 앞을 막아섰다.

"우리는 강호에 적을 두고 있는 사람들이오. 이곳에서 일어난 일은 엄연한 강호의 일. 비록 인명의 피해가 있었지만, 시시비비가 분명하였고 그 죽음이 억울치 않다는 것을 증명할 이도 부지기수요! 어찌 일의 전후도 알려 하지 않고 창검부터 앞세우는 것이오?!"

물러서던 임옥룡이 마상의 군관을 향해 소리쳤다. 하지만 마상의 군관은 임옥룡의 외침에 도리어 준엄한 표정을 지으며 호통을 쳤다.

"강호라 하는 곳은 그 실체가 불분명하니 그대들의 이야기는 신빙성이 없다! 더욱이 그대가 말하는 강호라 하는 곳도 천하의 일부. 대명 천하는 황제 폐하께서 정하신 대명률로 다스려지는 곳이니, 제아무리 강호의 인물이라 하여도 그 준엄한 심판에서 자유로울 수 없다! 무창살귀라 불리는 죄인은 삼 년 전 복건에서 무고한 양민 서른셋을 살해하였다! 그후 삼 년간 은둔하였으나 올해 초 다시 모습을 드러내 강소와 호광, 남경에 이어 이곳 산동까지 이르는 와중에서 또다시 수백의 인명을 살상하였다! 게다가 그 피해자 중엔 조정의 고위 관리까지 포함되어 있으니, 그대는 강호의 시비라 함부로 고할 수 없을 것이다!"

변명의 여지가 없었다. 누군가의 모함도 아니었고, 없는 일을 지어낸 것도 아니었다. 분명 살귀가 걸어온 길이 그러했다. 하지만 그렇다고 해도 물러설 수는 없었다.

"저들을 제압할 수 있을까?"

"네가 말하는 제압이라는 게 우리 열여덟 명으로 저 수백을 무릎 꿇리는 것을 말하는 거겠지?"

"어. 가능하면 다치는 사람 없이."

"…미친 놈."

말도 안 되는 주문이었지만, 지금 당장은 도리가 없었다. 싸움이 불가피 하다 해서 관군을 상하게 할 수는 없는 노릇이었다.

"달아나려면 저 관군들을 모두 쓰러뜨리던가… 황하를 넘던가 둘 중하나군."

"난 황하를 택하겠어. 적어도 황하를 헤엄쳤다고 역적이라 부르진 않을 거 아냐."

조광호의 농담에 청옥이 마주 대꾸했다. 그들의 농을 엿듣기라도 한 듯 마상 위의 무관이 인상을 구기며 소리쳤다.

"무엇들 하는 게냐?! 어서 죄인을 포박하도록 해라! 막아서는 자는… 참살하라!"

　무관의 명이 떨어지자 관군들의 창검이 소림과 무당제자들의 심장을 향해 모로 뉘어졌다. 짧다고는 하나 그래도 검보다는 한참 긴 창이었고, 열여덟 자루의 검으로 막기엔 그 수가 너무 많았다. 소림과 무당의 제자들로서도 태만할 수가 없었다.

　"막아라!"

　첫 격돌은 무당파 제자들에게서 비롯되었다. 뒤에 있는 이는 무당의 장로였으니 어찌 보면 당연한 일이었다. 검집에서 뽑히지 않은 검이 선두에 있던 이의 창을 쳐냈다. 몇 자루의 장창이 허공으로 들리자 무당파의 제자들은 그 사이로 달려들며 검을 휘둘렀다.

　퍽! 퍽!

　"크윽!"

　"아악!"

　검이 스친 자리로 관군들이 쓰러지고 있었다. 무당파 제자들은 미리 연습이라도 한 듯 관군들의 종아리와 무릎 뼈를 쳐내고 있었다. 아무리 검집으로 휘두른다지만, 상대는 무당파의 제자들이었다. 내공 한 푼 없는 관군들의 다리는 내려쳐진 검에 맞아 힘없이 꺾이거나 부러지고 있었다.

　"산개하여 제압하라!"

　무관의 명에 장창수들이 썰물처럼 빠져나갔고, 그 뒤에 대기하고 있던 병사들이 장창 사이로 달려나오며 도를 휘두르기 시작했다. 수십 개의 도광이 번뜩이고 있었지만 십여 개에 불과한 그림자를 잡아내지 못하고 있었다. 소림과 무당이라는 이름에 걸맞게 그들은 병사들 틈을 종횡무진 휘젓고 다니고 있었다. 하지만 상대는 다수였고, 그들은 소수였다. 쓰러지던 관군들은 빙산의 일각. 열여덟 명으로 이백을 상대하는 건 처음부터 불가능한 일이었다.

쉬익!

"크윽!"

무당의 제자 하나가 등 뒤로 날아든 도를 피하지 못하고 어깨를 베이고 말았다. 다행히 그 뒤로 날아든 소림의 제자 덕에 목숨은 구할 수 있었지만, 피를 보기 시작한 병사들은 더욱 난폭하게 그들을 몰아쳐 오고 있었다.

"버텨봐야 일각이다. 그 이상은⋯⋯."

조광호의 검이 한 병사의 목덜미를 후려쳤다. 하지만 그 병사가 고꾸라진 자리로 다시 두 명의 병사가 도를 휘두르며 달려들고 있었다. 검을 휘두르는 모습에 아직은 여유가 있어 보였지만, 언제까지 관군의 비무 상대가 되어줄 수는 없었다.

"휴우⋯⋯."

운경자가 긴 숨을 내쉬며 한의 등에서 손을 떼었다. 그가 손을 뗌과 거의 동시에 단사덕 역시 한에서 한 발 물러서며 주저앉았다.

"정말⋯ 큰일날 뻔했군."

전음을 할 기력도 남지 않았는지, 숨을 몰아쉬던 단사덕이 고개를 저으며 말했다. 그들이 물러섰음에도 한은 가부좌를 튼 자세 그대로 꼿꼿이 앉아 있었다.

"괜찮은 거예요? 이제 괜찮은 거예요?"

예향이 한의 등 뒤로 주저앉으며 누군가에게 물었다. 하나 운경자는 고개를 끄덕였고 단사덕은 고개를 저었다.

"진기는 제자리를 찾았소. 큰 충격만 가해지지 않는다면, 별일없을 거요."

"하지만 정신을 차리지 못하고 있어. 분명 호흡도 고르고 내부도 진

정되었는데… 지금 저 사람의 상태는 몸이 스스로 반응하는 것뿐이
야."

　기력은 순순히 운행되고 있었지만, 그것은 의지가 아닌 본능에 가까운
것이었다. 마치 깊은 잠에 빠져든 것과 같이, 숨은 쉬는데 정신은 놓아버
린 그런 상태였다. 고비를 넘겼으니 다행이랄 수도 있었지만, 그들의 주
위로 들려오던 소음은 짧은 휴식도 허락해 주지 않고 있었다.

　"관군이 이곳을 어찌 알고 찾아왔단 말인가? 도대체 어떤 자가 밀고
를……."

　"밀고가 아닙니다. 이들은 명을 받고 출동한 것입니다."

　운경자의 말에 가패가 관군들을 노려보며 말했다.

　"평음은 작은 고을. 현령의 휘하에 저 정도의 병력이 있을 리 없습니
다. 게다가 저들의 병기는 오군도독부 예하 위소(衛所)1)의 군수가 아닙
니다. 창대의 길이도 짧고, 창두(槍頭) 역시 그렇습니다. 오군도독부에서
는 저런 모양의 창을 사용하지 않습니다. 저렇게 짧은 창을 사용하는 곳
은 형부(刑部)2)뿐입니다."

　"제형안찰사사(提刑按察司使)3)?"

　운경자의 물음에 가패가 고개를 끄덕였다. 수적질을 하며 관군과 부딪
친 적이 한두 번이 아니었다. 그들이 들고 있는 병기만 봐도 소속과 계급
까지 줄줄이 꿸 수 있는 가패였다. 이들은 분명 제형안찰사 휘하의 관속
들이었다. 가장 가까운 제형안찰사사는 평음과 수백 리나 떨어져 있던
제남에 있었으니, 단순한 밀고로 저 정도 인원이 수백 리 길을, 그것도

註釋

1) 위소(衛所):명나라의 군사편성단위. 최소 단위는 100호소(百戶所), 1위의 총인원수는
　　5,600명이었다.

2) 형부(刑部):법률 사송(詞訟) 형옥(刑獄) 노예에 관한 일을 맡아본 중앙 관청.

3) 제형안찰사사(提刑按察司使):각 성의 형, 옥을 총괄하던 사법기관.

야심한 새벽에 움직였다고는 생각할 수 없었다. 분명 그들을 움직인 누군가가 있었다.

'도대체 누가 이들을 움직였단 말인가?'

의문이 들었지만 해결할 시간은 없었다. 자리에서 일어선 단사덕은 관군과 맞서고 있던 사내들을 바라보고 있었다.

"저 아이들을 그대로 둘 참인가? 피를 보기 시작한다면 저들도 검을 뽑을 수밖에 없네."

가패의 시선이 단사덕에게 향했다. 관군을 막아선 이들의 정체도 궁금했지만, 그보단 한을 돕기 위해 나타난 귀면괴인의 정체가 몇 배는 더 호기심을 자극했다.

'한을 돕는 이 사람. 도대체 무당파 장로에게 하대를 할 수 있는 이 사람의 정체는 무엇인가?'

가패의 시선이 단사덕에게 향해 있었지만, 걱정이 태산인 두 사람은 그것을 눈치채지 못했다.

"일단 이 사람을 피신시킨 연후에 저 아이들을 물려야지요."

"난감하군."

앞에는 수백의 관군이 막아서 있었고, 뒤에는 수백 길의 황하가 버티고 있었다. 외침은 점점 더 가까워지고 있었다. 애초에 열여덟 명의 인원으로 이백이 넘는 관군을 상대한다는 것 자체가 불가능한 일이었다. 물론 자신들이 가세한다 하여도 결과는 마찬가지. 더군다나 지금의 두 사람은 경신조차 어려울 만큼 기력이 빠져 버린 상태였다.

"강을 건널 순 없을까? 당신 물질 잘하잖아?"

보다 못한 예향이 한마디 거들고 나섰다. 하지만 가패는 예향의 간절한 눈빛을 외면할 수밖에 없었다.

"자살 행위야. 아무리 나라도… 둘은 못 데리고 가."

하나라면 가능하다. 명색이 동정수로채의 흑룡왕이라 불렸던 가패다. 쉽다곤 할 수 없지만 불가능한 일도 아니었다. 하지만 아무리 물질을 잘한다 하더라도 한 사람 이상은 어려웠다. 하지만 예향에게는 그것만으로도 충분했다.

"하나는… 된다 이거지?"

예향의 말에 가패가 미간을 찌푸리며 말했다.

"쓸데없는 생각……."

가패는 말을 끝내지 못했다. 어느새 자리에서 일어선 예향이 두어 걸음이나 물러서 있었다.

"한을… 부탁해."

"우와아아!!"

예향의 마지막 목소리와 관군들의 함성이 뒤섞이고 있었다. 소림과 무당의 제자들은 결국 관군을 막아내지 못했다. 그들은 성난 파도처럼 밀려드는 관군들 속에서 허우적대고 있었다. 운경자와 단사덕이 자리에서 일어서며 한의 앞을 가로막았고, 그들의 등 뒤로 예향의 모습이 멀어지고 있었다.

"이런 젠장!!"

가패의 인상이 와락 구겨졌다. 이미 관군은 코앞까지 들이닥친 상태였고, 예향의 모습은 이미 어둠 속으로 사라져 버렸다. 가패가 다급히 한을 들쳐 업으며 자리에서 일어섰다. 그때 가패의 귓가로 낯선 여인의 전음이 들려왔다.

"그를 구하고 싶다면… 강가로 오세요."

첨벙!

예향은 검게 물든 황하의 강물로 뛰어들고 있었다. 홀로 살아남기

위한 발악이 아니었다. 오로지 한 사람을 살리기 위한 애틋한 몸부림
이었다.

'내 탓이야. 네가 그리 된 것 모두가 내 욕심 탓이야.'

태호에서 헤어졌어야 했다. 아니, 안휘에서 각자의 길을 갔어야 했다.
애초에 그의 뒤를 따르지 말았어야 했다. 그가 가는 길이 얼마나 험한 길
인지 알면서도 고집을 부리며 바짓가랑이를 붙잡았다. 만약 자신이 없었
다면 이 지경까지 오진 않았을 게다. 인질이 되어 그를 죽음의 끝자락까
지 이끌었고, 겨우 빠져나온 수렁의 입구를 자신이 막아서고 있는 꼴이
었다. 더 이상 짐이 될 수는 없었다.

'바보짓은 한 번이면 족해. 내가 없으면… 넌 살 수 있어.'

예향의 입가에 미소가 그려지고 있었다. 죽음이 두렵지 않은 것은 아
니었다. 하지만 자신의 죽음보다 그의 죽음을 보게 되는 것이 더욱 두려
웠다.

'이게 마지막은 아닐 거야. 언젠가는 꼭 다시 만나겠지. 여기가 아니
라면… 다른 곳에서라도……'

강물의 흐름에 다리가 휘청거렸다. 이미 물은 턱밑까지 차올라 바닥을
딛는 것조차 힘들었다.

'기다릴게……'

그것으로 족했다. 여한도 없었고, 후회도 없었다. 그를 살릴 수 있었
다는 것. 그 하나로 족했다.

'…미안해… 사랑해……'

두 눈을 질끈 감은 예향의 두 발이 강바닥을 찼다. 강물 위로 잠시 떠
오른 그녀의 모습이 달빛에 부서지며 아름답게 빛났다. 그녀가 흘린 눈
물이 작은 반짝임을 끝으로 강물 속으로 사라졌다.

"안 돼!!"

한을 업고 달려온 가패가 힘껏 소리를 질렀다. 예향을 삼킨 황하는 그의 외침에도 시치미를 떼고 있었다. 이를 악다문 가패의 귓가로 또다시 여인의 전음이 들려왔다.

"빨리! 이쪽으로!"

가패가 전음이 들려온 방향으로 고개를 돌렸다. 그러자 어둠 속에 떠 있던 소선 한 척이 눈에 들어왔다. 가패는 이것저것 따질 겨를이 없었다. 한의 목을 감아쥔 가패가 재빨리 소선으로 헤엄치기 시작했다.

"어서 그를."

소선에는 검은 면사로 얼굴을 가린 여인과 복면을 한 백의인이 타고 있었다. 가패가 소선에 닿자 백의인이 가패의 품에서 한을 끌어올리려 했다. 하지만 가패가 한을 뒤로 빼며 다급히 말했다.

"당신들은… 누구요?!"

가패도 다급했지만 소선 위의 여인노 급하기는 마찬가시었다.

"그런 것 따질 겨를이 없을 텐데요? 관군에게 발각되면 모든 게 허사입니다. 이 사람도… 강물로 뛰어든 여인도…….."

여인의 말에 가패의 인상이 또 한 번 구겨졌다. 한도 급했지만 예향을 구하는 것이 더욱 급했다. 강물에 휩쓸렸으니 벌써 수십 장은 떠내려갔을 것이다. 머릿속이 혼란스러웠지만, 서둘러 결정을 내려야 했다.

"젠장, 어디로 가는지만이라도…….."

"만나야 한다면 이 사람이 먼저 찾아갈 겁니다."

면사여인의 눈빛 역시 초조했다. 관군들에 밀린 사람들이 강가 쪽으로 후퇴하고 있었다. 그들 중에 단사덕과 운경자의 모습도 보였다. 두 사람의 가세로 관군의 속도가 더뎌지기는 했지만 그것도 잠시 뿐이었다.

‘더는 지체할 수 없다. 더는…….’

어쩔 수 없었다. 관군들에게 잡히는 날엔 모든 것이 허사였다. 모험이었지만 지금은 은밀히 다가온 여인을 믿을 수밖에 없었다.

“만약 이 친구에게 허튼수작을 부린다면…….”

여인은 가패의 말에 대꾸하지 않았다. 하지만 가패의 두 눈을 피하지도 않았다. 그것이 그녀의 대답이었다.

백의복면인의 손에 한이 끌어올려지고 있었다. 작은 배였기에 세 사람이 자리하니 비좁게 느껴질 정도였다. 가패는 배 위에 누운 한을 일별하곤 다급히 강물로 뛰어들었다. 가패가 사라지자 면사의 여인이 백의복면인에게 말했다.

“가죠.”

면사여인의 말에 백의복면인은 말없이 노를 저었다. 물살을 가르는 소리가 조용히 울려 퍼지고 있었다.

소선 위의 면사여인은 말없이 한을 바라보고 있었다. 면사여인의 손이 한의 이마를 짚었다. 젖은 머리카락을 쓸어 넘기는 손길이 무척이나 조심스러웠다.

“다시… 만났네요.”

면사 아래로 흘러나온 것은 깊은 탄식이었다. 그 긴 한숨이 한의 얼굴을 어루만지고 있었지만, 감겨진 한의 눈은 떠질 줄을 몰랐다.

“그래요. 푹 쉬도록 해요. 그동안 죽을 만큼 힘들었을 테니… 이제는 쉬어도 되요. 다 잊고 쉬어요. 앞으로도… 언제까지나…….”

한을 태운 소선은 어둠을 따라 강변의 소란스러움에서 멀어지고 있었다. 무창살귀의 혈로는 그렇게 끝나는 것만 같았다.

＊　　　　＊　　　　＊

“운이 좋군.”

“쫓을까요?”

검은 방갓을 눌러쓴 사내가 의중을 물어왔다. 하나 소선을 바라보던 사내는 고개를 저었다.

“모든 것이 계획된 거다. 저 관군들은 토끼몰이를 위한 사냥개들. 놈을 원한 자는 제형안찰사를 사냥개로 부릴 수 있는 자다.”

“하면…….”

“마오!”

사내의 부름에 사내들의 뒤편에 쭈그리고 앉아 있던 마오가 일어섰다. 마오는 축 처진 어깨를 펴지 못한 채 사내의 앞으로 걸어나갔다. 마상 위의 사내가 방갓 아래로 마오를 내려다보고 있었다. 마오를 바라보고 있던 사내는 허저였다.

“강을 따라 쫓을 수 있겠나?”

“불가능함미다.”

마오는 허저의 물음에 고개를 저었다. 어려운 일이기도 했지만, 그럴 마음이 내키지 않았다. 이미 심신이 지칠 대로 지친 마오였다. 그저 하루라도 빨리 무창으로 돌아가고만 싶었다. 하지만 허저는 마오의 지난 행적을 이미 알고 있었다.

“장강에서도 뒤를 쫓았는데 황하는 불가능하다?”

“그때는 목부의 배 있었슴미다. 하지만 지금은 없슴미다.”

마오의 발음은 분명치 않았지만, 그가 무엇을 이야기하는지는 충분히 알아들을 수 있었다. 허저는 고개를 끄덕이며 말을 이었다.

“말을 준다면?”

“그래도…….”

"그럼, 자유를 준다면?"

마오는 자신의 귀를 의심하며 고개를 쳐들었다. 허저는 그럴 줄 알았다는 듯 미소를 짓고 있었다. 마오는 속내를 들킨 것 같아 얼른 고개를 숙였지만, 허저는 그런 마오를 탓하지 않았다.

"네가 저자의 뒤만 쫓아준다면 노예의 굴레를 벗겨주겠다."

"…정말… 임미까?"

마오는 반신반의하며 되물었다. 불과 반나절 전까지만 해도 무창을 그리워했었다. 반쪽자리 자유보다 명채구의 굴레를 더 간절히 원했었다. 한데 허저의 이야기가 마오의 마음을 또다시 뒤흔들고 있었다. 그가 말하는 자유는 반쪽짜리 자유가 아니었다.

"저자의 뒤를 쫓아라. 그의 목이 떨어짐과 동시에… 너는 자유다."

마오는 정확히 반 각 후 말을 타고 떠났다. 떠나던 마오의 마음속에 갈등은 없었다.

"이족 노예 따위에게 너무 큰 임무를 맡기신 것 아닙니까?"

"능력이 되니 시킨 것이다. 적어도 추적에 관해서는 내가 본 자들 중 최고다."

"그래도 면천(免賤)4)까지 약속하신 것은……."

사내들의 불만 어린 목소리가 여기저기서 흘러나왔다. 아무래도 허저가 자신들보다 키 작은 이족 노예를 더 신뢰한다 생각한 모양이었다. 하나 이어진 허저의 말에 사내들은 고개를 끄덕이며 더 이상 토를 달지 않았다.

"범의 아가리로 들어갈 사냥개가 필요했을 뿐이고, 범 노린내를 지우

註釋
4) 면천(免賤): 천민의 신분을 면하고 평민이 됨, 또는 그렇게 해 주던 일.

기 위해 먹음직스러운 미끼를 던져 준 것뿐이다. 그 이야기는 이제 그만. 이제부턴 사냥감이 아니라 사냥개를 쫓는다."

허저의 명에 스물네 명의 사내가 미소를 지었다. 철검조의 추적은 지금부터였다.

第四十四章

그들이 원한 건
그가 아니었다

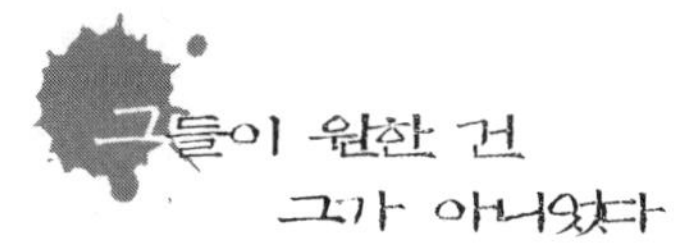

소문이란 놈의 두 발은 참으로 믿기 어려울 만큼 빠르다. 산동에서
사단이 난 지 불과 나흘이 지났을 뿐이건만, 이미 무창살귀의 소문은 소
림이 있던 하남을 넘어 무당이 자리한 호광까지 닿아 있었다.

사람들은 둘만 모이면 살귀의 이야기를 나누었다. 처음에는 무창 흑룡
채를 박살 내더니, 그 뒤로는 모용세가의 총호법 장안호와 모용세가의
본대, 그리고 흑백쌍괴의 광도 황옥산마저 살귀의 손에 명을 달리했다.
한데 살귀는 그것으로도 모자라 이번에는 산동의 귀혼각마저 괴멸시켜
버렸고, 그를 잡으려 출동한 관군 수백의 포위망에서마저도 유유히 빠져
나갔다고 했다. 들으면 들을수록 놀라운 이야기였고, 생각하면 할수록
무서운 고수였다.

한데 무창살귀의 소문이 잠잠해질 무렵, 또 하나의 소문이 소리없이
천하로 퍼져 나가고 있었다. 처음에는 그 소문을 들은 자들 모두 고개를
저으며 쉬쉬했지만, 살귀가 사라진 지 보름이 지날 무렵엔 주변에서 그

소문을 모르는 자를 찾아보기 어려울 정도였다.

'무창살귀가 터득한 무공의 이름은 바로 구천무예다!'

'구천무예는 이백 년 전 천하제일인이었던 구양수의 무공이다!'

'오십 년 전 사라진 절세의 신공이 부활했다!'

어디서 시작된 소문인지는 아무도 몰랐다. 하지만 소문은 그 엄청난 파괴력만큼이나 빠르게 퍼져 나갔다.

'무창살귀를 찾아라!'

'그자는 강호의 패악! 어차피 구양세가는 멸문하였으니, 그자의 손에서 구천무예를 빼앗는다 해도 도리에 어긋남은 없을 것이다!'

'구천무예는 하늘을 가르는 무공이다! 구천무예를 얻는 자가 천하를 얻을 것이다!'

'구천무예를 얻는 자가 바로 천하제일인이다!'

천하제일인의 이름은 미증유의 거력을 가지고 있었다. 당금 강호에서 가장 많이 들을 수 있는 이름은 바로 무창살귀와 구천무예였다. 잠잠했던 강호가 실로 오랜만에 들끓고 있었다.

*　　　*　　　*

쾅!

내려쳐진 주먹에 탁자가 흔들렸다. 내실에 있던 사람들 모두 깜짝 놀라 가슴을 쓸어내렸지만, 그 정도로 끝날 울화가 아님을 알기에 입도 벙긋하지 못하고 있었다.

"괘씸한……."

모용중경의 두 눈엔 불길이 담겨져 있었다. 굳게 다물어져 있던 입술로 악에 받친 듯한 읊조림이 흘러나오고 있었지만, 사람들 모두 침통한 표정만 짓고 있을 뿐이었다.

"상아는 아직 찾지 못한 것이냐?!"

불똥이 설기룡에게 튀었다. 하지만 설기룡은 사부의 질책에도 고개만 숙여 보일 뿐이었다. 떠날 때는 다섯이었지만 돌아온 이는 셋뿐이었다.

"그만 진정하시게."

"진정한다 해결될 일이라면 입에 재갈이라도 물겠습니다."

모용고한은 모용중경의 말에 무안해했지만, 딸자식 걱정하는 아비의 역정을 이해하며 말을 이었다.

"너무 심려하지 말게. 나 역시 상아의 안위가 걱정되지만, 그래도 우리가 생각하는 것만큼 위험하거나 안 좋은 상황에 놓여 있지는 않을 것이네."

"상아가 직접 아이들에게 수면약을 먹인 것을 이야기하시는 거라면 다시 거론할 필요 없습니다. 그 아이가 무슨 짓을 했든, 그 배후엔 분명 용호라는 자가 있습니다. 그자마저 행방이 묘연해진 이상 상아의 안전도 장담할 수 없는 것입니다."

설기룡과 모용준, 그리고 황약란이 증언했었다. 자신들이 약에 취해 잠이 든 것이고, 세 사람이 함께 먹은 것은 모용상아가 건네준 차가 전부였다는 것을. 결국 이유는 알 수 없지만, 모용상아는 일부러 행방을 숨긴 채 용호와 함께 사라진 것이었다.

"더욱이 구천무예의 소문을 퍼뜨린 자가 용호라는 것이 분명한 이상, 그자는 지금까지 우리를 속여 무언가를 획책한 것이 틀림없습니다. 그의 음모에 상아가 필요한 것이었다면……."

모용중경의 짐작에 반박할 이는 아무도 없었다. 모용상아가 사라진 지 벌써 보름이 넘었다. 살귀에 대한 소문이야 어디서든 날 수 있는 문제였지만, 구천무예의 이름이 거론되었다면 출처를 짐작하기가 어렵지 않았다.

'소림과 무당이 흘렸을 리는 없다. 그렇다면 그의 정체를 알고 있는 사람은 우리와 용호 그자뿐.'

소문이 이리도 빨리, 그리고 정확하게 퍼진 것이 그런 심증을 굳히고 있었다. 문제는 그의 음모에 모용상아가 개입되어 있다는 것이었다. 동조한 것이든, 희생된 것이든.

"일이 이렇게까지 된 이상… 달리 방법이 없네."

모용고한의 말에 사람들의 시선이 모여들었다. 모용고한은 그들의 눈을 바라보다 작게 한숨을 쉬며 입을 열었다.

"솔직하게 말해서 더 이상의 추적은 무의미하네."

"그게… 무슨 뜻입니까?"

모용중경의 눈이 은근한 노기를 품고 모용고한에게 향했다. 까딱 잘못 말했다가는 칼부림이라도 날 태세였다. 하나 모용고한은 딸을 잃은 모용중경보다는 충분히 이성적이었다.

"어쩌면 처음부터 무모한 일이었는지도 몰라. 우리가 상대했던 둘 모두. 무창살귀는 애초에 우리가 무력으로 감당할 수 있는 상대가 아니었네. 용호의 권력 역시 마찬가지였고."

"그래서요?"

"냉정해지자는 걸세. 그래야 상아를 찾을 수 있어."

다른 말은 귀에 들어오지도 않았다. 모용상아를 찾을 수 있다는 말만이 모용중경의 귓가에 맴돌고 있었다.

"형님께서 생각한 그 방법이 무엇입니까?"

모용고한에게 고정된 시선들이 대답을 원하고 있었다. 모용고한이 답을 내놓은 것은 잠시의 시간이 흐른 후였다.

"소림과 무당을 찾아가는 것일세."

사람들의 반응은 제각각이었다. 설기룡은 수치심으로 얼굴을 붉혔고, 모용준은 긴 한숨을 내쉬었다. 대부분 창피해하거나 체념했다. 모용중경의 얼굴엔 그 두 가지 감정 모두가 떠올라 있었다. 세가의 가주로서 느끼는 모멸감과 딸 잃은 아비의 안타까움. 그리고…

"복수를… 포기하자는 말씀이십니까?"

소림과 무당에 도움을 청하게 되면 장안호의 복수는 불가능해진다. 그들도 물론 무창살귀를 잡기 위해 나설 것이다. 하지만 그들이 무창살귀를 단죄할 것이란 보장이 없었다. 아니, 그가 구천무예의 전인임이 밝혀진 이상, 그들은 구양세가 멸문의 책임을 회피하기 위해서라도 그의 목숨만큼은 보존하려 들 것이 분명했다. 하지만 모용고한의 말은 냉정했다.

"복수는 이미 불가능해졌네. 몰랐다는 변명도 통하지 않아. 그가 구천무예의 전인임이 만천하에 알려진 이상, 그를 우리 손으로 죽인다면 소림과 무당의 이름에 도전하는 꼴이 되고 말걸세. 어쩌면 그보다 먼저 강호 동도들이 우리의 의도를 의심할지도 모르지. 물론… 그 모든 것은 그를 죽이는 것이 성공했을 때 말이긴 하지만."

모용중경이 이마를 짚었다. 생각하지 않은 것은 아니다. 다만 억지를 부려보고 싶었을 뿐. 모용고한의 말이 맞았다. 그를 죽이기도 힘들었지만, 죽인 이후도 문제였다. 복수라는 명분 따윈 구천무예의 이름 앞에 산산이 부서지고 말 것이다. 게다가,

"일단 소림과 무당에 도움을 청하면 천하의 의심에서 벗어날 수 있네. 그리고 우리가 알고 있는 정보를 그들에게 넘겨준다면, 이후 그의 처분에 대해서도 얼마간의 영향력은 얻을 수 있을 거야. 더 중요한 건 그들과 함께라면 상아의 행방을 찾는 것이 훨씬 빨라질 거라는 것이네."

대문파의 정보력은 상상하기 어려울 만큼 방대하다. 천하 각지에 퍼져

있는 소림과 무당의 문하가 수천은 넘을 것이다. 독자적인 비선(秘線) 역시 자신들에 비할 바가 아닐 것이다. 모용세가가 움직이는 것과 천하 대방파가 움직이는 것은 분명 다른 결과를 가져다줄 것이다.

"하지만… 그들이 우리의 요청을 받아들여 줄까요? 살귀와 우리가 은원 관계에 있다는 것은 이미 알고 있을 터인데."

"그래서 더욱 거절할 수 없을 것이다. 그들의 입장에선 어떻게든 그와 우리의 은원이 상쇄되길 바랄 테니까. 우리에게 도움을 줄 수 있는 기회를 그냥 놓치지는 않을 게야. 강호의 도리도 그렇고."

모용준과 모용고한의 대화를 끝으로 사람들은 각자의 생각에 잠겨들었다. 어떻게 하는 것이 가장 좋은지는 이미 결론이 나 있었다. 남은 것은 오직 하나, 가주의 결정뿐이었다.

"그게 최선이라면……."

모용중경도 어쩔 수 없었다. 죽은 이의 복수보다는 산 자의 안전이 더욱 중요했다. 하물며 그 상대가 자신의 하나밖에 없는 외동딸이라면 선택의 여지가 없는 셈이었다.

"형님께서 계획을 짜주십시오. 어디를 어떻게 가는 것이 좋을지."

"알겠네. 일단 가까운 소림을 먼저 방문하고……."

모용고한이 자리에서 일어서며 몇 가지 이야기를 건넸다. 하지만 모용중경의 귀에는 아무 말도 들리지 않았다. 그의 입과 귀는 옆에 서 있던 모용고한이 아니라, 방을 나서던 설기룡에게 향해 있었다.

"너는 이 방을 나가는 즉시……."

＊　　　　＊　　　　＊

산중의 동굴은 깊고 넓었다. 입구는 장정 하나가 겨우 들어갈 수 있을

만큼 좁았지만, 내부는 사방 칠팔 장에 달하는 공간이 뚫려 있어 불편함
이 없었다. 더욱 신기한 것은 모닥불을 피워도 연기가 밖으로 빠져나가
지 않는다는 것이었다. 자연적으로 생성된 것이 아니라 인위적으로 만들
어진 동굴이 분명했다.

모닥불은 공동의 중앙에서 타오르고 있었다. 그 주위로 십여 명의 인
물이 둘러앉아 있었고, 그들의 뒤로 대여섯 명의 그림자가 길게 누워 있
었다. 몇몇 사내가 누워 있던 자들을 돌아봤지만, 간간히 들려오는 신음
소리 탓에 내쉬려던 한숨을 참아야 했다. 벌써 열흘째 이어진 침묵이었
다.

"소문은 상상 이상으로 빠르게 퍼지고 있습니다. 누군가 의도적으로
퍼뜨린 것이 분명합니다."

이산의 말에 사람들은 미간을 찌푸렸다.

석실은 좁았다. 운경자와 단사덕이 석실의 양편에 앉아 마주 보고 있
었고, 그들 옆으로 조광호와 임옥룡, 오구, 이산 등이 자리하고 있었다.

"그들의 종적은 아직 찾지 못했느냐?"

"예, 어디에서도 그들을 보았다는 이가 없었습니다."

"후우, 도대체 어디로 사라진 것인지……."

단사덕의 물음에 오구가 대답했다. 단사덕은 귀면탈을 벗은 맨얼굴이
었다. 더 이상 숨길 수도 없었을 뿐더러, 더 숨겨야 할 이유도 없었다. 적
어도 이 동굴 안에서는.

"분명 가패가 그를 소선에 태우는 걸 보았다고 했지?"

"예, 의량이 똑똑히 보았다고 했습니다."

"알 수가 없구나, 알 수가 없어. 도대체 그 배는 누구의 것이고 또 어
디로 갔는지, 그를 넘겨준 가패는 또 어디로 사라진 것이며, 이 소문을

퍼뜨리는 자는 또 누구란 말인지."

임옥룡의 대답에 운경자가 고개를 저으며 한탄했다. 그의 이야기를 듣고 있던 조광호가 단사덕의 옆에 있던 오구를 바라보며 물었다.

"그 소선이 개방에서 보낸 것이 아님이 분명합니까?"

"그건 내가 보증할 수 있네. 그 시각 평음에 개방도는 없었네. 내가 모두 철수하라 명했었으니."

조광호의 물음에 단사덕이 대신 답했다. 더 이상 묻지 말라는 뜻이 분명했다. 하지만 이어진 운경자의 물음은 단호히 잘라 말할 수가 없었다.

"그를 데려간 이가 개방이 아니라면 도대체 누구란 말입니까? 가패가 그를 고분고분하게 넘겨준 것도 그렇고……."

"이제와 무엇을 더 숨기겠는가? 우리는 분명 아닐세."

"결론은 제삼의 인물이 있다는 이야기군요."

이산의 말에 사람들의 시선이 모아지고 있었다. 이산은 그들의 시선을 느끼면서도 예의 냉정한 목소리로 자신의 생각을 말했다.

"이번 일에는 몇 가지 의문점이 있습니다. 첫 번째는 귀혼각이 어떻게 함정을 파고 기다릴 수 있었는가. 두 번째는 제형안찰사사의 군사가 어찌 알고 백사평을 급습하였는가. 세 번째는 그가 사라진 직후 기다렸다는 듯 퍼진 소문은 누가 퍼뜨린 것인가. 마지막으로 그 소선은 누가 보낸 것인가."

"첫 번째 질문에는 제가 답을 드리죠."

좌중의 시선이 석실의 입구로 향했다. 검은 야행복 차림의 여인. 귀혼각주의 딸 령령이 석실로 들어서고 있었지만 좌중의 누구도 그녀를 제지하지 않았다.

"일찍 다녀오셨구려."

"이목을 피해 약재를 구하느라 시간이 조금 걸렸습니다."

운경자의 인사에 령령은 고개를 깊이 숙여 보였다.

령령이 운경자에게 인사를 받을 만큼 가까워진 이유는 간단했다. 그들이 관군의 추적을 피할 수 있도록 도운 것도 그녀였고, 이들이 머물고 있는 동굴을 제공해 준 것도 바로 그녀였다. 그녀가 자신들을 도울 까닭이 없었지만, 그때는 그런 것을 따질 겨를이 없었다.·물론 아직도 서먹한 사이이긴 했지만, 그렇다고 얼굴을 돌릴 만큼 먼 사이도 아니었다.

"귀혼각은 그가 오고 있다는 것을 어떻게 알았소?"

조광호의 단도직입적인 질문에 령령은 들고 온 짐을 내려놓으며 말했다.

"청부가 들어왔었어요."

"청부? 그렇다면 혹시……?"

"네, 무음유살을 지목한 청부였죠. 살귀를… 없애 달라는."

이어진 령령의 설명에 좌중은 고개를 끄덕였다. 특히나 의문을 제시했던 이산의 고개는 무언가를 확신한 듯 크게 끄덕여지고 있었다.

"제삼자가 있는 것이 분명합니다."

"귀혼각에 청부를 넣은 것도, 관군을 부린 것도, 그에 대한 소문을 퍼뜨린 것도 모두 한 곳에서 벌인 일이란 뜻이냐?"

"예, 한 곳입니다. 그것도 짐작보다 훨씬 방대한 세력을 가진."

"방대한… 세력?"

운경자와 단사덕의 표정이 침중해졌다. 조광호와 임옥룡 등은 의문을 가진 듯했지만, 이어진 이산의 설명은 그 의문의 답이 되기에 충분했다.

"적어도 그들은 양 무사의 행로를 예상하고 있었습니다. 그가 어디로 향할 것이며 누구를 찾을 것인지를. 능곡에게 청부가 넣어진 것 역시 같은 맥락입니다. 관군이 정확히 백사평을 급습했다는 것은 그날의 움직임을 모두 주시하고 있었다는 뜻입니다. 그리고 이 모든 것은 소선의 등장을 위한 발판이었겠지요.”

“그러니까, 이 모든 게 그를 포획하기 위한 계획이었다?”

어찌 들으면 황당한 가설이었다. 하지만 결과를 부정할 수는 없었다. 이산의 가정에 모든 일들의 아귀가 맞아떨어지고 있었으니까.

“하지만 그 가설엔 맹점이 있습니다.”

조광호의 말에 좌중의 시선이 이산에게서 떨어져 나왔다.

“만약 정말 제삼의 세력이 있고 그들의 목적이 살귀를 잡는 것이었다면, 소문을 낸 이유는 설명이 되지 않습니다. 그들이 노린 것은 구천무예가 분명합니다. 만약 암중 세력이 그를 데려간 것이라면 그 정체를 밝혀 이득 될 것이 없습니다.”

조광호의 지적은 타당했기에 이산도 일시지간 대꾸를 하지 못했다. 한을 데려간 곳과 소문을 낸 곳이 서로 다른 곳일 가능성도 떠올려 보았지만, 그 이유를 짐작치 못함은 마찬가지였다.

“혹시 사람들의 이목을 흐트러뜨리기 위한 간계가 아닐까?”

“찾는 이가 없었는데 이목은 흐트러뜨려 무엇 하겠소? 오히려 그 소문으로 인해 강호의 이목이 집중되고 있소. 앞뒤가 맞지 않소.”

“강호의 이목을 집중시키는 것이 목적일지도 모르지 않소?”

“살귀를 찾기 위해 교묘한 계획까지 꾸민 자들이 무엇 때문에?”

조광호와 임옥룡, 이산 사이에서 갑론을박이 이어지고 있었지만, 어느 것 하나 딱 부러지게 맞아떨어지는 이유가 없었다. 그때 이야기를 듣고 있던 령령이 조심스레 입을 열었다.

“만약… 이 모든 일이 한 사람, 혹은 한곳의 소행이라면, 짐작 가는 곳이 있습니다.”

석실이 고요해졌다. 사람들의 이목은 령령에게로 향했고, 령령은 그들의 시선을 마주 보며 마른침을 삼켰다.

"그게 어디요?"

조광호가 굳은 표정으로 물었지만, 령령은 입을 꼭 다문 채 답을 내놓지 않았다. 사람들이 답답하다는 듯한 시선으로 령령을 재촉했지만, 굳게 다물린 주사빛 입술은 요지부동이었다.

"왜 말을 못하는 것이오? 이야기를 꺼냈으면……."

"그만."

임옥룡이 다시 한 번 령령을 재촉했지만, 운경자의 제지에 멈춰야만 했다. 아니, 그것만이 아니었다.

"모두 물러나 있거라."

조광호와 임옥룡은 운경자의 갑작스러운 명에 당혹해했지만, 그 굳은 표정을 마주하며 고집 부릴 자신은 없었다.

석실을 나선 임옥룡이 모닥불 가로 와 앉으며 낮게 투덜거렸다.

"연유를 모르겠군. 조 형은 짐작이 가시오?"

임옥룡의 물음에 조광호도 고개를 저었다. 답답하기는 조광호도 마찬가지였다. 그때 함께 석실에서 나온 이산의 얼굴이 보였다. 그의 표정은 함께 있던 세 사람과는 달랐다.

"이 형은 뭔가 알아차리신 것 같군요?"

조광호의 물음에 오구가 이산을 바라보았다. 과연 이산의 입가엔 작은 미소가 걸리고 있었다.

"사형, 우리 같이 좀 웃지요?"

"두 병."

이산이 손가락 두 개를 펴 오구에게 내밀었다. 오구는 미간을 찌푸리면서도 고개를 끄덕였다.

"좋소, 그까짓 죽엽청 두 병쯤이야."

두 사형제의 장난스러움에 임옥룡은 피식 웃음이 나왔다. 하지만 셈을

끝낸 이산의 표정은 어느새 굳어져 있었다.

"저 령령이란 소저는 귀혼각의 실수. 실수라면 죽어도 밝혀선 안 되는 게 두 가지가 있지."

"그건 나도 아오. 하나는 살문의 위치. 그리고 또 다른 하나는……."

"청부자의 신상?!"

조광호와 임옥룡이 동시에 답했다. 이산은 고개를 끄덕이며 그들의 답이 틀리지 않았음을 표시했다. 운경자와 단사덕도 그것을 눈치채고 자신들을 내보낸 것이었다. 하지만 이야기를 듣고 있던 오구가 고개를 저으며 말했다.

"하지만 령령 소저는 짐작 가는 곳이 있다고만 했소. 확실하지는 않다는 거지."

"확실한 것은 아무것도 없어. 암중 세력이 있다는 것도 어디까지나 가정일 뿐이니까. 하지만 령령 소저의 말은 의미하는 바가 크지. 적어도 그녀가 짐작한 곳이, 그러니까 귀혼각에 양 무사를 없애 달라 청부를 한 곳이 아까 우리가 이야기한 의문점을 모두 소화할 수 있다는 뜻이니까."

"관군을 동원할 수 있고, 치밀한 계획 하에 그를 납치? 그래, 납치가 맞겠군. 그리고 이렇게 빨리 천하각지에 소문을 퍼뜨릴 수 있는 곳. 그런 곳이 있다면……."

오구의 혼잣말이 끝나기가 무섭게, 네 사람의 시선이 허공에서 맞부딪쳤다.

"설마?"

*　　　*　　　*

초가의 지붕 위로 연기가 피어오르고 있었다. 주위로는 평야가 넓게 펼쳐져 있었지만, 사람의 기척은 평야 가운데 덩그러니 놓인 초가가 전부였다.

홍씨 부부는 오랜만의 손님을 맞아 분주히 손을 놀리고 있었다. 자식 셋이 전부 타지로 떠나 환갑이 지난 지금까지 부부가 외롭게 살아가고 있었다. 일 년에 한 번 사람 구경을 할까 말까 한 곳이었기에, 낯선 타인에 대한 두려움보다 반가움이 더했다. 물론 사내가 메고 있던 엄청나게 큰 칼만 아니라면, 반가움이 배가 되었을지도 모른다.

"정신이 좀 드오?"

노파의 말에 누워 있던 여인이 자리에서 일어나 벽에 등을 기댔다. 노파는 인심 좋은 미소를 지으며 들고 들어온 미음을 여인에게 건넸다.

"이것 좀 들어요. 맘 같아선 고깃점이라도 있으면 넣어주고 싶은데, 늙은이들만 사는 곳이라 쌀하고 풀 쪼가리밖에 없어."

여인은 말없이 고개를 숙여 보이며 미음을 들었다. 제법 고운 얼굴을 한 처자였지만, 고생이 심하였는지 입술은 죄 부르터 있었고, 심신도 많이 지쳐 보였다.

"먹고 기운 좀 내. 쯧쯧, 젊은 사람이 얼마나 고초가 심했으면……."

노파의 말에도 여인은 덤덤히 미음을 입으로 가져가고 있었다. 노파는 그런 여인을 바라보다 자리에서 일어섰다.

'몸보다 마음이 다쳤구먼. 사내가 오죽 변변치 못하면 여자가 이리 될 때까지 내버려 뒀을까. 쯧쯧.'

노파도 딸자식을 둘이나 출가시켰기에, 방 안의 기운 잃은 처자가 남 같지 않았다. 문득 타지로 시집간 딸들이 잘살고 있는지 궁금했다. 맞고 사는 건 아닌지, 소박이라도 맞은 것은 아닌지.

“글쎄, 가까운 현이라면 임평(荏平)이 가장 가깝지. 걸어서 한 사흘 걸릴라나?”

노인의 말에 사내는 말없이 고개를 끄덕였다.

해가 뉘엿뉘엿 넘어가며 초록의 평원을 누렇게 물들이고 있었다. 낯선 손님이 초가에 머문 지도 벌써 사흘째. 노인은 사내가 여인의 기력이 회복되기만을 기다리고 있다는 것을 느낄 수 있었다. 사내의 눈은 언제나 조급한 듯 어딘가를 응시하고 있었고, 여인이 누워 있던 방을 바라보고 나선 거의 항상 한숨을 내쉬곤 했다. 사연이 있는 사람들. 사내가 등에 걸머멘 큰 칼이 눈에 밟혔다.

“강호인이오?”

노인의 말에 사내는 무뚝뚝하게 고개를 끄덕였다. 노인의 허리가 굽지 않았더라도 바라보려면 고개를 들어야 할 만큼 기골이 장대한 사내였다. 무공이라곤 일초반식도 모르는 노인이었지만, 사내를 보니 당연히 강호인일 거란 생각이 들었다.

“내 큰자식 놈도 강호인이 되겠다고 한참을 설쳐 댔었지. 흘흘, 지금은 제남까지 내려가서 만두 장사를 하고 있지만.”

노인의 말에도 사내의 두 눈은 지는 해만을 바라보고 있었다. 노인의 눈이 사내의 등 뒤를 힐끔거렸다. 보기에도 섬뜩한 묵색의 장검. 사방이 지는 해로 누렇게 물들고 있었지만, 이놈만큼은 그 변화에 순응하지 않고 있었다.

“여긴 우리 말고는 사는 사람도 없고, 관도와 멀어 오가는 이도 없는 곳이니 마음 편히 쉬다가 가시오.”

밥 짓는 냄새가 노인네 시장기를 건드렸는지, 말을 건넨 노인이 자리를 털며 일어섰다. 노인의 그림자가 부엌으로 사라질 때까지도 사내는 아무 말이 없었다. 마치 처음부터 말을 하지 못하는 사람인 것처럼.

노인이 부엌으로 들자 노파가 바깥을 한번 살피곤 입을 열었다.

"뭐래요?"

"뭐가?"

"아, 언제쯤 간데요?"

"그야 나도 모르지."

부엌으로 들어온 노인이 대수롭지 않게 답하곤 솥을 향해 기웃거렸다. 노파는 노인의 모습에 혀를 차며 구시렁거렸다.

"아니, 그런 것도 안 묻고 지금까지 뭐했수?"

"그리 궁금하면 할망구가 물어보면 되지?"

노인이 손가락으로 밥을 조금 떼어 입에 물었다. 노파는 기가 차다는 듯 혀를 찼다.

"어찌 당신은 그 나이 먹어서도 배포가 그 모양이오?"

"흘흘, 나이 먹어서 배포만 크면 단명하기 십상이지. 왜? 나 죽으면 재가라도 하려고?"

"남세스러운 이야기 그만하슈. 에휴, 계집 팔자 뒤웅박 팔자라더니. 어찌 저런 사내를 만나 저 고생일꼬."

노파가 혀를 차자 노인이 누런 이를 드러내며 웃었다.

"흘흘, 너무 보챌 것 없어. 가만 보니 저 처자 때문에 가던 길 못 가는 것 같으니. 저 처자만 건사하면 금방 떠날 게야."

"가봐야 또 고생길이지 뭐. 에휴."

"옥수수나 좀 쪄 놔. 낼쯤이면 떠날 것 같으니."

노인의 말에 노파가 인상을 찡그렸다. 하지만 찡그린 표정과는 달리 뒤뚱거리던 걸음은 옥수수가 내걸려 있던 광으로 향하고 있었다.

노파가 광을 열고 들어갈 때 쯤, 사내는 여인이 있던 방으로 들어서고 있었다.

여인은 벽에 등을 기댄 모습 그대로였다. 방문이 열리고 사내가 들어왔지만, 여인의 시선은 비워진 미음 그릇만을 바라보고 있었다. 대화는 없었다. 잠시 자리에 앉아 여인을 바라보던 사내가 다시금 자리에서 일어섰다. 사내의 손이 문고리를 잡아갈 때쯤에야 쉬어 갈라진 여인의 목소리가 들려왔다.

"…고맙단 말 들을 생각하지 마."

사내의 걸음이 멈췄다. 하지만 고개를 돌리지는 않았다. 고개를 돌려도 여인과 눈을 마주칠 수 없다는 것은 잘 알고 있었으니까.

"당신은 그놈을 데리고 떠났어야 해. 내가 아니라……."

여인의 말에도 사내는 대답이 없었다. 여인의 시선은 그 목소리만큼이나 공허했다.

"그놈을 버린 건 멍청한 짓이었어. 당신이 그렇게 멍청한 사람이었는지 모른 나도 멍청했고."

사내는 성내지 않았다. 그저 우두커니 서서 그녀의 질타를 모두 받아들이고 있었다.

"당신은 날 구한 게 아니야. 그놈이 살아야… 내가 편히 죽을 수 있었어. 만약 그놈에게 무슨 일이라도 생겼다면… 절대 당신을 용서하지 않을 거야."

여인의 목소리가 조금씩 격앙되고 있었다. 갈라진 목소리가 애처로웠지만, 그 발악이 너무나 미약했기에 오히려 듣는 이의 고막을 아프게 찔러왔다.

"그놈을 데려와! 어디로 갔는지 찾아와! 팔 병신이 되었든, 다리 병신이 되었든 그놈을 찾아오란 말이야! 그놈이 살아 있다고 말하란 말이야!"

여인이 던진 비수가 사내의 뒷등을 사정없이 할퀴고 있었다. 퀭하게 들어간 여인의 눈이 원독을 품고 사내를 노려보고 있었다. 그때 사내의 굵은 목소리가 여인의 비수를 슬며시 밀쳐 냈다.

"그놈, 괜찮을 거다."

"…뭐?"

여인. 며칠 새 얼굴이 반쪽이 되어버린 예향이 되물었다. 예향을 등지
고 서 있던 사내가 천천히 몸을 돌렸다. 한의 거검을 걸머메고 있던 사내
는 바로 가패였다.

"그놈, 그렇게 쉽게 죽을 놈이 아니야."

"뭘 믿고 그렇게 큰소리를 치는 거지? 누군지도 모른다며? 어디로 갔
는지도 모른다며?!"

"걱정마라. 그놈은 무사할 거다. 그리고… 우리가 찾지 않아도 그놈이
제 발로 찾아올 거다."

가패의 말에 예향은 입을 다물어 버렸다. 그의 말을 믿어서가 아니었
다. 믿고 싶었을 따름이었다.

"그 말… 책임져."

가패는 고개를 끄덕였다. 예향의 책망이 아니더라도 어떤 식으로든 책
임지려 했었다. 그를 떠나보낸 것도, 그 여인의 눈빛을 믿어버린 것이 바
로 자신이었으니까. 가패는 예향을 바라보다 등을 돌렸다. 문을 열고 나
가던 가패의 등 뒤로 한풀 꺾인 예향의 목소리가 들려왔다.

"…왜 그랬어?"

문고리를 잡던 손이 잠시 주춤했다. 하지만 그것은 찰나였을 뿐이었
다. 가패는 대답하지 않고 방을 나섰다. 문을 닫고 나선 가패가 긴 숨을
들이마셨다.

'그가… 그걸 바랄 것 같았다.'

대답은 긴 한숨 속에 섞여 허공으로 흩어져 버렸다. 해가 저문 틈으로
어둠이 내리깔리고 있었다. 산과 들, 하늘과 구름까지. 세상 모든 것이

어둠 속으로 자취를 감추고 있었다. 어디에서도 찾을 수 없던 그의 느낌처럼.

*　　　*　　　*

"동창(東廠)?"

"예, 저희는 그렇게 짐작하고 있습니다."

령령의 대답에 운경자와 단사덕이 서로 마주 보며 입을 벌렸다.

"그들이 확실하오?"

단사덕이 조심스레 물었다. 기연가미연가 하는 식으로 얼버무릴 수 있는 문제가 아니었다. 상대가 황실, 그것도 악명으로 천하를 떨어 울리는 동창이라면 돌다리가 무너져 내릴 때까지라도 두들겨 봐야 할 일이었다.

"저희에게 청부가 들어오는 방법은 두 가지입니다. 하나는 저희가 귀문이라 부르는 관제묘로 의뢰인이 직접 찾아오는 것이고, 다른 하나는 귀령이란 중간 의뢰인을 거치는 경우입니다. 이번 청부도 귀령을 통해 접수되었습니다.

한데 귀령은 그 존재를 아는 자도 극히 적을 뿐더러 만날 수 있는 곳도 한정되어 있죠. 귀령은 단 두 곳에서만 활동합니다. 남경과 북경이죠."

"…정계와 선이 닿아 있는 거간꾼이로군."

운경자의 말에 령령이 고개를 끄덕여 보였다. 하나 단사덕은 그녀의 말에도 쉽게 수긍하지 못하는 듯싶었다.

"하나 정계라는 이유만으로 동창을 지목하는 것은 성급한 것 아니오? 혹 황족들일 수도 있지 않소? 금의위(錦衣衛)나 다른 육부에서 청부한 것이라 볼 수도 있는 것이고. 넓게 보면 고관대작이라 불리는 이 모두가 대상이 될 수도 있을 터.”

질문이 아니라 바람이었다, 차라리 그들이었으면 좋겠다는. 하지만 령령은 매몰차게 고개를 저었다.

“황실은 함부로 나서지 않고, 육부는 은밀하지 못합니다. 금의위는 동창의 수족이나 다름없지요.”

“하나 이번에 급습한 관병은 형부예하인 제형안찰사사의 병사들이었소.”

“천하에 동창이 부리지 못할 곳은 거의 없지만, 천하에 단 한 곳만은 동창도 손을 쓰지 못하고 있습니다. 바로 오군도독부죠.”

단사덕의 눈에 이채가 떠올랐다. 동창과 오군도독부의 관계가 껄끄러움은 천하가 다 아는 사실이었다. 비록 황제가 동창을 전위로 하여 천하를 치세하고는 있으나, 오군도독부의 위세 역시 그에 못지않았다. 천하 정세에 능통한 단사덕이었으니, 령령의 말뜻을 이해하는 것은 어렵지 않은 일이었다.

“오군도독부와 관계가 좋지 않은 동창이니, 가까운 곳의 그들을 부리는 대신 멀리 떨어져 있던 제형안찰사사의 병사들을 움직였다?”

령령은 가만히 고개를 끄덕였다. 그리고 그들의 심증에 또 하나의 심증을 얹었다.

“게다가 청부도 이번이 처음이 아니었습니다.”

“처음이 아니라니?”

“태호에서 살귀에게 죽은 백권사도 본문의 식솔이었습니다.”

“뇌공량?!”

갈수록 태산이었다. 천하에 개방조차 우연히 발견한 뇌공량을 따라 움직인 것이 고작이었다. 이것이 사실이라면, 암중 세력은 개방보다 먼저 그들을 찾은 것이고, 그것으로도 모자라 그들을 직접 사주해 살귀에게 보낸 셈이었다.

"그마저도 계획된 것이었단 말인가?"

"부끄럽지만… 천하에 저희들에 대해 그토록 정확히 알 수 있는 곳이 있다면… 동창뿐입니다."

천하에 동창의 눈이 가 닿지 않은 곳은 없다. 황제의 침실에서부터 운남의 오지까지, 그들의 정보력은 세인의 상상을 초월한다. 어떤 면에서는 강호제일의 정보통이라는 개방조차 한 수 접어줘야 할 정도였다. 게다가 그들은 무자비했고, 그것을 뒷받침할 만한 권력이 있었다. 권력은 바로 힘이었다. 정녕 동창이 살귀를 납치한 것이라면 일은 훨씬 더 어려워진다. 게다가,

'어쩌면 막능여가 죽으며 말한 금가장의 음모 역시……'

모든 것이 실타래처럼 꼬이고 있었다. 의문은 꼬리를 물고 있었지만, 어느 것 하나 확연히 눈에 들어오는 것이 없었다.

"잠시 자리를 비켜주겠소?"

"약속은……."

"약속은 약속. 개방은 결코 귀혼각의 도움을 잊지 않을 것이오."

"무당도 약속하오. 단, 아까 이야기한 것처럼 강호의 도의를 어기지 않는 한도 내에서."

단사덕과 운경자가 다시 한 번 확약했다. 령령은 고개를 끄덕이며 한숨을 놓았다. 령령, 아니, 귀혼각의 입장에서도 모험이랄 수 있는 일이었다.

"귀면살수 여섯 중 셋을 잃었습니다. 게다가 청부마저 완수하지 못하였고요. 만약 그들이 트집을 잡아 살인멸구하려 한다면 저희로서는 감당할 수가 없습니다. 다행히 아가씨가 그들과 연이 닿았으니, 이참에 그들과 깊은 유대

를 맺어두는 것이 훗날을 위해 좋을 것입니다."

"네가 그리 원하니 허락은 하마. 하지만 정파란 허울을 너무 믿지 말거라. 조금이라도 위험하다 싶으면 재빨리 발을 빼야 한다. 너도 살수이니 잊지 말거라. 살수는 다른 이의 손에 목숨을 맡기지 않는 법이다. 누구도 믿지 말라는 말이다. 꼭 돌아와야 한다."

홍 선생과 아버지의 목소리가 생생하게 들려왔다. 상념에서 깨어난 령령이 허리를 깊이 숙여 보이곤 석실에서 빠져나갔다. 령령이 나간 후로도 운경자와 단사덕은 쉽게 입을 열지 못하고 있었다. 얼마간의 침묵이 흐른 후 운경자가 어렵게 운을 떼었다.

"삼 년 전의 일도 동창이 꾸민 짓일까요?"

"지금으로선… 그렇게 밖에는 생각이 들지 않는구먼."

"그들이 노린 것이 구천무예가 분명하다면, 왜 이렇게 복잡하게 일을 꾸몄을까요?"

"일단 삼 년 전에는 그들의 음모가 성공하지 못했다고 봐야겠지. 지금 그 음모가 다시 모습을 드러낸 것이고."

단사덕의 말에 운경자도 수긍했다. 하지만 풀리지 않는 것은 아직도 많았다.

"다른 것은 다 그렇다 치더라도, 그들이 구천무예의 소문을 퍼뜨린 저의를 모르겠습니다. 그를 포획한 마당에 무엇이 아쉬워 그런 소문을 퍼뜨린 것인지."

"글쎄……."

"후우, 이제 어찌하실 겁니까?"

운경자의 물음에 단사덕이 고개를 저었다. 그가 무엇을 묻고 있는 것인지 알고는 있지만, 쉽게 답을 해주기는 어려운 일이었다.

"아직 무당과 개방이 조우했음을 아는 자는 없네."

"숨긴다고 해결될 일은 아닙니다."

"대책없이 밝힐 일만도 아니네."

단사덕의 말에 운경자가 한숨을 내쉬었다. 아직 강호의 소문엔 살귀의 무공만이 언급되고 있지만, 언제 금가장의 비사가 사람들의 입에 오르내리게 될지 모를 일이었다. 게다가 개방의 입장을 생각하지 않을 수도 없었다. 만약 모든 것을 밝혀야 한다면, 소림과 무당뿐 아니라 개방마저도 난처한 지경에 빠지게 된다.

마음은 조급했지만 열흘이 지나도록 아무것도 하지 못했다. 운경자는 실로 오랜만에 무력감을 맛보고 있었다.

"일단 그를 찾는 것이 급선무입니다. 그를 데려간 곳이 정말로 동창이라면, 구천무예를 얻기 위해 무슨 짓을 할지 모릅니다."

"그건 그리 걱정할 것이……."

고개를 젓던 단사덕의 움직임이 멈췄다. 운경자가 무슨 일이냐 물었지만, 단사덕의 두 눈은 놀람으로 굳어져 반응하지 않았다.

'그는 말을 하지 못한다. 글도 쓰지 못한다. 구천무예를 얻으려 해도 얻을 방법이 없다.'

다행스러운 일이었지만 전혀 다행스럽지 않았다. 얽혀 있던 실타래에서 끊어진 실 한 가닥이 모습을 드러냈다.

'강호의 소문. 천하의 이목이 살귀에게 모이고 있다. 아니, 천하가 살귀를 찾고 있다. 그에겐 세상 전체가 덫이고 함정이다. 그래, 그들은 함정을 놓은 것이다!'

얽혀 있던 실타래가 회전하고 있었고, 끊어져 있던 가닥들이 하나씩 이어지고 있었다. 단사덕의 두 주먹이 불끈 쥐어지고 있었다.

'우리와 연락이 닿지 않는 이상, 그의 혈로는 끊어진 것이나 마찬가

지. 그가 목표를 잃는다면……'

　생각을 이어가던 단사덕이 한순간 자리를 박차고 일어섰다. 단사덕의 눈은 경악으로 물들어 있었다.

　'그들이 노린 것은… 그가 아니다!'

第四十五章

소림, 무당, 그리고 개방

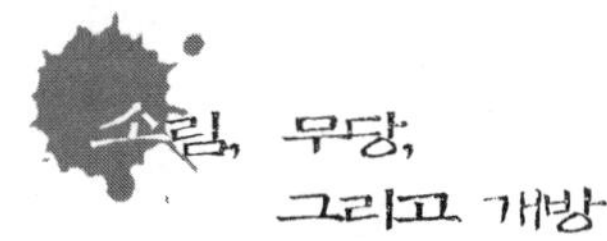

계절은 어느덧 완연한 가을로 접어들고 있었다. 산야는 여름내 삭아버린 신록의 홑옷을 벗고 보기에도 따스해 보이는 진홍의 겹옷으로 갈아 입었다. 붉은 병풍 너머 산새들의 울음소리는 영롱하였고, 계류를 따라 흐르는 노랫가락이 산중의 정적과 어울려 고즈넉한 풍취를 자아내고 있었다. 무릉도원이 현세에 있다면 이런 모습이 아닐까 싶을 정도로 홍산의 절경은 아름답기 그지없었다.

산사의 풍경 소리가 은은히 울려 퍼지고 있었다. 붉은 물결이 병풍처럼 둘러쳐져 있었고, 산사의 뒤편에선 대나무의 향취가 풍경 소리와 어울리며 방향처럼 흘러나오고 있었다. 탈속한 풍모의 노승이 앉아 차를 들고 있다면 더없이 어울릴 풍광이었지만, 바람을 맞으며 앉아 있던 사내는 세속의 때를 벗지 못한 속인이었다.

사내의 두 눈은 지그시 감겨 있었다. 다리는 난간 사이로 빠져나와 있었고, 머리는 대들보에 기대어져 있었다. 왼쪽 상의가 바람에 펄럭이고 있었지만, 조금 야윈 듯한 것을 제외하곤 병색이 깊어 보이지도 않았다.

한데 사내의 얼굴에선 희로애락의 흔적을 찾을 수가 없었다. 어찌 보면 깊은 생각에 잠겨 있는 듯했고, 또 어찌 보면 아무런 생각이 없는 듯한 모습이었다.

"바람이 차요."

사내의 등 뒤에서 여인의 맑은 목소리가 들려왔다. 하나 사내는 귀라도 먹은 듯 아무런 반응이 없었다. 아니, 반응은 있었다. 사내의 눈이 천천히 떠지고 있었다. 초점없는 동공. 사내는 눈을 떴지만 아무것도 보고 있지 않았다. 한 발짝 다가선 여인이 사내의 옆으로 와 다소곳이 앉았다.

"무얼 보고 있었나요?"

이번에도 반응은 없었다. 텅 빈 동공엔 산과 하늘이 담겨 있었지만, 사내의 눈동자는 그 어느 흐름도 따르질 않았다.

"벌써 가을이에요. 당신을 처음 보았을 땐 더운 여름이었는데……."

여인의 목소리엔 아련한 무언가가 묻어 있었다. 하지만 이지를 상실한 사내에게는 여인의 달콤한 목소리가 산사의 풍경 소리와 다를 바 없었다.

"많이 야위었네? 밥을 더 많이 먹어야겠다."

사내의 뺨을 어루만지며 여인이 밝게 웃었다. 하지만 되돌아온 것은 부드러운 미소가 아닌 손끝의 까칠한 느낌뿐이었다. 사내를 어루만지던 여인이 안타까운 듯 입술을 깨물었다.

"괜찮아요. 다 괜찮아질 거예요. 그만 들어가 쉬어요."

사내의 뺨을 쓰다듬은 여인이 자리에서 일어섰다. 여인이 고개를 돌리자 뒤편에서 두 명의 사내가 다가와 앉아 있던 사내를 안아 들었다. 사내의 뒷모습을 바라보던 여인의 입에서 낮은 한숨이 흘러나왔다.

"완전히 백치가 되었군."

여인은 고개를 돌려 목소리의 임자를 찾았다. 백의를 입은 사내 하나
가 대들보에 기대어 서 있었다.

"이래서야 아무짝에도 쓸모가 없지 않은가?"

"…말조심해요."

"호오, 아가씨께서 기분이 상하셨나?"

능글맞은 웃음소리와 함께 사내가 다가왔다. 모용상아는 사내가 다가
온 거리만큼 물러섰다. 그 모습에 사내가 피식 웃으며 말을 이었다.

"걱정하지 마라. 너와 저 살귀에게 손댈 생각은 없으니까. 그저 언제
까지 이런 산골짜기에 파묻혀 있어야 하나 싶었을 뿐이야. 이런 따분한
생활은 질색이거든."

"그럼 돌아가세요."

모용상아의 차가운 대꾸에 사내는 팔짱을 끼며 고개를 저었다.

"그럴 수야 없지. 아직 이야기를 못 들었나? 저 친구를 찾기 위해 강
호가 발칵 뒤집혔어."

"뭐라구요?!"

"누가 흘렸는지는 모르지만, 살귀가 지닌 무공이 구천무예라는 소문
이 전 중원에 파다하게 퍼졌더라고. 이 산만 내려가도 무공에 눈먼 버러
지들을 한 무더기쯤은 찾을 수 있지. 우린 그 버러지들에게서 너희들을
지켜주고 있는 거야. 뭐, 고마워해도 상관하지 않겠어."

유들거리는 꼴이 제 주인인 용호와 빼다박은 듯 닮았다. 하지만 모용
상아는 사내의 모습에 기분 나빠할 정신이 없었다.

"이건 약속이 틀리잖아요?!"

"내가 한 약속이 아니니 나에게 말해봐야 소용없어."

사내의 대답에 모용상아의 미간이 심하게 찌푸려졌다.

'아니야, 그자가 이 정도 뒷수를 준비하지 않았을 리가 없지. 상관없

어. 그 사람만 정신을 차린다면……'

마음을 가다듬은 모용상아가 사내에게 물었다.

"의원은 어디에 있죠?"

"내려 보냈어. 자기가 자기 입으로 그러더군. 더 이상 자기가 할 일은 없다고. 실성한 사람을 고칠 재주 따윈 애초에 없었고, 뜯겨 나간 근육을 손볼 재주도 없다 하더군. 그러고 보니 그 돌팔이 놈, 정말 아무짝에도 쓸모없는 놈이었네?"

백의복면인이 팔짱까지 풀며 투덜거렸다. 하지만 그의 장난질에 맞장구쳐 줄 모용상아가 아니었다.

"설마 이대로 보고만 있겠다는 건 아니겠죠?"

"물론이지. 우리도 백방으로 알아보고 있다구. 하지만 주화입마에 빠져 이지를 상실한 환자를 고칠 수 있는 의원이 어디 흔해야 말이지."

"그가 정신을 차리지 못하면 당신들이 원하는 바도 얻지 못해요."

모용상아의 말에 백의복면인이 낮게 웃었다. 하나 웃음이 그친 사내의 눈빛은 차갑게 가라앉아 있었다.

"네 말이 옳다. 하지만 이것도 알아두라고. 대인이 원하는 바를 얻지 못하면, 너희들도 쓸모가 없어진다는 사실을."

사내의 서슬 퍼런 목소리에 모용상아의 뒷등으로 식은땀이 흘러내렸다. 굳어버린 모용상아를 바라보던 백의복면인이 가벼운 웃음을 남기며 뒤돌아섰다.

"그자가 빨리 깨어나길 바라야 할 거야. 쓸모없는 돌팔이 의원처럼 들짐승의 밥이 되고 싶지 않으면."

백의복면인의 조소가 사라지고 나서야 모용상아는 걸음을 옮길 수 있었다. 문을 열고 들어가자 벽에 등을 기대고 앉아 있는 한의 모습이 보였다.

"누워 있어요."

모용상아가 다가와 한의 머리를 받치며 그를 눕혔다. 한은 멍한 시선으로 그녀의 손길을 따라 자리에 누웠다. 한을 눕힌 모용상아가 그의 옆에 앉았다. 한의 공허한 시선과 마주 하던 두 눈엔 안타까움이 가득했다.

"그렇게 힘들었어요? 자기 자신을 놓아버려야 했을 정도로?"

대답은 없었다. 하지만 모용상아는 그가 자신의 목소리를 듣고 있다 믿는 듯 이야기를 이었다.

"부러워. 그 구양경이란 여자. 당신이 사랑한 그 여자가 부러워 죽겠어. 샘이 나 미칠 정도로."

모용상아의 입가에 미소가 지어졌다. 그녀를 보기가 민망했는지, 한의 두 눈은 그녀의 미소를 외면한 채 천장만을 바라보고 있었다.

"하지만 한편으론 밉기도 해. 조금만 남겨두고 가지. 다른 사람이 들어갈 사리 조금만 남겨두고 가지. 구양경이란 사람, 욕심이 굉장히 많았나 봐요. 당신의 마음을… 하나도 남겨두지 않고 모두 가져가 버린 걸 보면."

미소가 짙어질수록 목소리는 더욱 떨려왔다. 백사평에서 그녀가 들어야 했던 건, 한의 과거가 아니라 그의 슬픔이었다.

'가장 낮은 곳에서 가장 높은 곳에 있던 이를 사랑했었군요. 그렇게 어렵고 힘든 사랑이었기에, 그토록 모질게 당신을 채찍질했던 거였군요.'

얼마나 힘들었을까? 얼마나 가슴이 아팠을까? 평생을 주인으로 모셨던 여인, 결국 다른 이의 아내가 되어버린 여인. 그 가슴앓이가 결코 가볍지 않았을 터인데, 매정한 하늘은 그에게 바라봄마저도 허락하지 않았다. 하늘은 그녀에게 비참한 최후를 명했고, 한에겐 그녀의 최후를 지켜

보게 하였다. 그 고통이 얼마였을까 감히 짐작조차 할 수 없었지만, 한은
그것으로도 모자라 그녀가 남기고 간 원한마저도 자신의 두 어깨에 걸쳐
멨다. 그것을 그저 사랑이라는 두 글자로 설명할 수 있을까?

　"당신이 옆에 있는데… 이젠 내가 자신이 없어요. 당신을 만나면 무언
가 달라질 거라 생각했는데… 자신이 없어."

　숙부의 죽음마저도 가슴 한곳에 묻어버렸다. 스스로 몹쓸 년이라 욕하
면서도 그녀의 발걸음은 어느새 그에게로 향해 있었다. 결국 세가마저
배신하고 그의 곁에 당도했건만, 그녀에게 남은 건 희망이 아닌 절망이
었다.

　"그런데… 그런데 말이죠… 가장 미운 건, 그녀도 아니고 당신도 아니
에요. 희망이 없는데, 아무런 희망도 없는데……."

　미소 위로 떨어진 눈물이 한의 손등을 적시고 있었다. 웃어도 웃는 게
아니었고, 울어도 우는 게 아니었다. 바라지 않으면서도 바라고 있었다.
그의 앞에서 그녀는 아무것도 할 수가 없었다.

　"…이젠 아무래도 상관없어요… 당신이 누굴 사랑하든, 무얼 하든 상
관없어요… 그러니 일어나요……."

　욕심 따윈 잊어버렸다. 그를 향했던 자신의 마음도 생각나지 않았다.
지금 가장 중요한 건 그 누구도 아닌 한이었다.

　"일어나요……."

　모용상아의 손길이 한의 가슴을 흔들었다.

　"일어나요……."

　눈물방울이 늘어갈수록 한을 흔드는 손길도 함께 거칠어져 갔다.

　"일어나… 일어나란 말이야!"

　미소가 사라진 자리로 서러운 울음이 터져 나왔다. 이런 모습을 마주
하려고 세가마저 버린 것이 아니었다. 그의 죽음을 목도하고자 자신을

내버린 것이 아니었다. 그가 깨어나야 했다. 그가 자리를 박차고 일어나 이 모든 것을 깨뜨려야 했다.

"일어나!"

여인의 절규가 산사의 풍경 너머로 메아리치고 있었다. 하지만 그 간절한 바람은 홍산의 병풍을 넘지 못하고 힘없이 사그라져 버리고 말았다.

*   *   *

숭산에도 가을이 찾아와 있었다. 산을 오르던 향화객들은 걸음이 더뎌지는 것도 모른 채 주변의 풍광에 눈을 빼앗기고 있었다. 그런 사람들의 행렬 사이로 바삐 걸음을 재촉하는 이가 있었다. 방갓으로 얼굴을 가려 알아볼 수는 없었지만, 허리에 찬 검을 보니 향화를 하러 오르는 길은 아닌 듯싶었다. 방갓사내가 산문에 다다를 때쯤 마지예불(摩旨禮佛)을 알리는 타종 소리가 은은히 들려오고 있었다.

"지심정례공양 삼계도사 사생자부 시아본사 석가모니불(至心頂禮供養 三界導師 四生慈父 是我本師 釋迦牟尼佛)……."

공양을 올리는 독경 소리가 대웅전 안에서 들려오고 있었다. 하나 방갓사내의 걸음은 대웅전의 그림자를 그대로 지나치고 있었다. 사내가 대웅전을 지나쳐 장경각으로 향할 무렵, 그의 앞을 가로막는 이가 있었다.

"아미타불, 이곳부터는 본사의 중지(重地)로 시주께서는 드실 수 없습니다."

방갓사내의 앞을 막아선 것은 계인이 뚜렷한 젊은 승려였다. 승려는 예의 바르게 방갓사내를 막아섰지만, 사내를 바라보는 두 눈엔 결코 들여보내지 않겠다는 의지가 엿보였다. 그때 방갓사내가 마주 합장하며 말했다.

"선약이 있어 찾아왔습니다."

"방장께 오도(悟道)의 제자인 조광호가 찾아왔다 전해주십시오."

조광호가 방장실로 들어선 것은 그리 오래지 않아서였다.

"어려운 걸음을 하였구나."

"제자 광호가 사조를 뵈옵니다."

조광호의 인사에 방장 일우 대사가 고개를 끄덕이며 자리를 권했다.

"고생이 많았구나."

"송구스럽습니다."

"속세의 소문이 어찌나 거친지, 산중의 늙은이도 무심할 수가 없더구나. 네가 보고 들은 것을 내게도 들려주련?"

마치 장성한 손자를 바라보는 듯 자애로운 음성이었지만, 그 앞에 무릎 꿇은 조광호는 감히 마음을 놓지 못했다. 그가 전해야 할 이야기는 열 번을 조심해도 모자랄 만큼 중차대한 일이었다.

"저희가 그와 처음 조우한 것은……."

조광호의 설명은 근 반 각이나 지나서야 끝났다. 남경에서 산동으로 이어지는 추적과 백사평에서 일어났던 모든 일들이 낱낱이 고해지고 있었다. 길고 긴 이야기 중에 빠진 것이라곤 단사덕이란 이름뿐이었다.

"고생이 많았구나. 그리 돌아가고 있었구나."

"제자들 중 거동이 불편할 만큼 크게 다친 이가 셋이나 되옵고, 가벼우나 추적을 하지 못할 만한 상처를 입은 이도 일곱이나 되어 부득불……."

"허허, 번뇌를 얹고 이야기하니 가슴이 답답한 게지. 네 답답한 숨을 듣자니 내 가슴도 함께 답답해지는 듯하구나."

일우 대사의 한마디에 조광호의 가슴이 철렁 내려앉았다.

"그게… 어인 말씀이신지……."

"괜찮다. 치부를 감싸주는 것도 덕이요, 상대의 곤란함을 이해해 주는 것 역시 큰 덕을 쌓는 일이니."

일우 대사의 말이 끝나기 무섭게 조광호가 머리를 찧으며 말했다.

"제자가 큰 죄를 지었습니다. 부디 용서치 마시고……."

"되었다. 그리 대수롭지 않은 일이니 어서 일어서거라."

조광호는 일우 대사의 만류에도 쉽게 고개를 들지 못하고 있었다. 엎드린 그의 이마 위로 식은땀이 송골송골 맺히고 있었다.

'도대체… 어찌 아셨단 말인가?'

*　　　*　　　*

"그에 대한 소문을 감지했을 때 이미 결정된 일이었습니다."

"거참… 미리 언질이라도 줄 것이지."

법개 철중산의 말에 단사덕이 헛기침을 하며 딴청을 피웠다. 그를 바라보던 용두방주 유진목이 수염을 쓰다듬으며 말했다.

"무당과 소림엔 벌써 소식을 보냈네. 그들도 이번 일로 공과를 따지지 않겠다 답을 했고."

말은 짧았지만 실상은 그리 간단하지 않았다. 용두방주가 직접 나선 일이긴 했지만 그래도 확인을 해야 했다.

"일이 그리 간단치 않았을 텐데요?"

"음, 자네가 무엇을 걱정하는지 알아. 하나 세상일이라는 게 어찌 진실만 가지고 운영이 되던가? 밝힐 건 밝히고 덮어둘 건 덮어두어야지."

문파 간의 문제 해결이 항상 명명백백한 것만은 아니었으니, 이번에도 적당한 선에서 마무리 지어졌을 것이다. 평온한 철중산의 표정이 그것을 잘 말해주고 있었다. 하지만 단사덕이 걱정하는 건 문파 간의 거래가 아니었다.

"그런 것이야 아무렴 어떻습니까만, 구양세가의 일은 그리 쉽게 생각할 일이 아닙니다. 구천무예의 존재가 만천하에 드러난 이상, 그들에 대한 일도 생각을 해야 합니다."

"그것 때문에 소림과 무당에 사실을 전한 것 아니겠는가? 일은 순리대로 처리해야지. 일단은 그를 찾는 것이 먼저일세."

용두방주가 말한 그는 한이었지만, 찾아야 한다던 그는 한이 아닌 구천무예였다. 하나 이 이상은 단사덕도 어쩔 수가 없었다. 용두방주의 말처럼 모든 것은 그를 찾아낸 다음에 풀어야 할 문제였다.

"운경자 그 친구, 식은땀깨나 흘리겠군요. 무당 장문인에게 큰소리 탕탕 치고 나온 모양이던데."

"뭐, 굳이 흠이랄 것까지도 없는 일이니 별일이야 있겠는가. 그보다는 아까 하던 이야기나 계속해 보시게. 이 일의 배후에 동창이 있는 것 같다고?"

용두방주의 말에 단사덕이 신색을 바로하며 답했다.

"예, 사실 백사평에서 귀혼각이라는 곳의 도움을……."

단사덕의 이야기가 이어질수록 사람들의 표정이 기이하게 변했다. 관군에 포위당했다가 령령이란 귀혼각 살수의 덕을 본 일과 그들이 전해준 정보에 관한 이야기까지. 용두방주와 장로인 진조, 법개 철중산 모두 이야기를 듣고는 생각에 잠겼다.

"그래서 이리 다급히 달려온 것입니다."

"자네 생각엔 동창에서 소문을 퍼뜨린 것이 구양문을 찾기 위해서다?"

"예, 아시다시피 한 그 친구는 말도 못하고 글도 쓰질 못합니다. 심득을 구하려 해도 구할 수가 없고, 오의를 얻으려 해도 얻을 방법이 없지요. 동창에서 원하는 것이 구천무예이고, 그들이 한에 대해 알고 있다면, 그들이 소문을 낸 이유는 한 가지뿐입니다."

"그를 고립시켜 스스로 구양문에게 돌아가게끔 만든다?"

"동창이 하려 한다면 불가능한 일도 아닙니다."

모두의 표정이 심각해졌다. 그들이 그 정도로 깊숙이 개입되어 있다면 결코 쉽게 해결될 일이 아니었다.

"하면 그들이 금가장의 비사를 퍼뜨리지 않은 것은?"

"소림과 무당을 자극하지 않기 위해서겠지. 만약 구양세가의 멸문이 소림과 무당제자들의 소행이라 알려진다면, 소림과 무당은 그 일을 무마시키기 위해서라도 발 벗고 나설 수밖에 없네. 그건 그들이 원하는 바가 아니지."

일리있는 추론이었다. 그들이 정녕 그렇게 생각한다면 소림과 무당의 입장에서는 해가 될 것이 없었다. 하지만 그것 역시 발등 위에 놓인 불이었다, 그들이 마음만 달리 먹으면 언제든지 떨어뜨릴 수 있는.

"거참, 동창의 악명은 익히 들어 알고 있었지만 이토록 치밀한 자들일 줄은……."

"그러니 더욱 서둘러야 합니다. 일단 구양문주부터 피신시켜야 합니다."

"그건 내가 알아서 하겠네."

단사덕의 말에 철중산도 고개를 끄덕였다. 하지만 그것으로 끝이 아니었다.

"중요한 건 그 다음입니다. 그를 어찌할 것인가 말입니다."

"그를 어찌하다니?"

단사덕의 물음에 철중산이 안색을 굳히며 말했다.

"저희도 선택을 해야지요. 동창과 맞설 것인가 피할 것인가를 말입니다."

"당연히 그를 구해내야지요?"

운경자의 말에도 무당파 장문인인 운현자는 묵묵부답이었다. 운경자는 운현자의 침묵에 마른침을 삼켜야 했다.

"설마… 그를 포기하자는……."

"결정된 것은 없네. 우리만 결정해 끝날 문제도 아니고."

운현자의 말에 한시름 놓은 운경자였다. 하나 그것은 일시적인 것이었다. 결정되지 않았다는 것은 그를 포기하자 결정할 수도 있다는 뜻이었으니.

"그를 포기하는 것은 과거의 치부를 외면하겠다는 것이나 다름없습니다. 적어도 그들이 멸문한 것이 아니라는 것을 알게 된 이상……."

"그리 쉽게 생각할 일이 아니야."

"어려워도 해야만 하는 일입니다."

"동창과 맞서는 일은 어렵다는 말로 설명될 게 아닐세."

운현자의 말에 운경자는 입을 다물고 말았다. 속에서야 열불이 끓어올랐지만 장문인의 말에서 느껴지는 고충을 무시할 수도 없었다.

"물론… 그들과 싸우는 것만은 피해야겠지요. 하지만 구천무예가 그들의 손에 들어가는 것은 막아야 하지 않겠습니까?"

"흠… 그 이야기가 나와 하는 말인데, 자네가 보기엔 어떻던가?"

"예?"

운경자의 반문에 운현자가 고개를 저으며 다시 설명했다.

"그의 무공 말일세. 정녕 관부로 흡수되는 것을 막아야 할 만큼 높은 경지의 것이던가?"

운현자의 걱정을 그제야 깨달은 운경자가 고개를 끄덕이며 말했다.

"십 년입니다."

"십 년?"

운경자의 대답에 이번에는 운현자가 되물었다. 운경자의 안색은 진실함을 강조하려는 듯 침중해져 있었다. 물론 그러한 노력에도 운현자는 그의 말을 쉽게 믿지 못했지만.

"십 년 후엔… 천하에 그의 검을 당해낼 자가 없을 것입니다."

운현자의 놀람을 감추지 않았다. 다른 이도 아닌 광양검 운경자의 평가였다. 그가 거짓을 말한 것이 아니라면 십 년 후의 결과는 그의 말대로 될 것이 분명했다.

"정녕, 구천무예가 분명했다는 것인가?"

"구천무예의 진위를 떠나, 그가 이룬 경지는 그 나이 때 제가 이루었던 그것을 훨씬 앞질러 있었습니다. 직접 검을 부딪쳐 본 것은 아니었지만, 부딪쳤다 해도 백 초 이내에는 승부를 장담하지 못했을 것입니다."

지지는 않는다. 하지만 백 초가 지나기 전에는 그를 제압할 수 없다. 운현자로서는 기가 막힐 따름이었다. 당금강호에 광양검 운경자와 백초를 다툴 자가 몇이나 될까? 운경자는 검 하나로 일가를 이룬 사람이다. 그런 운경자와 검으로 고하를 겨룰 수 있는 자는 천하에 열 손가락으로 꼽기 힘들었다. 더군다나 살귀는 이제 고작 이십대 초반, 검을 든 지 고작 삼 년밖에 지나지 않은 강호초출이었다. 운경자의 말대로 십 년 후가 두려운 자였다.

"어렵구먼, 어려워."

"그의 무공이 동창, 아니, 황실로 스며든다면 결코 강호에 덕으로 돌아오지 않을 것입니다."

"하나 그를 구해낸다 하여도, 그것이 강호의 덕이 되지도 않음이야."

살귀. 강호에 악명이 자자한 살귀가 바로 그였다. 공분을 일으켜 공적으로 몰아도 모자랄 판에, 그를 구하기 위해 동창과 맞서야 하다니. 내막을 모르는 강호인들이 본다면 결코 이해할 수 없는 일일 것이다. 어쩌면 그것조차도 무당과 소림엔 해가 되어 돌아올지도 모를 일이었다.

"일단 그를 찾는 것이 급선무입니다."

"자네가 말한 대로라면 찾을 필요도 없지. 어차피 동창으로서도 그가 구양문에게 향하도록 놓아주어야 할 테니, 우리는 그 틈을 노리면 될 일."

"그렇다면 남은 것은 강호의 공론뿐입니다. 동정수로채야 지난 악행이 있으니 원한을 논할 자격이 없지만, 모용세가는……."

"그건 걱정하지 않아도 될 걸세."

"예? 그건 또 무슨 뜻입니까?"

"모용세가의 사람들이 이곳에요?"

"그래, 가주와 식솔 몇이 어제 당도했단다. 나도 만나보았고."

일우 대사의 말에 조광호는 의문을 숨기지 못했다. 그들이 소림을 찾아올 이유가 없었다. 하나 조광호가 깨닫지 못했을 뿐, 그들이 찾아올 이유는 충분했다.

"그들이 데려간 이가 살귀만은 아니더구나."

일우 대사의 이야기에 조광호의 표정이 시시각각 변했다. 길지 않은 이야기가 끝나자 조광호의 질문이 이어졌다.

"하면, 복수를 포기한다는 뜻입니까?"

"세속의 원한이 잊혀질 리야 있겠느냐. 다만 그들이 가진 원한보다 잃어버린 자식을 찾는 것이 우선이니 하는 수 없이 한발 물러선 것이지."

일우 대사의 말이 옳았다. 아무리 원한이 크고 깊어도, 가주의 금지옥엽(金枝玉葉)을 포기할 만큼은 아닐 것이다.

"다행… 이군요."

조광호는 다행이라 말하면서도 쉽게 마음을 놓지 못했다. 일우 대사도 그의 고민을 짐작했는지 미소를 지으며 말했다.

"그들보다는 잡혀간 그를 구해냄이 더욱 중함이다. 네 생각엔 어찌하였으면 좋겠느냐?"

조광호는 일우 대사의 말에 황망함을 느꼈다.

"제자가 어찌……."

"괜찮다. 너도 보고 느낀 것이 있을 터이니, 세속에 어울리는 생각을 들어보고 싶구나."

일우 대사의 말에 조광호는 가능한 모든 수단을 떠올렸다. 사조가 굽어보는 앞인지라, 말 한마디도 조심스러울 수밖에 없었다.

"무당과 개방이 서로를 탓하지 않기로 하였으니… 보다 긴밀한 유대를 가지고 움직여야만 합니다."

"계속해 보거라."

"말씀드리기 송구스러우나, 소림과 무당은 음으로 양으로 정계와 인연이 닿아 있는 줄로 압니다."

"허허, 그래서?"

"상대가 정녕 동창이라면 무력이 능사가 될 수 없사옵니다. 권력으로 동창을 견제할 수 있는 곳을 등에 업어야 합니다."

일지 대사의 미간이 살짝 찌푸려졌다. 그가 세속의 계략과 어울리지 않는 성품인 것도 이유였지만, 그보다는 동창을 견제할 만한 곳이 마땅히 떠오르지 않아서였다.

"일단 그렇다 치자꾸나. 하면 개방과 유대라는 것은?"

"동창과 맞설 만한 정보력은 개방이 유일합니다. 분명 동창은 어느 순간 살귀를 강호로 풀어줄 겁니다. 그때 그의 일거수일투족을 따라잡아 줄 눈이 필요합니다."

일우 대사가 고개를 끄덕이며 말했다.

"개방과는 이미 오간 이야기. 그렇다면 문제는 동창을 견제할 만한 정계의 그 어딘가를 찾는 것이로구나."

"쉽진… 않을 것이옵니다."

황제의 총애 아래 무소불위의 권력을 휘두르는 동창이었다. 쉽지 않은 정도가 아니라 거의 불가능한 일이었다.

"다른 원주들과 상의를 해보아야겠구나. 너도 힘이 들었을 터이니 이만 물러가 쉬거라. 일이 있으면 내 따로 부를 터이니."

"예, 그럼……."

조광호가 물러가자 일우 대사가 참았던 한숨을 길게 내쉬었다. 조용한 방장실에서 독경 소리가 흘러나왔다. 번뇌를 끊기 위한 독경이었건만, 방장실의 독경 소리는 쉬이 잦아들 줄 몰랐다.

*   *   *

객잔은 사람들로 가득 차 있었다. 하나 회계대에 앉아 있던 객주 황 노대는 그리 즐거운 표정이 아니었다.

'제발 오늘도 무사히…….'

황 노대의 시선은 객잔을 가득 메운 사람들이 아니라, 그들의 허리춤에 매달린 도검들에 향해 있었다. 강호인들이 산동으로 모여든 지 보름이 넘었다. 살귀가 출몰했다는 평음은 말할 것도 없고, 산동 곳곳이 강호인들로 넘쳐 나고 있었다.

"저기 있는 사람, 진혼도(鎭魂刀) 후표(侯彪) 아냐?"

"저길 봐. 혈랑마조(血狼魔爪) 악전(岳琠)이야. 절강에서 날뛰던 자가 산동까지 왔네."

여기저기서 수군거리는 소리가 들려왔지만, 기이하게도 큰 소리로 떠드는 자가 없었다. 산동 토박이들과 가까운 하북의 강호인들은 물론이고, 멀리 절강과 광동에서 이름을 날리는 자들도 심심치 않게 보였다. 보기에도 한가락 하게 생긴 무인들. 하나 구석진 자리에서 소채를 먹던 노인은 그런 자들에겐 눈길조차 주지 않았다.

'저 청의를 입은 중년인은 철혈방(鐵血幇)의 호법 구유신(九幽神) 모경(毛瓊), 남루한 황의를 걸친 노인은 종남파(終南派) 집법장로인 유리검(琉璃劍) 안호태(顔浩泰)다. 낮에는 화산파의 고수, 청매화(淸梅花) 송명찬(宋銘燦)도 보았고. 엥? 만독노조(萬毒老祖) 저 인간은 여기 왜 온 거야?'

저마다 변복을 하여 진면목을 숨기고는 있었지만 손 노인의 눈은 피해 갈 수가 없었다. 정사의 구분도 없었고, 신분의 귀천도 없었다. 흑도제일세인 철혈방은 물론 구파일방의 하나인 종남파와 화산파의 인물들도 있었다. 결코 한자리에 어울릴 수 없을 것 같은 사람들이었지만, 구천무예의 유혹은 그들로서도 쉽게 떨칠 수가 없었나 보다.

손 노인은 조심스레 자리에서 일어나 객잔에서 빠져나왔다. 저리 사람이 몰려 있으니 무언가를 알아내기도 만만치가 않아 보였다.

"휴우, 여기는 더 있어봐야 소용이 없겠어."

손 노인은 객잔에 묶어둔 마차를 끌고 길을 재촉했다. 딱히 갈 곳을 정해놓은 것은 아니었지만, 더 이상 평음에 남아 있을 이유도 없었다. 오히려 사람들이 더 많아지기 전에 서둘러 떠나는 편이 나았다.

"차라리 그들에게 몸을 의탁할 걸 그랬나? 아니지, 사람이 누울 자리를 보고 발을 뻗어야지. 아무도 없는데 나 혼자 거기를 왜 가누.”

윤 대인의 집을 떠날 때, 가패와 함께 있었다던 사내가 함께 가기를 권했었다. 하나 한은 물론 가패와 예향마저 종적이 묘연하다는 이야기에, 그들을 따라갈 마음이 싹 가서 버렸다. 위험하기야 어딜 가나 마찬가지겠지만, 앞날도 모른 채 이리저리 끌려 다니느니, 맘 편히 홀로 움직이는 편이 백배는 나았다.

“에고, 일이 이렇게 되었으니, 이제는 어디로 가야 하나?”

손 노인이 할 수 있는 일은 아무것도 없었다. 혼자 그의 뒤를 쫓자니 노구(老軀)가 말을 들어줄지 몰랐고, 그를 찾는다 한들 도움이 될는지도 미지수였다. 어쩌면 이쯤에서 사라져 주는 게 진정으로 그를 돕는 일일는지도 몰랐다.

“그래도 그새 정이 많이 들었는데…….”

짧은 석 달이었지만 위험 속의 동고동락이었기에 쉬이 잊혀지지 않을 기억이었다. 하나 손 노인은 만나고 헤어짐에 익숙했다. 끊어진 인연을 붙잡고 늘어지는 것이 얼마나 허망한 일인지도 잘 알고 있었다.

마차는 평음을 빠져나와 관도로 들어섰다. 마차를 몰던 손 노인의 고개가 갸웃거린 것은 관도에 오르고 얼마 지나지 않아서였다.

“아무래도 이상해.”

윤 대인의 집을 떠나기 전, 이산으로부터 몇 가지 정보를 얻어들을 수가 있었다. 물론 소림, 개방의 이름이나, 동창의 존재까지는 듣지 못했지만, 적어도 그날 있었던 싸움이 어떤 식으로 이루어졌는지 정도는 들을 수가 있었다. 관군의 등장으로 마무리된 이 싸움이 누군가가 파놓은 함정이었다는 것을.

“왜 지금일까?”

의문이 들었다. 하지만 손 노인의 의문은 소림과 무당, 개방이 했던 고민과는 달랐다.

"왜 지금 그를 잡은 거지?"

어둑해진 관도를 따라 이동하는 것이 쉬운 일은 아니었지만, 다행히도 하늘에 떠 있던 달이 어스름하게나마 관도 위를 비춰주고 있었다.

"그의 정체는 이미 무창에서 탄로가 난 게야."

손 노인의 고개가 연신 갸웃거려지고 있었다. 정보가 불충분했기에 알고 있는 한도 내에서 모든 것을 판단해야 했다. 모르는 것은 넘어갈 수 있었지만, 이것 하나만큼은 이해할 수가 없었다.

"그를 잡기로 마음먹었다면, 산동에 다다르기 이전에도 충분히 가능했다. 하필 왜 지금이지?"

손 노인의 눈빛이 달빛과 어울리며 빛을 발하는 듯했다. 늙은 생강의 경험은 무언가가 잘못되었다 말하고 있었다.

"그래, 그놈들은 기다린 게야. 지금이 그를 잡을 적기였다는 이야기지."

무언가를 깨달은 듯 고개를 끄덕이던 손 노인의 고개가 또다시 갸웃거려지고 있었다.

"아니지? 지금이 적기였다면 그렇게 생각될 까닭이 있어야지. 귀혼각? 아냐, 귀혼각 따위 잡겠다고 구천무예를 익힌 고수를 여기까지 질질 끌고 왔을 리가 없지. 그럼 도대체 이유가 뭐지? 이상해……."

마차는 평음에서 조금씩 멀어지고 있었고, 그가 남긴 의문 역시 마차의 뒤를 따라 멀어지고 있었다.

"…아직 원수가 둘이나 남았는데……."

第四十六章

다시 만나다

눈을 감으면 볼 수가 없다. 삼척동자라도 알 수 있는 당연한 진리다. 하지만 이 말은 틀렸다. 사람은 눈을 감아도 볼 수가 있다. 사물은 알아볼 수 없지만, 눈을 가린 어둠은 볼 수가 있다. 어둠을 식별하는 것도 눈이 하는 일이다.

한은 어둠을 보고 있었다. 아니, 그는 자신이 어둠을 보고 있다고 생각했지만, 정확히 말해 그는 아무것도 보고 있지 않았다. 그가 인지하고 있던 어둠은 눈을 통해 전달된 어둠이 아니었다. 신체의 기관과는 무관한 어둠. 그를 둘러싼 어둠은 무의식 깊숙이 자리하고 있던 마음속의 어둠이었다.

'답답해……'

숨을 쉴 수가 없었다. 자신이 숨을 쉬지 않고 있다는 것을 자각한 순간, 가슴의 답답함이 밀려들었다. 하지만 반 각이 지나고 일각이 넘어도 그는 죽지 않았다. 숨을 쉬지 않아도 죽지 않는다는 것을 자각한 순간,

가슴의 답답함은 사라져 버렸다. 자신이 느낀 일각이라는 시간도, 답답함을 느낄 가슴도 없다는 것을 깨닫기까지는 제법 오랜 시간이 걸렸다. 그는 존재할 뿐이었고, 주위의 어둠 역시 그랬다.

'어두워……'

그가 느낄 수 있었던 것은 어두움뿐이었다. 허공에 떠 있는지, 땅속에 갇힌 건지도 분간할 수도 없었다. 땅을 디디는 느낌이 아니라 다리가 붙어 있다는 느낌조차 없었다. 좌우의 감각은 없었지만 좌우를 바라볼 수는 있었다. 물론 어디를 봐도 어둠뿐이었기에 자신이 보고 있는 곳이 좌인지 우인지도 모르는 상태였지만.

'난 누구지?'

제법 오랜 시간이 흐른 뒤에야 떠오른 질문이었다. 하지만 그는 자신이 기억을 더듬어야 한다는 것도 깨닫지 못하고 있었다. 무지(無知). 그는 아무것도 알지 못했다.

'난 왜 여기에 있는 거지?'

자신이 누구인지도 기억나지 않았지만, 이런 공허한 흐름에는 자신도 모르게 거부감이 일었다. 시간과 공간의 구분이 없었다. 끝도 없는 어둠은 그런 구분을 무의미하게 만들고 있었다. 문득 이 어둠이 어디까지 이어져 있는지가 궁금해졌다.

'어디로 가야 하지?'

아무리 두리번거려도 보이는 것이라고는 어둠뿐이었다. 도무지 방향을 잡을 수가 없었다. 처음으로 두려움이 생겼다. 자신이 혼자라는 사실을 자각한 순간, 멈추지 않는 떨림이 그의 전신을 강타했다.

'난… 무엇을 해야 하지?'

두려움 속의 무력감이 그를 짓누르기 시작했다. 무언가를 해야 한다는 생각이 솟아나고 있었다. 하지만 무엇을 어떻게 해야 할지는 알 수가 없었다. 자신이 할 수 있는 것은 아무것도 없었다. 아무것도 할 수 없다는 것을 깨닫자, 머리를 울리던 떨림도 함께 멈춰 버렸다.

'할 수 없으면… 하지 않아도 돼.'

마음이 편해졌다. 철저한 무력(無力). 자신의 상태를 온전히 바라볼 수 있게 되자, 무언가를 하고픈 욕망도 일지를 않았다. 무욕(無慾). 그는 바라는 것이 없었다.

'그냥 이대로 있어도 되는 걸까?'

욕구는 사라졌지만 의문은 남았다. 자신이 왜 이곳에 있는지, 이렇게 아무것도 하지 않고 존재만 해도 되는 것인지. 무언가를 바라서 움직이고자 한 것은 아니었다. 순수한 호기심이었다. 평온한 마음에 바람이 일자 그의 존재가 움직이기 시작했다. 어둠 속의 이동이었지만 어딘가로 향하고 있다는 느낌은 분명했다.

'마치… 날고 있는 것 같다. 그런데… 나는 게 뭐지?'

어둠 속을 날며 고개를 갸웃거렸지만, 자신이 움직이고 있다는 만족감에 그 의문은 금시 잊혀지고 말았다.

'너무 어두워. 별이라도 있으면 좋으련만……'

생각이 끝나기 무섭게 어둠의 저 너머에서 무언가가 반짝였다. 놀란 그가 황급히 멈춰 섰지만, 하나둘 켜지던 작은 빛들은 그의 주위로 빠르게 번지고 있었다.

'이게… 별이구나?'

별이 무엇인지도 몰랐으면서 별을 찾았고, 보는 그 순간 그것이 별임을 깨달을 수 있었다. 놀라운 일이었지만, 변화는 그것뿐이었다.

'아름다워. 꼭 달이 부서지며 뿌린 가루들 같아……'

별들 사이로 달이 떠오르고 있었다. 무언가에 부서져 버린 듯 찌그러진 모습. 그는 그 울퉁불퉁한 달을 보며 인상을 찌푸렸다.

‘달은 둥그렇고 아름다워. 저건 하나도 아름답지 않아.’

그의 바람대로 달이 제 모습을 찾아가기 시작했다. 밝고 둥그런 만월. 만월의 빛이 어둠을 몰아내며 주변을 비추고 있었다. 그는 그제야 자신의 모습을 볼 수 있었다.

‘이게… 나구나.’

두 다리가 있었고, 두 팔이 있었다. 얼굴도 만져졌고, 자신이 눈으로 사물을 보고 있음도 깨달았다. 그는 사람의 형상을 갖추고 있었다.

‘멀쩡하네?’

그가 자신의 왼팔을 어루만지며 고개를 갸웃거렸다. 하지만 자신이 왜 왼팔을 만지는지는 알지 못했다. 그저 자신의 왼팔이 멀쩡히 움직이고 있음이 신기할 뿐이었다.

‘잘됐다. 이젠……’

생각을 이어가던 그의 신형이 우뚝 멈춰 섰다. 표정은 굳어가고 있었고, 두 손은 굳게 쥐어지고 있었다.

‘맞아. 난 복수를 하던 중이었지……’

“무슨 일이죠?”

“그냥 궁금해서 찾아와 봤어, 아직도 그 모양인가 싶어서.”

모용상아의 물음에 백의복면인이 의자에 앉으며 대수롭지 않게 말했다. 하지만 이어진 백의복면인의 말은 그렇지 못했다.

“오늘 전서가 한 장 왔어. 대인께서 보내신 전서인데… 닷새 안에 차도가 없으면 데리고 오라고 하시더군.”

“어디로… 말이죠?”

“어디긴 어디야? 대인께서 계신 곳이지. 전서를 가지고 온 친구에게 듣자니 제법 신통한 의원을 찾았나 봐.”

모용상아의 눈에 반가움이 떠올랐다. 하지만,

"모산파(茅山派)인가 어디서 초빙한 자라던데, 실력이 괜찮은가 봐. 강시술(殭屍術)로는 그자만 한 사람이 없나 보더라고."

강시술이라면 시신을 다루는 술법이다. 모용상아의 안색이 파랗게 질려가고 있었다.

"어차피 깨어나도 산목숨은 아니었으니, 그렇게 아쉬워할 건 없어. 꼬박꼬박 산공독을 먹었으니, 일어나도 기운을 쓰지 못할 거야."

"어떻게 그런 짓을?"

"하하, 당연한 것 아닌가? 저자는 무창살귀라고. 그것도 구천무예를 익힌. 나도 천하제일인의 무공을 상대하고 싶은 생각은 없다고."

백의복면 너머로 조롱기 어린 미소가 보이는 것 같았다. 모용상아의 입술은 꼭 깨물려져 있었고, 두 주먹은 무릎 위에서 바들거리고 있었다. 그런 모용상아를 바라보던 백의복면인이 자리에서 일어섰다.

"그런데 말이지. 내가 한 가지 알려줄 게 있는데……."

"뭐… 뭐죠?"

"전서가 좀 늦었더라고. 전서에 적힌 닷새째 되는 날이… 바로 오늘이야."

백의복면인의 말에 모용상아가 힘없이 뒷걸음질쳤다. 겨우 한이 누워 있던 침상까지 뒷걸음질쳐 왔지만, 깊은 잠에 빠져 있던 한이 그녀를 구해줄 리 만무했다.

"조금만… 조금만 더 시간을……."

"벌써 한 달이 다 되가. 봐줄 만큼 봐줬다고."

백의복면인의 손엔 어느새 새파란 장검이 들려 있었다. 느긋하게 걸어오던 백의복면인의 두 눈에 욕정이 어리고 있었다.

"대인께서 데려오라고 하신 건 한 사람뿐이야. 어때? 이대로 그냥 이

승을 하직하기엔 좀 서운하지 않아?"

"가… 가까이 오지 말아요!"

백의복면인의 검극이 모용상아의 목줄로 다가왔다. 하지만 사내의 기세에 사로잡힌 모용상아는 몸을 피할 수가 없었다. 검극은 목줄을 내려와 가슴을 스치고 있었다.

"좋은 게 좋은 거야. 사내 때문에 가문까지 배신한 년이 너무 비싸게 굴면 안 되지."

"닥쳐!"

팅!

모용상아의 우수가 번개같이 출수되며 백의인의 검면을 팅겨냈다. 하지만 우수를 따라 출수한 좌수가 사내의 명치에 닿기도 전, 모용상아의 얼굴에서 경쾌한 타격음이 들려왔다.

짝!

어찌나 세게 후려쳤는지 모용상아의 몸이 한 바퀴 돌며 한이 누워 있던 침상 위로 떨어져 내렸다. 정신을 잃은 모용상아가 입가에 피를 흘리고 있었지만, 다가선 백의인의 손길은 그것을 외면한 채 모용상아의 채대로 향하고 있었다.

*　　　　*　　　　*

자신이 복수를 하던 중이었다는 것은 기억이 났다. 하지만 누구를 위한 복수였는지, 누구를 찾아가던 길이었는지는 도무지 기억나지 않았다. 다만 자신이 복수를 하고 있었다는 것과 함께, 무척이나 힘들어 했었다는 것이 기억났을 뿐이었다. 멈춰져 있던 두 발이 천천히 땅을 내딛기 시작했다. 급하지도, 느리지도 않은 걸음이었다.

'맞아. 많이 힘들었어. 슬프고… 또 아팠지. 그랬었어.'

기억을 떠올리니 감정도 함께 떠오르고 있었다. 그의 어깨가 조금씩 내려앉고 있었다.

'난 지금 아무것도 아니야. 아무것도 할 수 없고, 어디도 갈 수 없지. 만약… 이대로 멈춰 버리면…….'

또다시 걸음이 멈춰 섰다. 그의 두 눈은 무언가를 향한 바람을 담고 있었다. 하지만 그는 이내 고개를 저으며 그 바람을 떨쳐 내버렸다.

'도망치는 것은 옳지 않아. 내가 복수를 하고 있었다면… 분명 그랬어야 할 이유가 있었을 거야. 맞아. 내가 했어야 할 일이었던 게 분명해.'

한 걸음을 내딛었지만 또다시 멈춰 설 수밖에 없었다.

'하지만 나는 지금 아무것도 할 수 없어. 여기가 어딘지도 모르고 누구를 찾아가야 하는지도 몰라.'

우물쭈물하던 걸음이 다시 한 걸음을 내딛었다.

'어떻게든 방법을 찾아야지. 주저앉는다고 해결되지는 않아.'

그는 가고 섬을 반복하고 있었다. 하나의 질문을 해결하면 또 다른 질문이 날아들었다.

'그런데… 꼭 해야만 하는 걸까?'

'해야만 하는 일이었겠지.'

'그런다고 달라질 것도 없잖아?'

'이미 달라진 거야. 달라진 채로 내버려 두는 것도 옳지 않아.'

'그런다고 기뻐할 사람은 없어. 너도… 그녀도…….'

멈춰선 걸음은 움직이질 않았다. 그의 앞을 비추던 달과 별도 한순간 자취를 감춰 버리고 말았다. 그는 또다시 무형의 존재가 되어버렸지만, 사고는 멈추지 않았다.

'알아.'

'알아? 안다고? 아무것도 변하지 않고, 누구도 기뻐하지 않을 것을 알면서도 하겠다고?'

갈라져 나온 목소리가 날카롭게 머릿속을 울렸다. 다른 한편으로 내려선 목소리가 덤덤히 대답했다.

'나에겐… 주어진 적이 없었어.'

'뭐라고?'

'난… 한 번도 무언가를 선택해 본 적이 없어. 지금도 마찬가지. 이건 나의 선택이 아니야.'

'그래, 넌 태생이 비천한 종놈이었지. 맞아. 너에겐 선택할 권리가 없었어. 언제나 누군가의 명만을 쫓아 살았지. 비천한 인생. 비천한 자…….'

'맞아. 난 비천해.'

고함이라도 질러야 했건만 대답하는 목소리는 고저없이 덤덤했다. 약이 오른 목소리가 또다시 쏘아붙였다.

'그녀의 망령에 갇혀 버린 불쌍한 놈. 원수가 누구인지조차 구별 못하는 어리석은 놈. 제 욕심에 눈이 멀어 죽은 주인마저 욕보이는 놈. 넌 정녕 비천한 놈이야. 머리부터 발끝까지 더러워. 네 몸과 마음 모두에서 구린내가 나.'

'맞아.'

'그게 전부냐? 그게 네가 가진 전부냐? 고작 죽은 여인 앞에 제사상을 차리기 위해 검을 빼어 든 것이냐?!'

'…아니.'

고함치던 목소리가 멈췄다. 어둠 속의 고요함이 무겁게도 흐르고 있었다. 하지만 목소리는 기다렸다. 그리고 기다리던 목소리가 들려왔다.

'이젠… 알아.'

‘무엇을 아느냐?’

‘내가 얼마나 비천했는지, 내 욕심이 얼마나 추악했는지. 하지만 이젠 깨달았다. 이런 칼부림 따위론 죽어도 그녀 곁에 머물 수 없다는 걸. 그녀가 원하는 게 무엇인지도 깨달았고, 진정 그녀를 앗아간 자가 누구인지도 깨달았다. 깨달았으니… 다시 움직여야지.’

‘일어날 테냐?’

‘일어나야지.’

‘네가 가진 비천함을 벗어버릴 테냐?’

‘…벗어버려야지.’

날카롭던 목소리가 무겁게 내려앉았다. 두 개의 목소리가 서로를 마주 보고 있었다.

‘선택할 테냐?’

‘선택하겠다.’

‘모든 것을?’

‘모든 것을.’

목소리는 시종일관 무덤덤했다. 마치 모든 감정이 사라진 것처럼 낮게 가라앉아 있었다. 하지만 그것은 무감(無感)이 아니었다. 차고 넘칠 만큼 충만한 감정의 결집이었다. 그것은 그를 감싸고 있던 족쇄가 모두 끊어져 버렸음을 말해주는 것이었다.

‘가라, 무창살귀.’

‘아니, 이제 무창살귀는 없어. 오로지… 내가 있을 뿐이야.’

한의 대답에 또 다른 그가 미소를 지었다.

“상승의 경지는 무아(無我)를 극의로 삼는다. 무아를 이루기 전 단계가 바로 나를 잊는 몰아(沒我)이고, 몰아를 하지 못하면 무아의 경지에 이를 수 없

다. 하나 몰아 역시 자아(自我)를 깨닫는 것에서 시작되는 것. 자신을 온전히
바라봄이 모든 상승의 시작이다. 나를 모른 채로는 나를 잊을 수는 없는 법.
마음의 벽을 허무는 것은, 스스로 바로 봄을 뜻하는 것이다……."

　마지막으로 찾아온 기억이 그의 전신을 휘감고 있었다. 뜨겁게 타오르
는 것 같기도 하고, 차갑게 휘몰아치는 것 같기도 했지만, 그 기운의 소
용돌이 속에 자리하고 있던 한은 평온한 신색으로 그것을 받아들이고 있
었다.
　무창살귀는 죽었다. 마음의 벽을 부수며 일어서던 사내는, 깊은 한을
갈무리한 채 다시 태어난 벙어리 무사 한이었다.

*　　　　　*　　　　　*

　반라(半裸)의 사내가 전라(全裸)의 모용상아를 탐하고 있었다. 사내의
혀가 스칠 때마다 모용상아의 전신이 낮게 떨었다. 분홍의 유두가 그녀
의 청백지신을 증명하는 듯했고, 적당히 솟아오른 가슴은 사내의 욕정을
부채질했다.
　"정말… 대단한데?"
　사내의 숨이 거칠어져 있었다. 이미 달아오를 대로 달아오른 사내의
두 눈이 모용상아의 몸을 따라 아래로 향하고 있었다. 사내의 손이 세류
요를 지나 음부를 건드리자 모용상아의 전신이 화들짝 놀랐다.
　"으음……."
　미약한 신음과 함께 모용상아의 몸이 뒤척였다. 그녀가 깨어날 기미가
보이자 사내는 지체없이 모용상아의 마혈을 짚었다. 마혈이 짚이던 순간
모용상아의 눈이 떠졌다.

“앙탈 부리는 계집과 노는 것도 좋지만, 나도 바쁜 몸이라서 말이지. 전서가 한 이틀만 일찍 도착했더라도, 바짓가랑이를 붙잡게 만들 수 있었을 텐데. 후후.”

사내의 시선이 모용상아의 눈과 마주쳤다. 수치심으로 전신이 바들바들 떨리고 있었지만, 마혈이 제압된 그녀가 할 수 있던 저항이라곤 두 줄기 눈물을 흘리는 것뿐이었다.

하지만 여인의 눈물은 사내를 더욱 자극했을 뿐이었다. 사내는 입술이 모용상아의 가슴으로 향했다. 가슴에서 전해오는 끈적한 흡입에 정신을 차릴 수가 없었다. 사내의 입은 모용상아의 가슴을 탐하고 있었고, 그의 뱀과 같은 손은 은밀한 비지로 향하고 있었다.

‘제발… 제발…….’

눈물은 하염없이 흘러내리고 있었지만, 그녀를 구해줄 이는 아무도 없었다. 아니, 그런 줄로만 알았다.

“커… 커헉!”

모용상아의 가슴으로 사내의 딱딱한 이빨이 눌려져 왔다. 그 고통에 모용상아의 눈이 크게 떠졌지만, 고통은 그리 길지 않았다.

우두둑!

한줄기 파골음과 함께 눈을 까뒤집은 사내의 몸이 축 늘어져 버렸다. 사내의 목을 꺾어버린 손은 더러운 물건 내팽개치듯 시신을 집어던져 버렸다. 탁자와 함께 볼썽사납게 구른 시신은 볼 수 있었지만, 정작 손길의 임자는 볼 수가 없었다. 자신을 탐하려던 사내가 죽었다. 하지만 모용상아의 눈에선 뜨거운 눈물이 멈추지 않고 흘러내렸다. 수치를 이기지 못한 분함의 눈물도 아니었고, 치욕을 당하지 않아도 된다는 안도의 눈물도 아니었다.

‘깨어났군요… 정말… 다행이에요…….’

모용상아는 몸을 덮어주는 의복의 느낌보다, 짧게나마 맨몸을 스친 그의 손길에 더욱 안도하고 있었다. 그는 몸을 대충 가리고 나서야 혈도를 풀어주었다. 천천히 자리에서 일어선 모용상아가 두 손으로 자신의 몸을 감싸 앉았다. 그녀의 앞에 그가 있었다.

'또 너구나.'

'네, 저예요.'

두 사람은 말이 없었다. 한 사람은 혀가 없어 말을 할 수 없었고, 또 한 사람은 하고픈 말이 너무 많아 말을 할 수 없었다. 하지만 지금의 그들 사이엔 아무 말도 필요하지 않았다…… 지금은.

*　　　*　　　*

"저기가 분명한가?"

"예, 분명함미다."

마오의 대답에 허저의 시선이 숲 속의 산사로 향했다. 산사 주위로 몇몇 사내들이 보이고 있었지만, 가사를 입은 승려의 모습은 찾을 수가 없었다.

"그를 찾아라. 막아서는 놈들은… 모두 벤다."

허저의 명에 스물네 개의 그림자가 숲으로 사라졌다. 허저가 자리에서 일어서자 마오가 한 발 물러섰다. 허저의 시선이 마오에게 향했다.

"약속은 약속."

마오의 코앞으로 서찰 한 장이 내밀어졌다. 마오는 떨리는 손으로 그 서찰을 받아들었다. 오가목부의 인장이 선명한 한 장의 서찰. 마오의 눈에 눈물이 글썽거렸다.

"너처럼 솜씨 좋은 자는 구하기가 쉽지 않지. 딱히 갈 곳을 정한 것이 아니라면, 돌아올 때까지 이곳에서 기다려라. 철검조에서 너를 거두어줄 것이니."

허저의 모습도 이내 사라져 버렸지만, 마오의 귀에 그런 말이 들릴 리 없었다. 그는 자유인이었다. 하지만 눈물을 글썽이던 마오의 두 눈에 씁쓸한 기운이 스쳐 지나갔다. 그의 시선은 철검조가 향한 산사로 향해 있었다.

'미안합니다. 나도… 어쩔 수 없었어요.'

산사로 향하는 스물네 개의 그림자가 보였다. 그들이 뿜어내는 살기가 마오에게까지 느껴지는 듯했다.

자리에서 일어난 마오가 숲으로 향했다. 자신이 없었다면 일어나지 않았을지도 모르는 싸움. 아니, 자신의 자유와 맞바꾼 싸움이었다. 차마 그 자리에 앉아 결과를 지켜볼 자신이 없었다.

이 싸움에서 누가 살아남든 상관없었다. 이제 자유인이 된 마오와는 상관없는 사람늘이었으니까.

마오의 신형이 숲으로 사라짐과 동시에 스물네 개의 그림자가 산사를 향해 신형을 뽑아냈다. 산사로 향하던 허저의 눈엔 진한 살기가 내려앉아 있었다.

'이건 당신의 복수이자 나의 복수입니다.'

第四十七章

음모의 그림자,
동창(東廠)

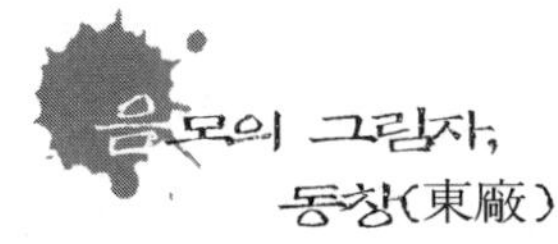

햇살이 고운 가을의 정오. 푸르게 펼쳐진 하늘엔 새털만 한 구름 한 점이 없었다. 정녕 청명(淸明)하다 아니할 수 없는 모습이었다.

그 청명한 하늘이 찻잔에도 담겨 있었다. 하나 다탁에 앞에 앉아 있던 용호의 시선은 찻잔에 머물질 않았다.

"잘되어 가느냐?"

목소리가 가늘어서였는지, 아니면 열 걸음이 그토록이나 먼 거리였는지. 주렴 너머에서 들려온 목소리는 사내답지 않게 가늘고 힘이 없어 보였다. 하나 그 목소리를 받잡은 용호는 고개를 깊이 숙이며 감읍해했다.

"염려해 주신 덕분에."

주렴 너머의 그림자가 고개를 끄덕였다. 창을 통해 들어오던 햇살도 주렴을 뚫고 들어가지는 못했다. 고작해야 주렴 뒤의 인물이 왜소한 체구이며, 비스듬히 누워 시비들의 시중을 받고 있다는 것을 보여줄 뿐이었다.

"언제 돌아올 거냐?"

"거의 다 되었습니다."

"삼 년 전에도 그런 말을 들었던 것 같구나."

질책 섞인 목소리에도 용호는 가만히 고개를 숙여 보일 뿐이었다.

"네 나이 벌써 불혹을 넘긴 지 오래. 이제는 뿌리를 내리고 자리를 잡아야지."

"곧 그리 하겠습니다."

주렴 뒤의 인물이 가만히 팔을 들자 뒤에 있던 시비가 쪼로로 달려와 팔을 주무르기 시작했다. 안마를 받던 그가 다시 입을 열었다.

"병부와 도독부의 움직임이 심상치 않아. 요새 들어 종종 종적을 놓치는 일이 있어. 믿을 놈도 없지만, 쓸 만한 놈 또한 없으니……."

"황상의 은혜가 하해와 같으신데 어찌 그리 약한 말씀을 하십니까?"

"아니야. 황상의 은총도 예전 같지가 않아. 여러 인물들을 만나다 보니 세상사에 배움이 깊어지신 게지."

"황상은 성군이시니 감언이설 따위에 현혹되지 않으실 것입니다."

"킥!"

주렴 뒤에서 방정맞은 웃음소리가 들려왔다. 하나 웃은 이도 그런 것에 신경 쓰지 않았고, 들은 이도 내색하지 않았다.

"황상의 연치가 올라가실수록 더 많은 것을 원하고 계서. 나 같은 노물이 채워 드리기엔 너무 그릇이 크신 분이야."

"어찌 스스로를 그리 낮게 칭하십니까?"

"아냐, 아냐. 나도 이제는 이 자리에서 내려서야 해. 사람이 때가 되면 물러날 줄도 알아야지."

마음에 없는 소리인 것을 모를 리 없었지만, 용호는 고개를 숙이며 그가 듣고 싶은 말을 골라내었다.

"제독태감의 충절을 조정의 간신배들이 안다면, 하늘이 부끄러워 고개를 들지 못할 것입니다."

용호의 말이 만족스러웠는지 주렴 뒤의 인물은 연신 고개를 끄덕였다.

"흰소리는 그만하자꾸나. 내 얘기하자 부른 것이 아니라, 네 얘기 듣자 부른 것이니. 그래, 아직도 강호에 대한 미련을 버리지 못한 것이냐?"

"송구스럽습니다."

"다시 한 번 생각해 보도록 해라. 강호의 것들은 큰일을 도모하기엔 세도 작고, 행실 또한 가볍다. 소림과 무당같이 널리 알려진 곳들도, 황상의 어지면 하룻밤 새 지워 버릴 수 있어. 네가 그런 부평초 같은 것들과 어울리는 것이 나는 탐탁지 않구나."

용호는 또다시 고개를 깊이 숙여 보였다. 하지만 고개 숙인 표정에선 수긍의 빛을 찾을 수가 없었다.

"조금만 더 여유를 주십시오. 끝이 머지않았습니다."

"크크, 좋아, 좋아. 그 고집이 누구를 닮았겠느냐? 네가 하는 일은 곧 내가 하는 일과 같다. 네가 원하는 모든 것을 지원해 줄 터이니, 너는 염려치 말고 네 뜻을 펼치도록 해라. 단, 함부로 몸을 굴려 저번처럼 다치는 일은 없도록 해라. 만에 하나 네가 잘못되기라도 한다면 강호는 그들의 피로 속죄해야 할 것이야."

주렴 뒤의 목소리는 가벼웠지만 단호했다. 마치 허풍을 치는 것 같은 경망스러움. 하나 그 목소리의 임자가 동창의 제독태감이라면 그것은 천하의 누구도 거역할 수 없는 절대적인 약속이 된다. 용호는 가만히 고개를 숙여 그의 뜻을 받았다. 반문 따위는 허락되지 않았다.

청사를 나오는 발걸음이 무척이나 가벼워 보였다. 마치 묶은 빚이라도 갚은 듯, 큰 근심을 덜고 나온 표정이었다.

‘아버님의 권세라면 도독부와 병부쯤은 언제든지 갈아 엎을 수 있다. 신경이야 쓰이지만, 걱정할 거리는 못되는 것들.’

청석을 밟고 지나는 용호의 뒤로 거대한 전각들이 줄지어 있었다. 그 안으로 들고 나는 금의위 위사들도 보였고, 관속들도 보였다. 그들의 분주한 모습 속에서, 용호만이 따로 떨어져 나와 있었다.

‘지금쯤이면 대충 짐작들 하고 있겠지?

걸음을 옮기던 와중에 자꾸만 웃음이 터져 나왔다. 허둥거리고 있을 무당과 소림을 생각하니 절로 웃음이 나왔다.

‘그래, 계속 움직여라. 바삐 움직여라. 그래야 나의 계획도 수월히 진행될 수 있단다.’

한참을 걷던 용호가 걸음을 멈췄다. 고개를 드니 파란 하늘이 그를 굽어보고 있었다.

‘이제… 머지않았다.’

『정한검 비검무』 5권에 계속…

무한 상상 · 공상 세계, 청어람 신무협&판타지

『신마대전』,『투마왕』의 작가 김운영
세간에 화제를 불러온 최신 기대&화제작!!

흑사자(黑獅子) / 김운영 지음

세상에는 수많은 강자가
존재한다.

『흑사자』
(黑獅子)

한 자루 검으로 거대한 마물을 능히 상대할 수 있는 소드 마스터.
마나를 자유롭게 다루어 온갖 신비한 힘을 발휘할 수 있는 대마법사.
신의 선택을 받아 기적 같은 신성력을 행하는 고위성직자.
단신(單身)으로 국가의 운명에까지 영향을 미칠 수 있는 자들도 있다.
그러나 이들도 어렸을 때에는 약했다.

인간인 이상, 태어나서 십몇 년간은 성인의 힘을 이길 수 없다.
강해진 자들은 하나같이 오랜 세월 동안 남들이 이해하기 힘든
노력과 경험을 쌓아온 자들이다.

그러나 난 달랐다. 난 어렸을 때부터 강했다.
내게는 그 어떤 수련도 경험도 필요없었다.

난… 사자다.